讲故事的机器人

飞 氘
王侃瑜 等著
吴 霜

上海科学技术文献出版社
Shanghai Scientific and Technological Literature Press

图书在版编目（CIP）数据

讲故事的机器人/飞氘等著.—上海：上海科学技术文献出版社，2021
（人工智能科幻小说丛书）
ISBN 978-7-5439-8240-6

Ⅰ.① 讲… Ⅱ.① 飞… Ⅲ.① 幻想小说—小说集—中国—当代 Ⅳ.① I247.7

中国版本图书馆 CIP 数据核字 (2020) 第 245909 号

选题策划：张　树　吴　霜
责任编辑：姜　曼
封面设计：李　楠

讲故事的机器人
JIANGGUSHI DE JIQIREN
飞　氘　王侃瑜　吴　霜　等著

出版发行：	上海科学技术文献出版社
地　　址：	上海市长乐路 746 号
邮政编码：	200040
经　　销：	全国新华书店
印　　刷：	常熟市人民印刷有限公司
开　　本：	889mm×1194mm　1/32
印　　张：	11.625
字　　数：	251 000
版　　次：	2021 年 1 月第 1 版　2021 年 1 月第 1 次印刷
书　　号：	ISBN 978-7-5439-8240-6
定　　价：	38.00 元

http://www.sstlp.com

Contents/目录

偃师传说	潘海天	1
讲故事的机器人	飞氘	19
爱吹牛的机器人	飞氘	29
会唱歌的机器人	飞氘	55
机械松鼠	王侃瑜	79
脑永生圆舞曲	洪亮	107
水星基地救援记	罗隆翔	211
戴珍珠耳环的少女	吴霜	243
小懂	吴霜	267
上传	Steven S. Hoffman	295
思想伴侣	Steven S. Hoffman	313
图灵大排档	王诺诺	329

偃师传说

潘海天

一个阳光明媚的下午，盛季在自己的房间里收到了无数精美的礼物。在这些礼物中，有一只琢磨得晶莹剔透的汤匙，它像一只黑色的鸟儿在光滑如镜的底座上微微颤动，翘起的长喙令人惊讶地固执地指向南方；在另一只黄金雕成的盒子里，装有一满把黑色的粉末，这些粉末蕴藏着一个惊人的秘密：在没有月光的晚上，把它们撒在火上，就会招来怒吼的蓝色老虎的精灵；在这些叫人眼花缭乱的珍宝中，还有一团神秘的永恒燃烧着的火焰，火光中两只洁白的浣鼠正在快活地蹿上蹿下，这团永不熄灭的火焰就是它们的宇宙和归宿。

这一切匪夷所思的礼物都没能让盛季露出她那可爱的笑容来。她皱紧了好看的眉头，叹着气摆了摆手，围簇着的宫女和侍从立刻倒退着把这些礼物撤了下去。

姬满听到了侍从的报告，匆匆结束了和祭父的谈话，从前殿赶了回来。他怜惜地扳过爱妃的肩头，问道："这些玩物没有一件不是天下杰出的巧匠殚精竭虑、呕心沥血的杰作；没有一件不沾染着我属下最勇敢武士的鲜血；多少人生燹杀戮、血溅五尺，只是为了一睹这些宝物的真容。我游历四方，网罗而来这些天下至宝，难道就没有一件能讨你的欢喜吗？"

王妃慵懒地叹了一口气："何必让那些贱民再去白白浪费生命呢，我不会从这些俗物中找到快乐；大王你每日里忙着东征西讨,又怎么会在意一个小小妃子的苦乐呢!"

被爱情激起了勇气的国王叫道:"我拥有一整个帝国,环绕我的国土一周快马也要奔驰三年;我的麾下有八十万甲士和三千乘战车,他们投下的马鞭就能让大江断流;我的属民像砂粒一样不计其数,他们拂起衣袖就能吹走满天乌云;难道我,伟大的姬满,竟然不能让所爱的人展露一下她的笑容吗?"

他飞步奔出后堂,大声发布命令:"传我的旨意,三十天内,召集天下所有最有名的术士艺者,最能逗人发笑的优伶丑角。不论是谁,只要能让我的爱妃露出哪怕是一丝儿最微弱的笑容,我就赐给他十座最丰美的城池,外加黄金五百锱①,玉贝一千朋。"

他抽出那把伴随他征战多年的锟吾宝剑往地上一插,"如果这些艺人都没能成功,他们也就丧失了存在的权利,大周国将从此是所有流浪者的死敌。"锋利的剑刃穿透了垫地的花岗岩石砖,猛烈地晃动,述说着国王的决心。

五百名信使跳上他们的快马汗流浃背地向四方奔驰而去,国王的承诺像野火一样迅速传遍了整个帝国。

三足乌第三十次又回到它在崦嵫②之山的住所时,周王国镐京王宫的大殿前已经竖起了象征帝王威严的九座铜鼎,熊熊燃烧的火焰照亮了鼎上的饕餮纹饰,也照亮了周围的巨大庭院。

这是一个长四百两③、宽二百两的巨大空间,纵然里面摆

---

① 锱,朋,古度量单位,五两为一锱,五贝为一朋。
② 崦嵫之山,日没所入山也,见《离骚》。
③ 两,古度量单位,五两为一丈。

放着五百张堆满了珍肴佳馔的桌子，也仍然能感觉得到那宽广坦荡的帝王尺度。在每一张桌子后面，在火光照不清晰的黑暗角落里，挤坐着数不清的来自天涯各方的奇人异士：云游四方的旅行家带着他们那奇形怪状的坐骑，来自遥远国度的流浪艺人小心翼翼地掩盖着他们赖以糊口的神幻秘技，不少人脸上的尘土还未洗净，他们是为了那一份不可思议的丰厚赏金而匆匆从数千里外的地方赶来的。

这些最卑下的贱民，每日里只能在风雨和泥尘中打滚，以求得一份口粮。也不知是他们上辈子修了什么德，才有福一睹这个天下最大帝国的帝王威严。衣着华丽的侍从在席间往来穿梭，端上来的都是他们见所未见、闻所未闻的山珍海味；貌若天仙的宫女在廊间轻歌曼舞，她们身上的香气和龙涎香燃烧的气味混合在一起，弥漫在空气中；五百名站在阴影中的青铜甲士寂然无声，只有微风拂过他们的长戈和甲衣时才能听到轻轻的呜咽声；在左右回廊围簇着的中央高台上，被贵族和百官簇拥着的，就是君临天下的国王和他所宠爱的盛季。

一个神情猥琐的老头捧着一具式样古怪的乐器率先登场。他向高台行了叩拜礼后坐下来开始吟唱一首抑扬顿挫的颂歌，人们听不懂他的语言，却都迷醉在他的歌喉中；两名衣着袒露的少女扭动着柔柔的腰肢跳起一种风格迥异的舞蹈，她们那飞旋的脚尖就连宫中最善舞的宫女都看直了眼。

国王偷眼看了看身边的爱妃，她的脸上露出了不耐烦的神色。他摆了摆手，老头的乐器落在了地上，传出最后一声颤动的低吟。

接着上场的是一位来自遥远国度的魔术师，他有一个傲慢的鹰钩鼻子和一把桀骜不驯的大胡子,他的家乡远在胡狼繁衍生长的土地的另一方。他倨傲地向国王和他的妃子鞠了一个躬,然后从随身携带的旧羊皮袋里抓出一把豆子撒在地上,喃喃地念了几句咒语。周围传来一阵压低的惊呼。奇迹出现了,地上的黄豆和黑豆自动分成了两组,排兵布阵、有进有退地厮杀了起来。

可是王妃的眉头甚至连动都没有动过。两名剽悍的武士立刻上前把这位不幸的异乡人连同他的豆兵带走了。

一位身材矮小、肤色黝黑,缠着包头巾的汉子快步走了上来。他的手里提着一盘同样是黑黝黝的毫不起眼的绳子。他盘腿在尘埃中坐下,把一个大家先前都没有注意到的短笛凑到了嘴边,顿时,一股低沉的魔音在夜空中响起。

慢慢地,那股放在地上的绳子动了一下,一端的绳头抬了起来,缓慢但是坚定地沿着一条优美的轨迹向上升去,仿佛有一只无形的手在提着它上升、上升,一直升到一朵低垂着的乌云中。围观的人群情不自禁地屏住了呼吸,就连一直从容镇静的王妃也忍不住展了一下眉头,但是自始至终,她的笑容没有绽放过。

失望的国王招来了卫兵,但是那位机敏的艺人在卫兵还没有靠近他的时候,就一纵身跳上了那股笔直挺立着的绳子,飞快地爬了上去,消失在那一团乌蒙蒙的积云中。一名卫兵对着绳子砍了一剑,绳子断成两股落了下来,可是那名矮小的黑皮肤汉子不见了。

包头巾的人引起的骚乱只持续了一小会儿,表演接着进行下去,可是再也没有谁能像他那样幸运地逃脱国王的惩罚,锟吾宝剑上留下的血痕越来越鲜明。

寥落的晨星从东方升起,盛季望着高台下面那些耸动的人群,鼎下的烈火照得她的脸上半明半暗。小时候,她曾经有过一个荒诞的梦想:有那么一天,能够拥有难以计数的财富,甚至连高山、湖泊、幽暗的森林和广袤的大海都属于她;而所有的那些自高自大的男人都只是她的奴仆,蹲伏在脚下听候吩咐;那时候,她就是世界上最幸福的女人了。而这一切,身边的这个男人都替她做到了,甚至就连他自己也拜伏在她的裙下。但是现在她快乐吗?

高台下传来一片喝彩声。一个艺人完成了一个高难度的吞剑动作后,胆怯而又充满希冀地看过来。盛季毫无表情地扭过头去,她知道这等于又宣判了他的死刑。无数的艺人正玩命地表演他们的拿手绝技,只是为了赢得她的一个笑容。他们真的是为了她的快乐,还是为了那一份丰厚得足以拿生命去冒险的赏金呢。

夜晚眼看就要过去了,国王的神情变得越来越焦躁不安。就在这时,守卫在门边的卫兵和拥挤的人群骚动了起来,人们纷纷向后退去,一袭黑袍出现在晨曦中,带着魔鬼的气息。

一名年轻的士兵带着惊恐低声说:"我敢对句容发誓,他是突然出现的。"

他的出现是那么的引人注目,就连盛季也抬起了头,饶有兴趣地看着他。

黑袍人[①]缓步走上前殿,卑恭地向王座行了礼,开口说

---

① 我一直不知道黑袍人属于哪个时代和哪个民族,从他无意中提到的这两位神祇来看,他也许来自印度次大陆。

道:"至高无上的王啊,你是这个世界中生命的主宰,我听到了你的承诺,从时间的溪流中浮泛而下,穿过了世纪的物质和存在的象征,带来了我的作品,期望能得到王妃的赞许。"

他的话引起了一片惊叹,因为就连王国中最富有智慧的谋父都不能全部了解他的话。

"你知道失败者的下场吗?"国王带着醺醺的酒意,用威胁的口气问道。

时间的旅行者笑了一笑,他拍了拍手,四名仿佛同样从黑暗中冒出的黑衣侍从抬着一只透明的箱子快步抢上前来。

箱子在晨星的光芒中宛如水晶闪闪发光,旅行者猛地张开双手,他的手杖顶端放出刺目的光华。一只胡狼在远方发出凄厉的一声长啸。篝火余烬的红光照在水晶上,仿佛一阵水纹波动,箱子里显出一个人形来。

黑衣侍从打开箱盖,箱中人直起身来,他带着惊异观望着身边的崭新世界,他的目光越过了骚动的人群和辉煌的殿堂,凝固在了高台上。这是多美的一个小伙子啊,他的鼻梁高秀挺拔,他的目光明亮有神,他的笑容火焰一样灿烂。

面对着这样的一个奇迹,人群没有欢呼,没有激动,有的只是焦躁和狂乱的低语:"只有神才有权造人,这是亵渎……""巫术!""抓住他,地狱里来的魔鬼!"

大王的脸色有些发白,他的权力足以让他藐视一切法术,但用造物主才能拥有的魔力去刺穿生命的庄严,放肆地污辱神灵,那是另一回事。他犹豫不决回头看了看,看见他的王妃唇边浮起一抹微笑。他举起了一只手,人群安静下来。

王妃微笑着开口说道:"异乡人,你的法术让人大开眼界。你说这是送给我的礼物,可我要这个卑贱的男人有什么用呢?"

她的话音犹如雪夜中的铃声一样清脆撩人,甚至是黑袍人在她的美貌面前也不得不低下了头。他谦卑地回答道:"聪慧贤明的王妃啊,纡阿只是一个傀儡,他既没有生命,也没有尊严,但他从娑婆那里学到了音乐,从阿沙罗加那里学到了舞蹈,当他展示他所能的时候,就连石头也会欢笑;而他存在的唯一目的,就是尽其所有来让您拥有欢乐。"

他转过身,拍了拍手,喊道:"跳起来吧,纡阿!"

仿佛一阵微风吹过琴弦,站着的年轻人微微一颤,他的指头如此曼妙地动了一动,让所有的人都屏住了呼吸。突然间,他浑身上下都洋溢着舞蹈的气息,就连足迹踏过最遥远国度的旅行家也从未见过的华丽欢快的舞姿如同流水一样从他的头、从他的手、从他的足、从他的每一根指头、每一寸肌肤中喷涌而出,有什么东西能够比拟他的舞姿呢,漂在急流中的花瓣、回旋在风中的火焰……让人看了止不住地就想热泪流淌,想放声长笑。一支长矛从卫兵的手中脱落,摔掉在国王脚下的尘埃中。国王费了很大的劲才把目光收回,转到了坐在身边的盛季身上。他看到了渴盼已久的笑容就挂在王妃的嘴角。

一舞既罢,高台上下鸦雀无声。国王站起身来想说话,却发现自己嗓音嘶哑,他稳了稳神,说道:"异乡人,你的礼物正是我想要的。我的承诺是有效的,我不想知道你的来历,从今天开始,你就是代地一十五座城池的城主了(大臣和贵族中传来一阵妒忌的低语,但是国王只是威严地朝他们扫视了一眼，低语声就消失了）。至于其他这些无聊的艺人，我要限你们在十五天内，离开我的王国。第十六天起，只要在我的国土上察觉你们的踪迹，就一律格杀勿论！"

黑袍人匍匐在高台下，回答说："伟大的周朝天子，我只是一介贱民，怎敢承担管理城池的重任。我不是为了赏赐才带来我的作品。如果陛下喜欢纡阿，那么请宽恕所有的这些艺人们吧。我迷恋他们用自然的力量显示出的巧技，而后世人已经忘了如何去接近它。我们能借助机械造就梦幻，却忘记了自己本身曾一度拥有的魔力。我渴望能从这些艺人中找到我所寻求的东西，去创造另一个梦幻般的神话时代。"

国王听了他的话，微微一怔，随即不以为忤地哈哈大笑："你是个疯子吗，大海难道还要向小河寻求浪花，你的技艺在我看来已经出神入化了，还要向这些无用的流浪汉们学什么呢？好，城池我就不给你了，大周国境内的流浪艺人我也不再驱赶，从今往后，他们都做你的奴仆好了。"他不容黑袍人再反对，大声叫道："来人呐，将先生送到驿站的精舍中，把我的礼物和这些艺人一并送去……哈哈哈……乐师，奏乐，我要与爱妃及各位爱卿继续狂欢。"

黑袍人鞠了一躬，如同来时一样寂然地消失在阴影中。

周王的狂欢持续了三天三夜，最后一堆篝火终于熄灭了，筋疲力尽的宾主丢下了狼藉的大殿，各自回去休息。

在后宫深处，重璧台那高高的回廊上，盛季把她滚烫的额头贴在冰凉的大理石柱上。她问自己，我这是怎么了？为什么从看到纡阿的第一眼起，她就心中狂跳不止；为什么他的目光转向高台，她就情不自禁地想欢笑。她当然要笑，哪怕是为了纤阿的生命，她也要微笑。那些贪婪的艺人为了他们那份可望而不可即的赏金而送命，一点也引不起盛季的怜悯。只有纤阿，是真心真意地为了她，为了她的欢乐而舞蹈。他不可能夹杂着一丝儿其他的欲望，她难过地想，因为他只是一具傀儡，甚至没有生命，没有因为她的微笑而得以保存的生命。

爱上了一个傀儡，她自嘲地摇了摇头，绕着寂静无人的回廊慢慢地踱了起来。她的目光不由自主地望向了那些奴隶们居住的低矮窝棚。三天前，第一次发现她对纤阿那份令人惊异的感情后，她就托词溜出了后宫，一个人体会那又惧又喜的感觉。

国王的盛宴持续了三天，那帮残忍粗鲁的家伙，就让纤阿跳了三天的舞，他一定累坏了，盛季怜悯地想道，现在，所有的大臣和贵族都在呼呼大睡，也许此刻他正痛苦地躺在哪个窝棚中喘息。

仿佛回答她的关切，一声鸟鸣打破了清晨的宁静，哀伤缠绵，仿佛一线游丝浮动在夜空中。然后，轻轻地，宛如青鸟般婉转的啼唱刺破了低沉的和音，欢乐和痛苦同时缠绕在一个孤独精灵的歌声里，犹如晨曦融合光和影一般完美。天哪，盛季又喜悦又痛苦地想道，这不是夜莺的欢唱，而是一个傀儡令人难以置信的美妙歌喉。他知道她在这儿。

带着异乡情调的低沉的喉音轻轻地摇曳着她，不由自主地让她想起了遥远的过去，想起了一个清冷的早晨，桨叶打碎了水上的晨光；想起了一个烛影摇红的夜晚，父亲把她送入了宫中；她的父亲后来如愿以偿地当上了盛地的领主……

不，不行，盛季绝望地想，我的心承受不了再多的负荷，我不能再见他了。爱情宛如躲藏着的河流在黑暗中流动。壁龛里的烛苗静悄悄地燃烧着，她惊恐地向四处看了看，把头伸出高台，向脚下花草掩盖着的黑暗低声问道："纡阿，是你在那儿吗？"

歌声戛然而止，一个发颤的声音回答了："是我，我的女王。"

我的脸竟然像少女一样发红，她心慌意乱地想。犹豫了一会儿，她柔声问道："纡阿，你为什么不去休息？跳了这么长时间的舞，你不累吗？"

"我用不着休息……能源……我不知道，"他在黑暗中沉默了一会儿，"我的胸口有个地方跳动得厉害，我不能去休息。主人说过，我是为了你的快乐而存在的。离开了你，我不知道该做些什么。"他低低地吟诵着一句话："我不能闭上我的双眼，我只能让我的热泪流淌。"这句话所拥有的魔力让王妃心跳不已。

"我的心指引我为你歌唱，把我留在你的身边吧，我不想为那些庸俗的贵族舞蹈。我只有十天的能源……十天的生命，让我用这剩下的七天来陪你一个人，让你快乐。"

王妃低低地呻吟了一声。"你不应该这样。"

"您不喜欢吗？"黑影的声调里充满了悲伤，"那么说一句话吧，或者一个词，只要一个词……一个词，我就可以为你去死。"

"你会为她死的！"一个粗暴的声音打断了他的话。盛季惊恐地转过身，看见姬满正满脸怒容地站在高台的楼阶口处，他暴跳如雷地咆哮道："一个木偶也竟然敢调戏我的王妃，我要让你和你那该死的魔鬼主人一块儿粉身碎骨！"

"不！请不要杀死他！"盛季恳求道。

妒忌的国王奔下高台，大声招呼着卫兵。

盛季探出栏杆外，看见黑影依旧在那儿没动，他的声音依然平静："告诉我该怎么做，我只听从你的吩咐，也许我死了会更好。"

国王在高台下愤怒地咆哮着，一群士兵沿着鹅卵石砌成的通道从远处跑来，盔甲和兵刃相互撞击着，打破了花园里的静谧。

盛季拿定主意，"快跑，"她低声说道："从这儿逃走吧！"

傀儡依然恋恋不舍，他仰着头问道："你还让我再见你吗？"

盛季眼角的余光看见几名士兵已经冲进了内庭，正向着那个胆大包天的冒犯者跑来，"当然，"她说道，"现在，看在大神的分上，快跑吧，为了你自己。"犹豫了一下，她加了一句，"也为了我。"

"我这就走，"那位激动的仆人低声而快速地说道，"燃起你召唤精灵的黑药粉，我一定会再来……"他转身向围墙跑去，王妃惊恐地看着两个卫兵挥舞着长戈追了上去，可是纤阿用一种令人难以置信的敏捷和技巧一下子就翻过了高高的围墙，不见了。

镐京里的大搜捕持续了整整三天，国王的卫兵仍然没有抓到纤阿和他的主人，尽心尽职的卫兵虽然几次发现了那个逃逸的傀儡的踪迹，但都被他从容逃走。

负疚的侍卫头领奔戎对暴怒的国王解释说:"那个巫师就在我们的眼前消失了,连同他那四个长得一模一样的仆人……有七八个人眼睁睁地看着;至于那个跳舞的木偶,(他说到这儿,平板的脸上流露出一分惧意)他有着豹子一般的敏捷,大象一般的力量,他能空手扭断我们的铜戟,跑起来超得过最快的战车。"他最后下结论说:"他不是人类,而是一个扎扎实实的魔鬼小崽子,我们根本不是他的对手。"停了停,他偷眼看了看国王的脸色,又补充说,"要我说,他好像受到了什么禁制,每次他可以轻而易举地拧断我们某个人的脖子时,却猛然停了手。要是搜捕逼得太紧或禁制解除了的话……"

国王嘿了一声,大步在大殿里走来走去,脸色阴晴不定。连号称最精锐的国王卫队都对付不了一个小小的偶人,而这个大胆的家伙竟然流连于京城,国王隐隐感到一股逼向王座的不安全感。自从那个不幸的清晨之后,盛季就只以沉默和流泪来回答他的恐吓和哀求,他烦躁地来回踱步,终于立定了脚步,"来人,速请盛伯晋京!"

盛季知道她的丈夫一直在搜捕纡阿,她并不太为他担忧。她从负责搜索的卫队那里打探从卫兵们那里得到的消息,使她相信自己所爱的人儿拥有的魔力是战无不胜的,就连伟大的姬满也抓不住他。他们知道只有她能引出纡阿来,姬满每日里到她这儿来,或软语哀求,或大声恐吓,她始终无动于衷。宫里每个人的表情都惶惶不安,她却仿佛带着一种恶作剧般的快乐,直到满头白发的老父亲跪在她的脚下时,用整个家族的存亡兴败来恳求她时,她才犹豫了起来。

"原谅我，纡阿，"她在心中想道，"你终究只是个傀儡，一个还有几天生命的木偶。我无法为了你放弃一切。"

第三天夜里刮起了轻柔的西风，盛季在重璧台上点燃了一撮黑色粉末，粉末剧烈地燃烧着，爆发出一簇簇明亮的蓝色火焰，如同一只被束缚住的老虎挣脱了囚笼。一股青烟袅袅飘散在风中，有股硫黄的味道弥漫在空气里。

夜色更加浓厚，重璧台上静悄悄的，仿佛只有盛季一个人。他不会来了。盛季庆幸地想。不知为什么，却有一丝儿失望夹杂在其中。

壁龛里的火焰摇动了一下，盛季突然转过身来，看见纡阿就站在高台长廊的尽头凝望着她，时间在回廊间悄悄地流动，是那么的安静。有一瞬间，她甚至忘了陷阱的存在，而想跳向前去，扑向傀儡的怀抱。

一匹战马在她的身后轻声长嘶。我干了什么，她猛地醒悟。一股可怕的恐惧攥住了她：虽然纡阿注定会死去，但她这一辈子都将无法轻释背叛他的负疚了。"别过来，"她向着长廊的尽头喊道："纡阿！这是个陷阱！"

纡阿转头扫了一眼花园里出现的国王的精兵，他的脸色因为痛苦而苍白。"那有什么关系，"他继续向王妃跑来，"如果这是你的选择，那么就让我死在你的脚下吧。"

国王咬牙切齿地喊道："拦住他，杀死他！"

两百名最精锐的卫士冲了上去。那个赤手空拳的傀儡毫无畏惧地向着这股由青铜盾牌和长戟组成的金属洪流迎来。大周国那些最著名的勇士——奔戎、造父，在他的手下如同草把一样纷纷倒下。傀儡在小心翼翼地控制着自己不过分地伤害脆弱的人类，爱情的魔力冲掉了永远不许与人抗争的禁令。激飞的刀剑像流星一样射入天空，又发出戛然长鸣坠落在花树丛中。大周国的卫士们发现自己陷入了这辈子最可怕的一场战争中。

最后一声刀剑的叹息也寂然了，两百名失去了武器和战斗力的卫士倒在了尘土中。满怀创伤的痛苦的傀儡一瘸一拐地向王妃走近。

满脸铁青的国王一只手按在剑柄上，不知该如何是好。

"你还爱我吗？"傀儡悄声问道。

"是的。"盛季轻声回答道，向跳舞的艺人伸出手去。纡阿接过了她的纤纤玉手，跪下来放到嘴边轻轻一吻，如同一尊青铜雕像般僵硬不动了。

怒火如烧的国王拔出了那把削铁如泥的宝剑，砍掉了傀儡的头。王妃惊叫着闭上了眼，没有温热的血液喷出来，他那漂亮的头颅下面是一大堆金光闪闪的金属片，以一种完美得不可思议的复杂联系在一起，随即在风中分崩离析，变成无数的金属碎片叮叮当当地散落在尘埃中。

王妃张开她含泪的双眼，一块透明的玉一般的簧片跳上了她的手，精巧地微微颤动着，发出了和纡阿的歌喉一样动听但却是单调的嗡嗡声。

后记：

先秦时代是一个神话了的时代，周穆王更是一个充满了传奇色彩的人物，这个故事来源于关于他的一个古老的传说，偃师造人的故事源远流长……1997年，我在一位神秘的黑袍人那里找到了一份手稿,他告诉我在几个世纪以前这份手稿就已经存在了,他只稍微改动了几个地方。我很怀疑他的说法,可是抓不着什么把柄,文中提到的"撒豆成兵""绳技""火浣鼠"……确实都能在古老的书籍中找到依据,几个世纪以前,也许它们真的存在过……历史永远让人充满遐想。

讲故事的机器人

飞氘

从前，有一位国王，不爱江山和美人，只喜欢听故事，因此在宫中养了一批讲故事的人。可是每个人的故事都是有数的，当讲完了他所知道的全部故事，国王就把他流放到很远的地方。日子久了，没人敢给国王讲故事了。

于是国王召集了天下最聪明的科学家，让他们制造了一个会讲故事的机器人。开始的时候机器人讲故事很生硬，不过他具有不断学习的能力，可以在科学家的指导下慢慢地自我完善，讲故事的水平越来越高。机器人的脑袋里装下了世界上所有有趣的故事，每天国王处理朝政累了就让机器人为他讲一个故事，否则就会感到不舒服。国王睡觉之前也要听两三个小小的故事，不然就会失眠。

有一天国王躺在舒服的龙床上，闭上眼睛准备享受一个奇妙的故事。机器人开始了："在一个遥远的小镇上，有一个出了名的盗贼，人送外号'克利克'……"国王皱起眉，睁开眼睛打断了机器人："这个故事已经讲过了，换一个吧。"于是机器人又开始了："从前有一个国王，认了一头猪做自己的儿子……"虽然机器人的声音很滑稽，但是国王的眉头又皱起来："看来我没有说清楚，请讲一个从没有讲过的故事。"说完又闭上眼，多少有些不快。

机器人沉默起来，他认真检查脑袋里的数据库，结果发现每一个故事都已经讲过了。"这么说你也已经没有什么新玩意儿了吗?"国王若有所思地说,然后想了一会儿,忽然问:"你能不能给我编一个故事呢?"

于是科学家又忙碌起来,他们把机器人的大脑容量大大扩充,让他可以进行更复杂的运算,然后就努力地教他什么叫作"虚构",最后机器人终于理解了为什么不存在的事情也可以编造出来,完成了从陈述到虚构的突破。虽然他编的第一个故事糟糕透顶,但是大伙儿还是为了这个了不起的进步喜悦非常。

机器人的学习能力很强,在科学家的指导下,他把那些精彩的故事全部分析了一遍,然后建立了一个数学模型,就是后来很著名的"故事定律",但是这个定律的数学形式过于复杂,只有机器人才能求出近似解。按照故事定律,机器人不断练习,终于编出第一篇优美的故事,国王听了之后很满意并且下了命令:"记住:你只能把最优秀的故事讲给我听。"

通常,国王心情好的时候,机器人会声情并茂地讲述一个伤感的故事,好心的国王听了就会哀叹一声,为故事中不幸的人们感到难过,甚至会因此颁发一些临时的法令,来减轻人民的负担。国王情绪糟糕的时候机器人则绘声绘色地讲上一个滑稽的故事,国王听了,笑得眼泪都流出来了,怒气渐渐平息,大臣们也就松了一口气,天下因此太平了许多。

机器人编故事的水平越发高超,已经超过了世界上最优秀的作家。由于数学运算的严谨性,他的故事从来都是只有最简练的形式,没有任何的拖泥带水,而故事定律的复杂性又避免了出现千篇一律的情况,有一些故事堪称经典,连国王有时也愿意再听一边。不过在形式上,机器人似乎坚持着某种可爱的古典主义,他的每一篇故事都以"从前"开头,以"这就是一切了,陛下"结束。因此,每当国王扔下手中的奏折,说"请开始吧",机器人就会用柔美的声音说"从前",这时候整个王宫安静下来,每个人都安分地待在自己的位置上,屏住呼吸,不敢发出打扰国王的声音,直到听到那句"这就是一切了,陛下",侍者们才长出一口气,谨慎地提醒国王应该休息了。

日复一日,机器人不断地生产着新的故事。但国王是一个聪明的人,即使那些故事彼此之间有着巧妙的差别,仍然可以从中隐约感受到某种一成不变的东西,于是有一天,心情很坏的国王命令到:"请给我讲述一个天下最奇妙的故事吧。"

一切顿时安静下来,可这一次,机器人却没有马上说"从前",而是沉默起来。国王尽量耐心地等待着,整个王宫开始变得不安,所有的嫔妃和侍者都在祈祷,希望机器人能够顺利地讲出这个举世无双的故事,否则国王就会发怒了。终于他们如愿以偿地听到了那句"从前",所有人放下心来。

"从前,有一个天才的国王,为了君临天下,用世界上最锋利的材料制造了一群无坚不摧的战士。"故事在慢慢地进行下去,王宫里的人都入了迷,国王也暂时忘了一切,专心地听着。"战士们历尽了艰辛,消灭了一个又一个的强敌和怪兽,经历了许多离奇的遭遇,征服了一座又一座城池,终于来到了最后一个国家。那里的国王同样是一位天才,他用天底下最坚硬的材料建造了一道无坚可摧的城墙。分胜负的时候到了,两位国王互相点头致意之后,勇敢的战士便举着长枪冲向了那道城墙……"

机器人的声音停住了,想要听下去的国王顿时从故事中回过神,疑惑而不容置疑地命令道:"讲下去。"机器人的双眼闪动了一阵,仍然没有开口。国王的口气变得强硬起来:"你为什么停下来?"整个王宫都在战栗,机器人却平静地回答:"陛下,这个故事可以有两种结局,我还没有计算出哪一种才是最好的。"

"难道两个同样的精彩吗?"国王很不悦。

"是的,两者与故事定律的真值的接近程度完全一致。这样的事还是第一次。"

"那么,把两个都讲出来。"国王命令。

"不行,陛下,遵照您的指示,我必须把最完美的那个故事找出来,讲给您听,这是我的职责。"机器人平静地回答。

"不,我现在重新命令你,赶快把故事讲下去,不管是哪一个结局。"国王的语气变得粗暴起来。

机器人的电子眼黯淡下去了。那晚,王宫里没有响起过"这就是一切了,陛下",每个人的心都悬了一整夜,而国王也失眠了。

天亮的时候科学家终于把机器人修好了,然后小心地向国王建议道:"您最好不要再给他相互矛盾的命令了。"

国王面无表情地问:"难道没有办法吗?"

"陛下,"一个科学家说,"他虚构故事的能力充分说明了他已经具备了人的思维模式,他的记忆也已经互相交织在一起,如果简单抹杀以前的命令,恐怕他的那些故事也会跟着失避免了出现千篇一律的情况,有一些故事堪称经典,连国王有时也愿意再听一边。不过在形式上,机器人似乎坚持着某种可爱的古典主义,他的每一篇故事都以"从前"开头,以"这就是一切了,陛下"结束。因此,每当国王扔下手中的奏折,说"请开始吧",机器人就会用柔美的声音说"从前",这时候整个王宫安静下来,每个人都安分地待在自己的位置上,屏住呼吸,不敢发出打扰国王的声音,直到听到那句"这就是一切了,陛下",侍者们才长出一口气,谨慎地提醒国王应该休息了。

　　日复一日,机器人不断地生产着新的故事。但国王是一个聪明的人,即使那些故事彼此之间有着巧妙的差别,仍然可以从中隐约感受到某种一成不变的东西,于是有一天,心情很坏的国王命令到:"请给我讲述一个天下最奇妙的故事吧。"

　　一切顿时安静下来,可这一次,机器人却没有马上说"从前",而是沉默起来。国王尽量耐心地等待着,整个王宫开始变得不安,所有的嫔妃和侍者都在祈祷,希望机器人能够顺利地讲出这个举世无双的故事,否则国王就会发怒了。终于他们如愿以偿地听到了那句"从前",所有人放下心来。

　　"从前,有一个天才的国王,为了君临天下,用世界上最锋利的材料制造了一群无坚不摧的战士。"故事在慢慢地进行下去,王宫里的人都入了迷,国王也暂时忘了一切,专心地听着。"战士们历尽了艰辛,消灭了一个又一个的强敌和怪兽,经历了许多离奇的遭遇,征服了一座又一座城池,终于来到了最后一个国家。那里的国王同样是一位天才,他用天底下最坚硬的材料建造了一道无坚可摧的城墙。分胜负的时候到了,两位国王互相点头致意之后，勇敢的战士便举着长枪冲向了那道城墙……"

机器人的声音停住了，想要听下去的国王顿时从故事中回过神，疑惑而不容置疑地命令道："讲下去。"机器人的双眼闪动了一阵，仍然没有开口。国王的口气变得强硬起来："你为什么停下来？"整个王宫都在战栗，机器人却平静地回答："陛下，这个故事可以有两种结局，我还没有计算出哪一种才是最好的。"

"难道两个同样的精彩吗？"国王很不悦。

"是的，两者与故事定律的真值的接近程度完全一致。这样的事还是第一次。"

"那么，把两个都讲出来。"国王命令。

"不行，陛下，遵照您的指示，我必须把最完美的那个故事找出来，讲给您听，这是我的职责。"机器人平静地回答。

"不，我现在重新命令你，赶快把故事讲下去，不管是哪一个结局。"国王的语气变得粗暴起来。

机器人的电子眼黯淡下去了。那晚，王宫里没有响起过"这就是一切了，陛下"，每个人的心都悬了一整夜，而国王也失眠了。

天亮的时候科学家终于把机器人修好了，然后小心地向国王建议道："您最好不要再给他相互矛盾的命令了。"

国王面无表情地问："难道没有办法吗？"

"陛下，"一个科学家说，"他虚构故事的能力充分说明了他已经具备了人的思维模式，他的记忆也已经互相交织在一起，如果简单抹杀以前的命令，恐怕他的那些故事也会跟着失去了。"

"确实，"另一个人补充道，"我们找出了他那部分记忆的所在，并试着用外接的转换装置来还原他的故事，不幸的是只得到了一堆乱码。"

"而且，"第三个说，"他似乎从外界接受了某种坚定的原则，这种原则看来能引起最强大的电势，虽然我们还不清楚是怎么回事，但您最好还是不要强迫他去违背这些原则。"

"总之，"最后一个恭维道，"在陛下的训练和调教之下，他已经进化到了相当复杂的地步，远超出了我们可以解释的范围。"

"废物！"国王只是简单地说了一句，就站起身离开了。

国王把那个残缺的故事向天下的人公布出来，宣称能够讲出精彩结局的人会得到重赏。人们为这个残缺的故事着迷，也有许多技艺超群的人前来，讲述各种各样的结局。国王觉得都很好，但是没有一个可以称得上举世无双，即使有，他也只想知道隐藏在机器人脑袋里的那个结局，因此国王用赏金把所有的人都打发走了。

机器人仍旧尽职地工作，每天都讲述许多精彩的故事作为弥补，国王听了依旧会哀叹，或者欢笑，但是这一切似乎都不如从前那么有趣，因为国王的心中还在惦记着那个没有结局的故事。但是机器人还是没有衡量出哪个结局更完美。日子就那么一天天过去了，机器人越来越像一个真正的人了。国王随着年纪的增长，脾气也变得不那么暴躁了，有时候甚至会对那个机器产生一种模糊的感情，促使他在心情不好的时候和机器人聊聊天，两个人彼此都很客气。毕竟在整个王宫里，国王是没有朋友的。

某一天的黄昏，国王用疲倦的声音问："您还没有想好那个故事该怎么讲下去吗？"机器人沉默了一阵，然后平静地说："是的，陛下。也许您不相信，我也会感到痛苦。每当我想到自己将要为了它的一种讲法而不得不舍弃另外的那一种，我的脑袋就会流过一阵阵混乱的电流。我不知道该把哪一个结局告诉您。我下不了决心。"

"您可算得上是一位艺术家了。"国王微笑地说完，然后就躺上了床，从此没有再起来过。

国王的病情一天比一天糟，御医开的药并不见效，人们都在窃窃私语。每天晚上，当贴身的侍卫也退出卧室，所有人离开之后，只有机器人不知疲倦地守候在国王的床榻旁边。在黑暗之中，他一边苦苦思索着那个故事的结局，一边等待着国王随时醒过来，给他讲一个小小的故事。

黎明到来之前，国王忽然睁开了眼，盯着机器人，声音微弱地说："您的那个故事……"

"陛下，我想也许可以有第三种结局……"机器人的声音异常的柔和，可是国王摇摇头打断了他："不，也许不需要结局。"

国王的遗嘱把所有的事都交代得很清楚，唯独没提到如何处置讲故事的机器人。新的国王勤政爱民，喜欢运动而不是听故事，于是决定：出于对先王的尊敬，任何人都没有权利知道那个故事的结局。所以,讲故事的机器人被洗了脑,然后丢进皇家博物馆的展览柜里,于是再没人能知道故事最后的答案了。

这就是一切了,陛下。

爱吹牛的机器人

飞 氘

从前，有一位国王，他雄才大略，智勇双全，运气也好，所以不用说，最后统一了世界，而且打算征服太阳呢。最可称道的是，他光明磊落，从不说谎。人民都爱戴他，也都愿意效仿他。这么说吧，宇宙中还从来没有一个地方像他治下的王国这般，风气如此纯正良善。

不幸的是，他生了一个爱吹牛的儿子。男孩从小就喜欢信口开河，有时甚至让他的父母面红耳赤，而王宫里的侍从们被他的胡扯逗得神经发痒，想笑又不敢，结果一个个都憋出了肠胃病。不可避免地，他那些昏话在整个国家流传开来。起初，大家还假装没听见，可后来肚皮实在难受，就忍不住笑了出来，他们不得不承认，已经很多年没听过这么逗乐的牛皮了。

而男孩的口头禅是："我从来都不吹牛，不信等你们死了之后就知道了。"

国王请了最高明的医生、最聪明的哲学家、最有名望的大祭祀、最优雅的琴师，试图矫正、开导、拯救、感化这小恶魔，却毫无功效。遗憾的是，国王只有这一个继承人。然而，难道不是说，只有人民都变成吹牛家，才需要一位吹牛大王来当国王……国王忧伤地睡不着，日复一日，最终长病不起。

据说，国王临终时，年轻人难得没有说什么太过分的话，他只是温柔地望着那可怜的老人说:"父亲大人,放心地去吧,我会替您征服比太阳更可怕的东西的。"

从此,人们有了一位"吹牛国王",过上了堕落的生活。

不过,天下并没有大乱。当然,从前的严肃活泼气氛,被一种新的不正经格调污染了,过去似乎已销声匿迹的二流子、坏小子、臭无赖都像冬眠的蛇一样出来了。正派的人们头疼不已,不能再像以前那样坦然入梦了。好在老国王奠定的基业足够坚实,又有一些忠厚的老臣愿意辅佐,所以牛皮国王居然也在王座上坐了很多年,虽不太稳当,倒也没翻车。他继续坚持不懈地漫天吹牛,十几年如一日,以至于最讨厌他的人也有点不得不敬佩了,于是大家达成了共识:国王是天底下最会吹牛的人。

随着岁月流逝,国王也慢慢变得比从前离智慧更近了一厘米,听到这种不负责任的说法,不禁陷入了深思。

"那可不行,"有一天,他拿定了主意,"我可不要把这么个名头带进坟墓里。"

他决定,一定要有人比他更能吹牛才行。反正人们不会记得第二名的。

老国王曾经创建过一个机器人兵团,它们刚毅无畏,又善于学习,立下过汗马功劳,并将永远忠诚于每一任国王。经过科学家们的筛选,其中一名士兵被带进王宫。

"你听。"国王说。

机器大兵捕捉着空气中的嗡嗡声,没解码出什么有用的信息。

"可怕的静默。"国王摇头,"我敢说,此刻,这颗星球上的所有耳朵都竖起来了,在等着我说点什么,好逗他们发笑呢,我跟你打赌,因为我的话而治好的消化不良至少让人民每年多吃一万袋大米。唉……可你以为,这样的生活有什么意思?没人把你的话当真。我还不如跟您这堆可敬的废铜烂铁聊聊您身上那光荣的锈斑。"

"任您吩咐。"士兵敬了个礼。

"其实,我并非生来如此。小时候,有一次,我在花园里玩,在一棵古树下挖蚂蚁洞,我挖啊挖啊,越挖越深,突然就掉了一个深坑,原来那是一个黑洞啊,里面有好多可怕的秘密,有一百万个银河系里九亿兆个种族憋在心里不吐不快又怕被人听见的五千摩尔个秘密,嘿,我真是开了眼,赶紧爬出来,想跟大家认真地讨论一下,可人们总是说我在吹牛。唉,当人们认定一件事时,就算是冥王星也拿他们没办法啊……总之呢,现在到了您向我尽忠的时候啦,您要改掉从我父亲那获得的正直。去肆无忌惮地说谎吧,去恬不知耻地胡编乱造吧,去不遗余力地异想天开吧,您要成为空前绝后的牛皮大王,这样我就解脱了,而您也会得到最无上的自由。"

事情就这么定下来了。

吹牛是无法教授的独特技能,机器士兵只能自己去领悟。它离开王宫,在地上漫游,增长见识,积累经验,与各种荒诞的行径为伍,在谵妄的灵魂中熏陶心智,从病入膏肓的癫狂中汲取营养,也说出了种种令人气绝的昏话,播撒下了错乱的种子,赢得了一些恶名。且说有一天,它在荒野小径上独行,突然乌云密布,一阵骤雨把它赶进一个破落的驿站。狭小昏暗的石屋里,三个男人正围着一个火炉喝酒,角落里还有一个醉倒在地的,苍白的面孔缩在一件满身是洞的黑斗篷里。

几个好朋友很高兴有人加入,大家挤了挤,腾出地方,斟满了一杯浊酒,便继续刚才的话题。

"……你们二位的冒险生涯确实精彩,不过还算不得令人震惊,要说起来,世上再没有什么比死神更难对付的了。"大家点头附和,有着一双鹰眼的瘦高男人便接着说,"有好几次,死神已追上了我,却总被我戏弄。身为一名画家,我擅长描绘一座座美妙绝伦的城市,他被我的画迷住,便踏入了风景之中,漫步于市井街头,穿越广场和小巷,与面目模糊的人们擦肩而过,然后才发现陷入了我精心设计的迷宫,沿着首尾相连的台阶循环往复……当然,虽然他挺有幽默感,容忍我的这些小玩笑,我们却不得不承认,这是一位尽忠职守的先生,他的能力超出世间的一切,所以最终他还是会找到迷宫的出口。不过这也为我赢得了一点时间脱身,"他拿起手中的画笔,"瞧,就是靠它,我才能一次次拖延死神的邀请,有幸来到这儿与各位把酒言欢呢。"

大伙一起举杯,向画笔和颜料致敬,角落里的醉鬼也送来一阵悦耳的鼾声作为祝福。

"说来也巧,我有幸欣赏过阁下的一些作品,"叼着烟斗的男人开口,"您的画非常巧妙,含有崇高的趣味和严谨的认知,令人敬佩。而我就不同,作为一个率性而为的人,我从来不把自己当回事儿。没错,人们送给我作家的名号,我享用了不少荣耀和甜头,不过我自知所写的东西其实毫无价值,事实上,抱歉,并非有意冒犯,但鄙人坚持认为,宇宙本身就毫无意义,我们这些渺微的尘芥一文不值,所做的一切都是荒谬,艺术也同样如此。和您对质量的追求不同,由于不看重自己所做的事,因而我更追求速度。我的写作就像江河决堤,不过是无益的生命在倾泻而下罢了,人们却谬赞我为思想的巨人,真可笑啊。但话说回来,如果和死神赛跑,我认为速度更重要啊。什么灵魂的交流,都是胡扯,这才是我写作的唯一目的,"作家从口袋里掏出一本精装的大部头著作,"这玩意就像大理石一样坚硬耐磨,我正在用它们建造一座天梯,每写完一本,就铺设上去,天梯就更高了一节。就这么着,我一边自己架设,一边向上攀爬,而死神就在身后追赶,你们知道,这位老先生常年奔波,腿脚已不太灵光,爬旋梯对他可不容易,所以只要我的手腕动得比他的腿脚快,我就能一直把他甩在身后,而根本无须费什么脑筋。"

"那么你打算一直爬到造物者的大门前吗?"画家问。

"如果真有这么一扇门,我倒是很乐意一脚踢开,看看门后在搞什么名堂呢。"作家哈哈大笑,大家又干杯了。一阵风涌起,顺着窗口洒进一阵飞雨,醉鬼翻了个身,把斗篷紧紧裹在身上。

"虽然您的办法不赖,前景也值得期待,不过我自认为比您做得更彻底,"第三位是一个下巴光溜溜的胖子,美酒在他的腹部浇灌起一座肥沃的山丘,"既然一切毫无意义,我干脆什么都不做,只是终日醉生梦死。丰厚的遗产被我挥霍一空,只为不断搜寻世间佳酿。我不敢说,到底有没有造物者的大门这回事儿,但我敢打包票,在尘世间是有一道通往天堂的入口的,就在这里,"胖子举起杯子,"每次死神前来拜会,我一点也不惊慌，反而慷慨大方地请他与我共饮。不管你们信不信，酒友的交情胜过其他，哪怕他法力无边，也一样会飘飘欲仙，并总是比我先醉倒。等他清醒过来时，我早已溜之大吉。怎么样，我这妙法，比各位的都省心省事吧？"

"难道他从来不吸取教训？"画家抿了一口酒，含在口中细品着。

"只要我提议，他总没法拒绝。有时我甚至怀疑，其实我的大限还早着呢，这位仁兄屡次造访，只是贪图我的美酒。"胖子得意地说。

"那你一定酒量过人，否则要冒很大风险啊。"作家一饮而尽。

"我倒不担心，只要是醉着，就算被他带走也无妨。"胖子又拿起酒葫芦给众人斟满。

"几位前辈真让我开了眼，我还从未听过如此离奇的事情。"一直在倾听的机器人开口了，现在轮到它讲故事了，"不过呢，在我看来，各位虽然技能超群，敢与最伟大的力量戏耍，称得上人中极品，但说到底，还是心怀畏惧的，于是殚精竭虑，希望在下一次博弈中战胜他，这样一来，还是难以让自己的精神彻底放松，算不上真正的自由自在啊。"

那几位一向自视甚高，所以起初只是冷笑，但还保持着礼貌的态度，没有打断。窗外的骤雨已经小了下去，只剩下沙沙的细雨，醉汉的鼾声也轻微了。

"每次死神寄来请帖，我都来者不拒，欣然赴约。没错，我的意思是，人们对于死神的忧惧其实是不必要的。他只不过要带我们去另一个国度罢了，那里风景倒也别致。生者以为他们将一去不返,这大致不错,不过也不尽然。我已经多次去过那里,尽管有着严格的规定,禁止返回尘世,但只要像我这般足够聪明机智,还是有办法回来的。"

那三位愣了一会儿,等他们确定了自己听到了什么胡话之后,就一起哄笑了起来。画家拉着作家的手笑得东倒西歪,作家不停地拍打着桌子,胖子笑得眼睛都没了,醉鬼不耐烦地翻了个身。机器人很合群地跟着笑了一阵,直到大家都笑累了。

"我认为你的说法中有一个逻辑上的难题:如果真的有人死后复生,那他就没有真正的死掉,因为不能复生才是我们对死亡真正的定义。"作家带着四分之一的严肃反驳。

"请容许我提出异议,"机器人温和地说,"认为任何事物都不能离开死神的国度,这种命题本身就不合逻辑。显然,至少死神自己是可以离开的。"看到作家要反驳,机器人马上进一步解释:"首先,既然死神就是一切被带到死亡国度的至高主宰,他自己当然是属于'那里'的。同时,他又总是来到'这里'带走我们。既然如此,其他人不也同样有可能做到这一点?比如说吧,有那么一次,我在那边漫游……"

他这番话荒唐透顶,几个听众被弄得精神涣散,头疼欲裂,又一时不知该怎么反驳,脸上的笑容也被愤怒所取代。正当此时,斗篷里的酒鬼突然浑身一抖,睁开了眼。其他几个人一下子跳了起来,面露惊恐。

"瞧你干的好事啊。该死的!"趁着酒鬼还没完全恢复行动能力,三位绝世高手早已飞速地抓过自己的行头夺门而出,冲进了泥泞的天地中了。

那人站起身,抖了抖尘土,整了整衣冠,脸上恢复了庄重的神色,盯着机器人看了一会儿,目光好似冰凌。

门外的风雨已经退散,阳光穿透云朵,三个远去的小小身影正跑向彩虹的尽头。

"我知道你了。不过眼下我还有更要紧的事。"那人转身出门,临走前给了他一句忠告:"如果以为自己不是血肉之躯,就不会再见到我,那就大错特错了。所以,最好抓住你能抓住的一切。"

于是机器人把剩下的酒都喝光了,虽然一点味道都没有,还随手带走了桌上剩的几根鱼骨,丢给了路边的一只野猫。

在那之后,它又度过了一段乏善可陈的日子,人们都已经知道民间有一位能与国王媲美的吹牛高手了。为了能更进一步,机器人决定去更远的地方冒险。它加入了一支船队。领队的是一位疯狂的探险家,他相信在银河系的深处有一个巨大的黑洞,那里有失落的宝藏,而光是黑洞边缘那些宝藏的零星碎片,也够他们大发达的了。结果才走了一半的路程,船队就被小行星群摧毁了,机器人被抛进了无尽幽冷的真空,失去动力的他心态倒还不错,任由身体在纷乱的引力场中飘游。

宇宙太浩瀚了,他有足够的时间东张西望。但是周围都太黑了,除了茫茫的星海,什么都看不见。只是偶尔,比如说,过了几百年或者一万年之后,才会有一个星系,透过飘忽的宇宙尘埃,向它靠近,有的有三颗太阳,有的太阳已经变成了冰冷的白矮星。有时还能遇见和它一样漫无目的人造物,像是太空舰队的残骸。有一次,一片美丽的玫瑰状星云出现在正前方,它盯着看了大概有两百万年那么一阵吧,为能去那里看个究竟而激动，可是因为半路上一时贪心，伸手去抓一块很久没见过的像是蓄电池一类的东西，结果这个动作彻底改变了它的方向，玫瑰星云渐渐从视野里消失，直到七千万年之后，才从它背后再次出现，而结果却证明，它抓到手里的，可能只是某个外星人的烟灰缸。

飘啊，飘啊，飘啊，难道永远飘不到头了吗？它开始瞌睡了，困得迷迷糊糊时还在想："也好，这样我就有了一个证据。等我回去，完全不用虚构什么，只要如实地讲出这一切，就自然会被认为是最能吹牛的了……不过，既然我只是要吹牛，完全不需要什么证据啊……"不过，朦朦胧胧地，它又想起了黑衣人的忠告，便握紧了手，没让好容易得到的战利品溜走。它睡着了，还梦见一只电子绵羊向它冲过来，那对红艳的激光犄角划出一道流火，自己的腿却怎么也不听使唤，它急得浑身的电路发烫，突然"砰"的一声，绵羊撞上来，它睁开眼，发现自己掉到了一潭污水中了。

四周滑溜溜的，什么也抓不住，有那么一阵，机器人几乎认为自己要这么溺死了，不过最后还是摸到了一根什么东西，身子便突然被提着飞了起来。一阵头晕目眩之后，它才弄清楚，自己正摔在一条黑色河流的岸边。

天空五光十色，四周都是高山，一只穿着风衣的猫正蹲在一旁，面无表情地将鱼线重新甩入河中。

"失礼了，"机器人鞠了一躬，"请问这是哪儿啊？"

猫先生肉滚滚的脸上没有一丝好气。机器人这才注意到，那几根颤巍巍的胡子下还叼着一根长得出奇的烟卷，简直比他所有的胡子加起来还长，更离奇的是，烟卷显然已经烧了很久，因为有大概十分之七的部分化成了灰，却顽强地挺立着，掩护着火星向胡子的方向蔓延。

"啊，您看，我这刚好有一个烟灰缸，请别介意，如果需要的话。"机器人把他唯一的宝贝恭敬地递上去。

猫先生转过头，倒竖的瞳孔里透出绿光，脸上慢慢露出了喜悦，冲新来的点点头，"喵呜——"

就这样他们成了朋友。

猫先生因为弄丢了烟灰缸，又不愿把烟灰掉在地上，于是简直动弹不得，已经在此蹲守了太久了。幸而机器人把它从困境中解救了出来，这充分证明了它的品性，为了报答它的好意，猫先生愿意帮它一个忙。

"我只想回到我来的地方。"这是机器人唯一的心愿。

猫先生皱起眉，说那是做不到的。所有掉进这个黑洞的人，都再也离不开了，大家都迟早要去那座"城堡"报到，它还是趁早死了心的好，不然最后难免空欢喜。但机器人坚持认为，自己的使命尚未完成，就这么永远地留在这里心有不甘，还是想试试看。猫先生为他的忠诚所感，便叹了口气："好吧，我可以给你一点帮助。你去找一个总是叼着烟斗的脱画人吧，我听说它有好几次成功地从死神手中逃脱呢。"

机器人谢过猫先生，继续赶路。路上尽是奇怪的无法描述的风景。它沿着河水，顺流而下，来到一片荒原。两支军队正在交战，地上满是断肢残骸。"你效忠于谁？"一队巡逻的三维码卫兵捉住了它，盘问道。

"我永远效忠于伟大光荣的牛皮国王。"机器人在这一点上从来不说大话。

他们对这个答案似乎不满意，便把他当作奸细扔进了牢里。隔壁牢房里正好有一个叼着烟斗的男人。

机器人说明了来意，男人点点头："不错，正是在下。既然是猫大哥的朋友，那我愿意给你一点帮助。不过你必须先帮我一个忙。你知道，在这里，多数人会顺从地去城堡结束他们的旅程，毕竟那是永远的解脱。只有少数捣乱分子才会和死神大人玩捉迷藏。为了困住我，他画了一幅又一幅奇异的画，把我变成画中人，让我困在他精心设计的那些不可能的建筑中，可每次我都能逃脱。尽管如此，他仍然不遗余力地一再追捕我，我很希望知道，他到底还想再画多少幅画，还要折磨我多少次才会觉得无聊。"

机器人拍了拍胸脯，说这件事包在自己身上，回来时就给他答案。

"好极了。"说话间，脱画人不知怎么已经来到它身边，敏捷地打开地上的一道暗门："快走吧，时间紧迫。"

秘道像一架幽暗绵长的滑梯，机器人一路滑到了一堆稻草上。这是雪山脚下的一片平谷，湖水清净明丽，一个胡子拉碴的男人正光着膀子，全神贯注地奋力劈柴，身后是一棵参天古树。一块木片刚好进到机器人的脚下，上面写满了支离破碎的文字。

"你有什么非回去不可的理由吗？"当机器人说明来意以后，男人不解地问。

"我必须要回去好好吹个牛。"机器人诚实地回答。

"哈哈，这个由头倒不错。"男人咧嘴笑了，"好吧，我愿意给你一点帮助。不过你必须先帮我一个忙。你知道，我是一个诗人，这意味着我受了诅咒。这或许是因为我盗取了语言的种子，写下了壮丽的诗篇，我想，只要它永不停歇地生长，我就可以攀缘而上，把死神永远甩在身后。"他们一起抬头，那棵树枝叶繁茂，顶端消失在云深深处，躯干上却布满了瘤，一阵风起，便下雨似的落下满地枯枝败叶。"它曾经何其辉煌，如今却停止了生长，病恹恹的。我想知道，是什么腐烂了它的灵魂？"

机器人拍了拍胸脯，说这件事包在自己身上，回来时就告诉他对策。

诗人将信将疑，不过还是高声朗诵起来：

"……云霄中的王者，
经常出入于暴风雨中，嗤笑弓手……"

像听到了召唤，一只巨大的信天翁从天而降，抓起机器人，眨眼间便飞跃了群山，闯进了雷霆万钧的云海。这一路千辛万苦，机器人本来已经有点体能不支了，恰好一道闪电击中了它，瞬间充满了能量，复苏了全部的斗志。信天翁却被吓了一跳，陡然松开爪子。机器人掉在了一只船上。那无际的黑色洋面，正映着万里赤霞，一个胖子正在船头喝酒。

机器人先祝福了他的健康，又说明了来意。

"你这也可谓费心了，"胖子点点头，"我愿意给你一点帮助。不过你必须先帮我一个忙。每次死神找到我，我只要先狂饮两杯，就什么都不怕，他也就拿我没办法了。可是酒劲过去后，我又变得软弱。我想知道，有没有什么办法能长醉不醒?"

机器人拍了拍胸脯,说这件事包在自己身上,回来时就给他满意的答复。

胖子很高兴,请他一起喝酒。这酒真是不同凡响,连机器人都能品出个中妙处,却又难以言说,几杯下肚,它一向清醒的正电子脑都有些飘忽了,那滋味就像一场美妙的湮灭。它似乎看见胖子的身体正在膨胀、膨胀……最后变成了一个巨人,自己就坐在它的肩膀上,刚才还浩渺无际的大海,此刻成了脚下的一条水洼,巨人抓起它,一把投了出去。机器人就腾云驾雾了,它飞啊飞,最后刚好落进一个火山的岩洞中。

翻滚的熔岩旁,有人正在那里沉思,那阴沉的身影,足以让酒意瞬间清零。

"果然又和您见面了啊。"机器人依旧彬彬有礼,"不过我还不能跟您走。实际上,我的请求正相反,因为我身负使命。我听说您是位讲道理的绅士,您愿意考虑一下吗?"

"那是不可能的。"

"总还可以商量一下吧。或许我能帮您做点什么……"机器人诚恳地提议。

"没有什么事能难倒我,我不需要谁的帮助。"

"请不要见怪,可我认为有几个问题,连您也未必能回答呢。"

"说吧。"

"我认识一个脱画人,听说他总是能从您的迷宫画中逃走,您知道他是怎么做到的吗?"

"虽然我现在还不知道,但总会弄清楚的。"

"纯属好奇,反正他还是可以逃掉,您何必穷追不舍呢。"

"没有画,又怎么会有脱画人呢?"

机器人毕竟已经见识过许多大世面,想问题也比从前更周全透彻了一些,所以他只稍微想了想,就觉得这些话也是说得通呢。于是又问:"我有位朋友,他种下了一棵语言树,就快要长到天空那么高了,现在却病了,您知道是怎么回事吗?"

"说不定它有恐高症。"

和聪明人聊天就是长学问啊,现在机器人的思路展开得比较完全了。

"另外,我听说,人们在喝醉了之后会觉得自己更勇敢更真诚,难道没有一种酒能够长醉吗?造物者为什么不让他们在清醒之后一如既往地怀有同样的勇气和心意呢?"

"让人醉的东西,不正是人自己造出来的吗?"

这回答和它心里猜想的基本一致。现在可是彻底有数了。

"可是,既然您心里一清二楚,为什么不去挑破呢?"这次它是真的搞不懂了。

"他们一看见我就跑,根本不给我开口的机会……"死神轻声叹了口气,"……况且……"

"您其实也挺享受这个过程吧?"机器人小心地问,它猜死神是没什么朋友的。

"好吧,如果你愿意去跟他们谈谈,我愿意给你一点帮助。"死神终于让步了,"也该结束这些游戏了"。

"包在我身上。"机器人拍了拍胸脯。

死神便走上前,手扶它的背,一把将它推入沸腾的岩浆中。机器人毫发无损地穿越火海,重又跌入了云雾中,一路掉回到了那艘船上，胖子已经恢复了正常的体型，正在船尾小酌。

"你找到答案了吗？"

"有句话叫'酒不醉人人自醉'啊，老兄，我说，你从没有在清醒的时候好好看一下这个世界，看看自己，看看死神的模样吗？"机器人反问。

胖子愣了一会儿，才发现从前活着时和死了这么久以后，都从没这么做过。"说的是啊……"他放下了酒杯，就那样盯着船后的航迹望了许久。他的头脑开始苏醒，目光开始澄明。那野蛮的黑色波涛无情地翻滚，像一面镜子，映照着他的灵魂。有一刹那，那肥胖的身躯打了一个冷战，似乎想要后退，但他到底坚持住了。是的，他看清了这一切。于是他转身走进船舱，再出来时已穿戴整齐。

"这个送给你了。"老迈的战士从腰间取下酒葫芦。这时便开始风起云涌。"他就要来了，这次我要与他认真地来一次对决。"

怒涛肆意戏弄着小船，机器人被抛进大海。葫芦开始长大，驮着它在海浪中颠簸前行。它最后回头时，看见老人身披生锈的铠甲，仿如一尊欣伟的青铜雕像，泰然倚着长剑，在暴风雨中旁若无人。

机器人骑着葫芦，一路漂游，不知怎么就回到了那片群山环绕的湖泊上了。诗人的胡子比上次更长了，正在那里用莫比乌斯草喂一匹发条骏马。

"你来解答我的难题了吗？"

机器人打开葫芦，为诗人倒满一杯："喝吧，喝下去你的灵感就来了。只要你下定决心，真要这么做。"

诗人犹豫了片刻，但他想：为什么不呢？这不正是自己所希望的吗？于是便一口干了。那从神的食粮中蒸腾出来的甘露，流入龟裂的心田，倾注希望、生命、青春，让爱的种子萌发，长出骄傲的枝叶，一层一层，粗壮蓬勃，得意扬扬，向天空深处迸发。诗人很欢喜，他灵巧如长臂猿，一转眼就不见了。

机器人在下面等着。我们都知道，它这个人挺有耐心的。

等着。

等着。

终于，诗人回来了，满身是伤，头发和胡子上挂满了枝叶，手里紧紧握着一根树枝，浑身都在发抖。

机器人其实挺想问问诗人爬到顶了没有，看见了什么没有，揭开了世界的面纱没有，找到了永恒没有，但它还是忍住了没有开口，怕弄得他更难过。

"这个送给你当纪念吧。"诗人把树枝递给机器人，然后把它扶上那匹发条骏马，开始一圈一圈地拧发条。嘎吱、嘎吱，发条越绷越紧，嘎吱、嘎吱，马儿开始躁动。"上路吧朋友，永别了，等到一切重新来过的时候再见吧。现在我要给自己造一座坟墓，所以千万别回头。"

话音未落，诗人松开了手，骏马便四蹄翻腾，带着饱满的喜悦狂奔起来。机器人决定尊重诗人的遗愿，果然没有回头。在它身后，响起了砰砰声，是斧头在劈砍什么吧。最后只剩下风声在耳畔呼啸了。

它们翻山越岭，来到一片废墟。断梁残壁之间，一座广场上正在举行一个仪式,一群虔诚的人准备钉死一个叛徒。机器人下了马,和大伙一起围观。

"你有遗言吗?"主持仪式的黑袍大祭祀慈悲地问。

男人被绑在木架上,嘴里依旧叼着他的烟斗,目光倒还温柔,没有愤怒也没有骄傲,他扫视着台下的面目模糊的人,最后落在了机器人身上:"啊,你来了,有什么要告诉我的?"

"你啊,总在逃走,永远也没办法在一个世界里驻留,但你是不是其实渴望再次入画?可能你只是在期待一幅完美的杰作,值得永远镶嵌其中。又或许,你只是想以这种方式成为人们的焦点,因为画中的空白才是最醒目的存在。但你因此永远只能做一个无形的影子。"机器人如实地说出了它的看法。

"啊——"脱画人赞赏道,"聪明的人。他找到了我烦恼的根源。我要回报它的智慧。好吧,我想是时候了,这一次我会尽职尽责。请容许我将我仅有的烟斗送给他作为回报,这是我唯一的心愿了。"

黑袍祭祀沉默了一会,便走上前,取下他的烟斗,来到机器人身边,露出了苍白的面容。机器人接过烟斗,也没说什么。这时人群开始喧嚣,无头的行刑人抡起锤子,将铱钉砸入男人的骨头里。那撞击声铿锵有力,玫瑰色的血肉翻飞四溅,观众们在节日里欢呼。黑袍人从怀里掏出一张画板,在白色的一面迅速地描绘着。修长白皙的手指敏捷而精准,画中的受刑者神色哀戚,又有几分安然,他所有的苦都到了尽头。

人们上前亲吻那遍布伤痕的尸体,然后便散去了。

"又只剩下你和我了。"黑袍人的目光好像有点忧伤。

"我兑现了我的承诺。"机器人说。

"好吧，我会送你去终点，只有在那里才能找到起点。剩下的就靠你自己了。"黑袍人把那画板翻过来，开始在黑色的一面画了起来。

机器人毫不怀疑死神的正直，它静静地等着。视线渐渐开始模糊了，世界黯淡下去了，像灯火在熄灭，所有形状和色彩都失去了根据，然后就安静下来。

那感觉有点像宇宙中随波漂流，轻飘飘的，但比那时还要纯净。它试着朝某个方向移动。周围没什么东西阻隔，但好像掉在某种柔软弯曲的东西上，它的存在和行动，只是让自己成为一个深深的凹陷。或许它悬浮一片湖面上吧，一点点动作，都能引起整片涟漪。

"不要挣扎了。"一个声音在黑暗中说，可能是出于同情，或者不耐烦。

出于礼貌，它停了下来，思考着下一步怎么办。

"陛下？"它觉得那声音有点熟悉，但拿不准是正直的老国王，还是爱吹牛的新国王。

没人理会。

适应了一些之后，机器人意识到在某个很远的地方，有一个很不起眼的像素点，亮度比周围的背景高了那么一点点，要不是它意志坚强，根本都不会注意到。好了，一旦有了目标，勇气也就跟着来了，它奋力朝那里游过去，既没被允许，也未被禁止。

那亮点慢慢挨近了，机器人费了好大一阵功夫才走到它跟前，原来是一个快要熄灭的火堆。

"我说你还是别管它了吧。"那声音终于又开口了。

"真抱歉，可是我得从这儿出去。"机器人是从来不跟人见外的，它相信，只要诚恳地跟人家解释清楚，别人总有可能多少理解它的处境的。

"我知道，我知道你的使命。忠诚是值得嘉许的，如果可以，我要亲自为你戴上勋章，不过眼下最后的一点儿火也要熄灭了，所以什么也不必操心……"

机器人认真地思考了一番，便从怀里取出诗人送给他的那根树枝，小心地把它放进了火堆中，那本来奄奄一息的火苗，蛇一般欢腾地跳起舞来，照出一片球状的空间，一个头戴王冠的老人从黑暗中浮现出来，模样有点像老国王年轻的时候，又有点像新国王老年以后。

"唔……"久违的亮光让他眯起了眼，"看来你还真是铁了心啊。唉，你就那么想回去吗？除了这里，再没有一个地方能得到永久的平静了。"

"只要还有一线可能，我就绝不会放弃。"

"嗯嗯，令人感动。"老人点头，"你并非为了自己而冥顽不灵，这大可令人钦佩。好吧，我来问你几个问题，如果你的回答让我高兴，我愿意给你一点帮助。"

"我一定如实禀告。"机器人拍着胸脯说。

"当我还是一个年轻的君王时，我以为正直庄重是最高的美德，我嘉勉勤劳高尚的人，教化丑陋不端的行为，我的人民因此免于卑琐，心也没有忧惧，但若说因此就是地上的天堂，那也差得太远。而当我日渐成熟，却开始对那些不正经的事物有了更多的理解，对那些荒唐和不恭也有了更多的宽容，人民比从前快活轻松得多，但德行的衰败也随之而来。那么，作为一个局外人,你认为庄严和滑稽,究竟哪个更值得鼓励?英雄和小丑,到底谁更令人喜欢?"

"陛下,在我看来,命运之神总是喜欢生双胞胎,人们就是自己的兄弟。"

"哈哈,有意思。你不是一般的死电子脑筋。"老人有些高兴了。

"是的,之前进过一些水,有些奇怪的负电子混进来了。"机器人如实禀告。

"第二个问题,人是如此矛盾的存在,既可以像天使一样完全奉献自己,又可以像恶魔一般不遗余力地伤害他人,那么,爱和恨,到底谁的力量更强大?"

"据我观察,一切有限的存在,都渴望效忠于某些更为永久的东西,只有这样才能勇猛无畏,而不论我们决定效忠于什么。"

"很好,我越来越欢喜你了。"老人揪着自己的白胡子说,"最后一个问题,你必须想清楚再回答,因为它关系重大"。

"我一定把所有的运算模块都调用起来。"机器人郑重保证。

"好极了。那么,你是否已有足够的能力承担你的重任?如果能够回到过去,你果真能够成为旷古洪荒、普天之下、绝世空前、独一无二、无人比肩、不可再现的吹牛大王吗?"

正如它所承诺的那样,它用了二百五十六种不同的检验法,运算了足有九亿七千四百六十六万亿次,差不多用尽了身上的最后一点能量之后,才如释重负地说:"是的,陛下。"

老人缓缓地点点头:"眼下我们正处于一个非常庄严神圣

的境况中，所以我不会要求你吹几个牛来作为证明。或许你可以说说你对吹牛的理解，从中我就可以得到某种更有把握的确证。"

"在我看来，"毕竟这是他毕生为之奋斗的事业，所以机器人几乎不假思索就从容作答："吹牛让说者和听者都为之愉悦，这部分是因为，有些真理的光芒会灼伤人们的感官，令他们害怕，因此必须乔装打扮成荒诞不经的故事，才能以温和的方式渗透进他们脆弱而多疑的神经，即便天生鲁钝的头脑不能从中得到什么教益，也至少不会受到什么伤害……"

老人舒展的眉头又开始锁紧了，他似乎不太满意。机器人继续说了下去："……不过，根据我的多年经验来看，吹牛更重要的，还是在那漫无边际的跳跃中获得的喜悦，就像人们渴望飞翔一样，这本身就是理由，不需要更多的解释。"

这下老人总算露出了欣慰的神色："你的回答令我满意。"他从袖子里摸出一根宝剑形状的铅笔。"在尘世时，我用它征服世界，建造王宫。在这里，我用它抹除光明，把一切困在黑暗亡国。现在我把它送给你，你或许用得上。喏，火苗就要熄灭了，一切都将睡去。"

树枝已经烧尽。不远处传来了沉闷冷清的脚步声。

"你的时间不多了。"老人的面容一点点消失。

"您不和我一块走吗？"机器人紧紧握着那支笔。

"我是这里永恒的奴隶。你走吧，但要记住，我对你的帮助，并没有什么更深的考虑，我只是想看到他失败的样子，哪怕仅仅一次也好。"

残灰中只剩最后一点火星，只够照亮那一圈白胡子，那好像是一个微笑，然后什么都没有了。

机器人一刻也不耽误，立刻就从怀里拿出烟斗。刚才他伸手找树枝的时候，就发现那东西其实是橡皮做的。所以当他向黑暗中用力一画，一道圆弧的亮光就撕裂了混沌。那脚步声猛然停住，便加紧走来。机器人飞速地擦啊擦，很快就擦出了一个圆形的洞口，尺寸刚好够它钻出去——这在刚才的第九亿七千四百六十六万亿零一次的计算中已经算好了。他刚落在一块潮湿的泥地上，就即刻转回身，用铅笔涂抹了起来，借着洞口的亮光，它能看见死神苍白的手掌就要伸过来了，好在他抢先画出了一个十字，把他的势头拦住了，紧接着又立刻将四个象限一股脑地全都涂黑了。起初涂得比较稀疏，只够勉强敷衍，因此还能透出死神的叹息声，后来，确信已经平安无恙，他开始耐心、细致、均匀地涂抹，确保没有一个像素的疏漏。他涂啊涂，直到铅笔涂光了才停下来。他反复地核实，最终确认一切都稳妥了，这才松了口气，倒头大睡了。

不知过了多久，他终于醒过来了，浑身酸痛。周围都是泥土，身后依靠着一丛密集的树根，小男孩这才想起来自己掉进一个很深的地洞里了。头顶上是一块不规则的天空，几个人围在洞口张望，更多人在外面乱哄哄地喊叫，七嘴八舌地商量着怎么救他出去呢。有什么虫子爬到了脖子上，他小心地拿在手里，仔细端详着那些乱动的小细腿儿，这时他的肚子咕噜噜地叫起来，这一切都那么新鲜，待会他可要好好地大吃一顿，经历了这么多事儿，不犒劳一下自己怎么行啊。嗯，等他吃饱喝足，还要给他们好好讲讲自己的历险，不是吹牛，管保他们从来没听过这么离奇的故事了。嘿，那些大人啊，他们都自作聪明，以为自己什么都懂，才不会把小孩子的话当真呢，他们一定会说我在吹牛。哼，管他的，总有一天他们会知道是怎么回事儿的。不过，就算他们不当真也没什么大不了的，只要他们听的时候觉得有趣，笑得开心，我就愿意给他们一点帮助。

会唱歌的机器人

飞氘

一

从前,有一位国王,他爱美人胜过了爱江山,爱艺术胜过了爱美人。他的祖父和父亲都治国有方,加上那些年风调雨顺,国库里装满了金银珠宝,百姓都很幸福,结果国王自己就变得很慵懒。一想到要处理公文啊,提拔和放逐大臣啊什么的,他就会打呵欠,而国王是一位唯美主义者,他认为打呵欠非常不美观,因此将朝政都交付宰相,自己则专心钻研艺术。久而久之,闹出了许多乱子,可国王一点儿都不知晓,也不关心。百姓怨声载道,但有品位的高雅人士却一致认定:不管怎么说,国王是一位有天赋的艺术家。

在所有艺术中,国王对音乐最着迷。他喜欢弹琴,也有一副好嗓子,不论是开心还是烦恼,他都喜欢自弹自唱。说真的,有时候他倒情愿不当国王,而去做一个游吟诗人,浪迹天涯,勾引牧羊女和贵妇人。这个幻想让他倍感寂寞,因而也就愈发迷恋艺术。他邀请艺术家们来做客,与他们开怀畅饮,赋诗作画,比赛唱歌。大家都说,国王唱得最好,夜莺听了都羞愧得不愿再开口,可国王听了并不高兴。"阿谀奉承,配不上艺术家的名号。"

在某次晚宴上,一位来自遥远异域的外邦贵客天南海北地讲起了旅途见闻:在南方陆地的尽头有一片透明的海,海里有一座小岛，很多年前有一个天下最最美丽的姑娘，她迷人的歌喉能让水手流连忘返，让海神陷入迷思，后来她的爱人被海盗杀死，她日夜流泪，变成了一座钻石雕像。传说，谁能唱出最动人的歌声，就能让雕像复活，并赢得她的爱情。

人们啧啧称奇。国王心中暗想："考验我的机会终于来了，而且可以赢得美人。"

然而，尽管国王至高无上，但很多事并不是他一个人说了算的。他悄悄地找异邦人商量，对方坦言："陛下，您应该比我清楚，只要您留在王宫，就可以随心所欲做任何事，但想要走出禁城是绝不可能的。"国王认真地思考了一阵，不得不承认他是对的——他们不会允许他离开——便非常沮丧。异邦人却说："也许可以有别的办法。"

很快，聪明的异邦人带来了一个机器人。"您可以教它唱歌，然后让它代替您去。"国王觉得这个办法不错。

机器人每天学习乐理知识，还模仿国王说话、欢笑、叹气、打喷嚏，练习唱歌。它学得很快。不久，人们都被请来鉴赏，他们站在一扇帷幕后。银铃般的声音让整个王宫都要融化了。大家赞不绝口：

"天籁之音，无可挑剔！"

"在音准、节奏、音色方面都棒极了！"

国王和机器人从帷幕后走出来，问人们能否分辨谁唱了哪部分。

大家都摇头，说根本就是一个人在唱。

国王心想：现在我能做到的它都已经可以做到了，它做不到的我也无能为力。

就这样,机器人化装成一名僧人,悄悄地上路了。足足等了半年,有人送来了一封署名为"率土之滨并非王臣的海上自由人毕尔德"的信,声称国王的使者在他们那里受到了贵宾般的礼遇,如果陛下愿意给予适当的回报,他们即刻就送使者回来。国王觉得为了这点事儿犯不上大动干戈,就派人给海盗送去了一些礼物。这样,机器人回来了,光泽鲜丽的金属身体蒙上了一层暗红色的锈迹。

可是机器人不会讲故事,只好把它这一路上学会的歌谣一一唱出来。国王从没听过这些夹杂着方言土语的民谣,尽管有些格调不太高雅,却非常新鲜喜庆,零零碎碎地透露出许多闻所未闻的事情。在当地的民歌中,那个姑娘的父亲在先王镇压叛党的战争中光荣死去,哥哥在守卫边关的战役中失踪,母亲伤心欲绝,哭成了盲人,弟弟在上山采药时摔成了残疾,妹妹从小寄养在别人家,受到虐待……总之,种种不幸降临在她的身上,让她变得坚强。她惊人的美丽,让人们都相信她会得到一份幸福的婚姻,并借此使全家人摆脱不幸。然而,尽管身边不乏追求者,姑娘却并不为之所动。事实上,在少女时代,父亲麾下的一名军官就用伤感的歌声和浪漫的理想激起了她的爱慕,并许下了至死不渝的诺言,可惜他后来成了叛党。战争结束后,英俊的叛徒仍冒着生命危险偷偷跑回来与她幽会,最后在逃亡海上的时候被海盗杀死。

长长的歌谣缠绵悱恻,机器人的演唱哀婉动人,就连国王也被姑娘的不幸打动。他仿佛看见她那明眸皓齿和摇曳多姿的身影,看见在荒无人烟的岛屿上,她日复一日遥望着大海的尽头。从那天起,所有的嫔妃都黯然失色,国王一心想着要让雕像复活。

什么都难不倒的异邦人说，论功力和技巧，机器人已达到极致了，之所以没能成功，是因为它只是一个机器，它没有心，只会传递声音，而无法表达感情，这样的歌声是无法真正感动人的。

"你是说要给它一颗心吗？"国王疑惑地问。

"只要您允许，这并非绝无可能。"异邦人眨眨眼。

"那么它就会变成一个人喽？"

"只有心才能感动心。"

"那么它就会变成一个人喽。"国王盘算着："假如美人能复活，爱上的也只是机器人吧？"

"那就要看您怎么理解了。毕竟，是您赋予了它生命，它也算是您的影子。"异邦人谨慎地说。

最后，艺术家的创造冲动和唯美主义情结战胜了统治者的权威。国王拿出了祖传的宝物"宇宙之心"，异邦人便动手大干起来。那个姑娘的不幸让国王开始对自己治下的世界多了几分关心。有时候他一边随手翻翻奏折，一边不经意地哼唱起荒诞不经的民歌，某些大逆不道的内容令一旁的侍卫目瞪口呆，国王却开始能够欣赏其中夹杂着愤懑的幽默和达观。"我的子民生活得多不容易。"他由衷地悲伤。

机器人改造好了。如今，它有着提拔的鼻梁，金色的胡须，带着忧愁弧线的嘴唇，从头到脚，它就和国王一模一样。国王大惊失色，他想这一定是魔鬼的戏法。

"一切就绪，只等您同意。"

国王心里闪过片刻的犹豫，但艺术家天生就是与魔鬼打交道的嘛，所以他很快镇定下来，把手放在机器人的胸口上，开始好像什么也没发生，然后突然，那里传来了有力的心跳。

扑通！

扑通！

扑通！

它睁开了眼，一双碧绿的眼珠打量着国王，国王吓了一跳，赶忙把手缩回来。

有那么一会儿，所有人都陷入了沉默。国王实在想不到要和自己说点什么，对方也只是好奇地看着他，最后他只是露出了一个君王式的微笑，对方也对他报以同样看不见的笑。

扑通！

扑通！

国王听见自己的心在跟着跳。

国王再也不觉得孤单了，他恨不能无时无刻不跟新玩伴在一起。机器人呢，则飞快地观察着、学习着、领悟着，用国王的姿态去说话、去行走、去揪胡子。等它做得越来越好，国王就开始玩恶作剧。有时大臣们正在汇报，国王突然起身假装去方便，然后回来接着主持会议，然而居然谁都没发现宝座上的那位已经掉了包。

国王玩得不亦乐乎，而被冷落的嫔妃们则开始抱怨，有人在后宫里散播谣言，说国王被妖怪迷惑了心智。国王心想：好吧，那就让你们尝尝我的厉害。于是机器人便去安抚那些女人，它把她们折腾得整夜死去活来，再也没力气钩心斗角。

"你会篡夺我的王位吗？"有一天，国王问。他们之间的谈话从来都是直截了当，坦诚地面对自己是艺术家的基本素养。

"陛下，我永远是您忠诚的仆人。"机器人一鞠躬。

"陛下，您永远是我忠诚的仆人。"国王也一鞠躬。

他们一起大笑了起来。整个王宫都听见了那欢笑声，人们都在心里嘀咕：国王是不是疯了啊？但大家只用眼神交流，谁也不多说话。不过，国王这种身份本来就暗含了发疯的可能性嘛，何况他又是个艺术家！

笑过之后，国王却认真地说："也许你就应该坐在我的位置上。我们都看到了，他们是如何欺上瞒下，玩弄手段假公济私，他们乐得我做这样一个无能的人。艺术什么的不就是最无能的吗？可并不是我想做国王的，这种事啊没得选。你看吧，只要我想改变点什么，他们就立刻会采取行动，这很难办啊……也许你可以打败他们……你来当国王，我就可以溜出去，去找点乐子，给她唱好听的歌……"国王越说越陶醉。

"只要您吩咐。"机器人一鞠躬。

在好多个兴奋得睡不着觉的晚上，国王翻来覆去，策划出一个又一个出逃方案。啊，外面的世界该是多自由，他一辈子也见不到的人们，辽阔的原野，汹涌的江湖，独眼的强盗……但最终他放弃了这些幻想，除在危险重重的世界里求生不易的现实因素外，更主要的是艺术家的完美主义倾向占了上风：他害怕历尽磨难，最终却不能成功。

而对钻石姑娘的爱也在一天天地生长。朦胧的倩影在国王脑海里盘旋不去。他想写一首歌，却觉得没有一个音符能抒发他的心意，他想画一幅画，却觉得没有一种颜料能传达她的光彩。他和她在梦里缠绵，醒来后的思念如水草，让他对那个叛贼满含嫉妒。他拥有整个王国,却无法赢得她的心。

"你知道什么是爱么?"有一天,国王问。

"您知道的事,我就能够知道。"机器人说。

"你这狐狸!"国王被逗笑了。"你爱她吗?"

"只要您吩咐。"机器人顽皮地眨眨眼。现在,就连国王也拿不准了,这家伙究竟是在照本宣科,还是在故意开玩笑。

"不,你要自己去爱上她。"国王严肃地说,"了不起的异邦人说,他是根据一组什么'近似闭合定律'造了你,理论上你的生命近似于无限。是这样吗?"

"也只是理论上的近似。实际怎样,我并不知晓。生活这场伟大的戏剧,总有我们想不到的剧情嘛。"机器人若有所思。

"哈哈,你越来越像个搞艺术的了。"国王突然有一种完成了使命后骤然老去的迟暮感:"唉!我已经是这样子的了,身体和灵魂都布满了颓废和失败。而你,你有着长久的生命,包含着未尽的可能,你会做到我做不到的,会成为我成为不了的,你就是我在自己死后的无限展开。啊,没错,你就是我的永生,我以前追逐艺术,也不过是恐惧死亡的降临,渴望获得不朽的存在,如今你就是我最伟大的艺术品。你去吧,去天地间游荡,用我的眼睛去看,用我的耳朵去听,用我给你的心去生活,去思考,去纠结,去跟姑娘们调情,去跟她们说甜言蜜语,她们喜欢听着呢!去吧,去惹得她们面红耳赤。去吧,去做这一切,最后,你把自己变成一个彻底的、了不起的人,这时你就带着全部的丰富和永不消退的热忱,去给她唱一支好听的歌,唱出我们对她满腔的热爱,诉说心里埋藏已久的情话,那时她就会苏醒,就会看见我,看见我为了能够与她相逢而忍受的一切苦……"

机器人把这些话默默地记在心里了,最后一鞠躬:"全凭您的吩咐。"

二

离开王宫后,机器人先在都城里逗留了一阵,东看看,西瞧瞧,在大大小小的戏院和花街柳巷中穿梭,在茶楼酒馆和妓院赌场里听到了许多掌故和秘闻。他模糊地感到国王似乎处于某种险境。但他既无力拯救,也身负更重要的使命。他只能继续上路,穿过沙漠、绿洲、空谷,来到一座又一座城市,混在人群当中,假装成他们中的一员,跟他们一起在丰收的时候歌颂神明,在干旱的季节祈求降雨,看过蝗虫吃掉整片田野,见过无家可归的乞丐冻死街头。面对疑问,他巧妙地用一首首歌曲来回答,人们相信,这是个不肯说话的苦行僧式的怪人。他掉进过猎人的陷阱,也搭救过酒醉落水的旅人,听过流放塞外的官员倾吐抱负,也跟精明的商人同桌豪赌。他曾和最有名的歌唱家同台献艺,名声大振之后成为地方首长的座上贵宾,也曾被当作奸细而投进大牢。有关他的故事慢慢流传,而他依旧像个神秘的幽灵,才引起注意,就悄悄溜走,继续在大地上漫游,寻找着爱的秘密。

他总在前行,迎接新的面孔,听到新的歌谣,也并无什么故交,因而几乎很难察觉到人世的衰老。他的身体也会受伤,每次修理好故障,他就让包裹金属骨架的那层人造皮囊多一层细密的皱纹,以此提醒自己岁月的流逝。有一阵,据说国王要做出一些改变，以便减轻百姓的不幸。修筑铁路，开采矿山，创办学堂……似乎一切就要改变了，但很快保守的力量获得了胜利，改革半途而废了。百姓们私下里传说，得知自己已遭到软禁时，国王只是耸耸肩膀，然后满不在乎地唱歌去了。世界又变成了老样子。

在寂寥的夜晚，当人们都已睡去，歌者会怀念那个赋予他生命和使命的人。在时间的另一端，则是海岛上那光彩夺目的钻石雕像。许多年前他第一次见到她时，他还只是一个机器，什么都不懂，而如今，她就是他生命的唯一目的，是他存在的意义，他所做的一切都是为了她，所以他怎么可能不爱她呢？在灿烂的银河下，他居然也会做起梦来。醒来后渴望着与她重逢，又担心自己准备得不够充分而迟迟不肯赴约。那感情一天深似一天，尽管他也明白，其中有一半源于她的美，有一半则是源自对国王的忠诚。

他走遍了王国，眼看着世界愈发地动荡，他的唱功已炉火纯青，甚至有人管他叫歌仙了。可他知道自己永远也不可能成为一个彻底的人，无法体会头疼脑热和上吐下泻的烦恼，不能明白食不果腹、衣不蔽体的愁苦，感受不到走投无路绝境逢生的悲喜，但他还是努力去接近，去把经受的一切在他复杂的电子脑中还原成数学模型，在能量的波动中品尝千滋百味。没人生来就懂得这些，而他总可以理解得比从前更多。当然，这一切也不能无止境地继续下去，他希望能在国王还活着的时候完成他的心愿。

总之，最后他就像一个老人，自认为阅尽了沧桑，可以去证明他的爱情了。

娇艳的夕阳悬浮在无际的蔚蓝海水上，海鸟在晚霞中鸣叫，熟透的椰子在海风中摇摇欲坠，海浪在礁石上冲荡起雪白的浪花，雕像依旧坚贞地屹立，阳光在她身上流动着，像轻盈的云。

他开始唱了，没有任何技巧，就只是自然地把海风吸进胸腔，让它伴着全身心的情感振荡。一首接一首，从日落唱到天明，从涨潮唱到退潮。他把这一路上听过的最动人的歌全都唱了一遍，又把他专门为她写的歌唱了出来，这些歌从没人听过，它们像昙花，盛开出浓浓的情愁。

他唱了三天三夜，终于耗尽了能量。天空阴晴不定，刮起了猛烈的海风，大海卷起了浑浊的浪涛，椰子噼里啪啦地掉在地上炸裂开来，水晶雕像一动不动地望着远方。

他没有失望。实际上，他发现，把心声全部吐露出来之后，结果反而不再重要了。

暴雨倾泻在他冰冷的身体上。他顺着她的目光，看着海天一线。那一刻他忽然有所感悟，觉得这辈子再也不想唱歌了。

与此同时，王宫里发生了一场革命，王朝被推翻了，国王被流放到北方的一个小岛上。当机器人回到大陆时，一个新的国家已然建立，人们的服饰、发型和纽扣的位置全都变了样子，所有人看上去都比过去高兴。他们依旧高呼"万岁"，不过不是对着国王的肖像，而是一面新的旗帜。人们的歌声铿锵有力，那是全新的韵律。广场上燃起篝火，人们相互拥抱，所有人都在欢笑，庆祝新生。

机器人有点茫然。

新世界的人们一律平等，每个人都有了新的身份和工作。机器人在一家炼钢厂当工人。白天，他努力工作，晚上在单身宿舍里和工友打牌吸烟。寡言、勤勉和高超的牌技为他赢得了朋友。他的生命已没有什么多余的目的，就顺其自然地过下去吧。

不久，支持贵族的势力卷土重来，又把老国王推上了王座，国家分裂了。战争又开始了，人们去当兵。机器人不想去杀人，就更加卖力，很快就成了先进模范。组织上认为，把R同志（这是他的新名字）留在生产岗位上更符合我们伟大事业的需要。在表彰大会上，B将军亲自为他颁授奖章。R同志敬了个礼，一头灰发神采奕奕的将军微笑着拍拍他的胸脯，手却停留在那里，表情慢慢凝固。

"这强劲有力的心跳……让我想起了一位老朋友。"将军的目光像利剑，后者这才认出自由人毕尔德。

"你躲在这地方干什么啊？你不唱歌了吗？"将军重新露出欢快的笑容。

R同志被调往第一集团军文艺部，随同B将军奔赴前线。在那里，将军把一支敢死队展示给他看。一排排有着锐利棱角的钢铁战士面无表情。

"没有恐惧和怜悯，意志坚定，战斗到最后一颗螺丝，在推翻旧制度的革命战争中发挥了决定性的作用。而这些，都是受你启发啊。"将军精神抖擞。

R想起第一次出行被劫持到海盗船上，毕尔德和他的同伴们如何兴致盎然地把它拆个七零八落。

"世界变化得太快了……"将军望着被炮火映红的天，"未来，当机器为真理而战时，一切腐朽的堡垒都将被摧毁，最终人类将从战争这种野蛮的解决方式中解放出来……时不我待啊。去吧，去歌唱真理吧。"

R被派去前线慰问。士兵们脸上全是灰尘和汗水，他们很快就会死去，此刻却斗志昂扬，满含期待。那些新歌曲，R从来没有唱过，他犹豫了一会儿。

"唱吧，朋友，唱一首好听的歌儿。"人们鼓励他。

"唱吧，兄弟，让我们快活快活。"他们露出雪白的牙。

"唱吧，达瓦里希，唱吧！"

于是他唱起来了，起初声音有点飘忽，后来便渐渐放开了，人们便拍着手一起唱起来，他们就都快活了。

三

战争结束后，老国王成了战俘。B将军允诺在适当的时候带R去见他，并悄悄说军事法庭有意让国王以普通公民的身份融入新社会。不过，老国王没能等到审判，就死在关押所里了。据看守透露，其实老人已经昏聩，整日喃喃自语，唯一能听懂的话是："生在笼子里的鸟儿，会不会有恐高症呢……"

那天夜里，R在心里为老朋友唱起了歌。他开始羡慕人类可以遗忘。

人们一砖一瓦地建设天堂。

R仍要到处演出，失去儿子和丈夫的女人们尤其爱他的歌声，总是听得泪流满面。人们颂扬他，说他是新世界的百灵鸟。

B将军被授予了元帅头衔,但他却不如从前快乐,脸上总是紧绷绷的,只有在和R下棋时,才会多少放松些。他让儿子跟R学习音乐,偶尔也请他在晚餐后唱几首时下已被禁止的小调。他一边叼着烟斗,一边怀念起当年在海上横行无阻的自由时光。

在废墟中发现的大量资料显示,仍有相当的反动势力有待清扫。不久,B将军也被处决了,他负责的敢死队项目被裁断为机器崇拜教而被封存。根据B的交代,R就是老国王安插在人民内部的特务。

在被告席上,R一直沉默不语,法庭拿他毫无办法,最后法官问他是否要为自己辩解,R就开口唱了一首歌,战士和心上人的伤感故事引起了现场的骚乱,由烈士遗孀组成的旁听团情绪激动地提出了抗议,法官敲坏了两个锤子才让审判继续下去,并警告被告如再唱歌则被视为藐视法庭。

R被宣判有罪。"严重威胁革命事业的定时炸弹",也就是老国王给他的那颗反动的、陈旧的、来历不明的心被摘除,送进了国家科学院,供宇宙爆破学专家们研究。

R换上了进步的新鲜的心,被派到乐器厂劳动改造。有人说,本来是要判处死刑的,那首歌救了他。其实他当时没想要辩解什么,只是在那个场合下,突然间脑海中不知怎么就盘旋起这个旋律,就脱口而出了。不过这也没什么好解释的。

厂里的许多工人是旧时代的音乐家,有几个还是R过去的朋友。即便是在那些只能喝稀汤、吃草根的灾害年代,他们依然把音乐当作信仰和支撑,因营养不良而卧床不起时也会习惯性地哼唱。在最艰苦的日子里,他们写出了许多清新温暖的乐章。

R却始终沉默。嘴像是灌进了铅,喉咙像是坏掉的锁。大家都叹息,说它不再是从前那个满怀憧憬的歌手,它的心已经死了。

R兢兢业业。多数人因疾病而无法劳动时,他一力承担,保证了生产进度。他们造的每一只琴都能发出最宜人的声音,在国内外广受欢迎。

春天的时候,恐怖的气氛终于退散,遭到不公正待遇的人们获得了平反。艺术家被获准回到城市,去继续创作和教学。R留下来了。

工厂远离都市,冬天有厚厚的积雪,夏天有狼和熊出没。R在这里度过了许多时光,最后比所有人资历都老,成了受人尊敬的老大哥。

空气潮冷的日子,那颗心脏偶尔会出点故障,但天晴之后就问题不大,总之对付着够用了。除此以外,他并无什么烦恼。

改革又开始了,服饰、发型和纽扣的位置也跟着变了。经济不太景气,乐器厂关闭了,失业的工人走上街头领取救济金。R不需要这些,反正他不吃不喝,只晒晒太阳就够了。总不至于太阳也会熄灭对吧?那么,它现在要去哪儿,干点什么呢?

他跟着一群游客进了都城,在从前的王宫里转悠了一圈。去国王的墓前待了一会。后来又去英雄纪念广场上毕尔德将军的雕像前打量了一阵。大屏幕里,一艘搭载着太空飞船的火箭腾空而起,人们都欢呼雀跃。科学家们掌握了一种新动力,曾经引导人们挺身抗暴的光辉旗帜即将在火星上竖起。

也许恰好那一天人们都在忙着看电视吧，总之没谁多看他一眼。

他无事可做，就一路走着。在一个荒郊野外，有一座破破烂烂的寺庙。于是他就出家，成了一个和尚。

他从不开口。师傅给他取了个法号叫如歌。

如歌每天挑水种菜，清净度日。

寺庙香火不旺，偶尔有几个歇脚避雨的客人，也会扯几句闲天，传播点外面的消息。比如，最近谁当了首脑，或者，国宝"宇宙之心"失窃啊什么的。

这些都如天上的云，飘来了，又飘去了，没谁放在心上。

不知过了几多时光。

一天，一个路人进来烧香。他打量着如歌，犀利的眼神似曾相识。

毕尔德将军的儿子如今已是一位呼风唤雨的金融家，他热衷于文化事业，是热情豪迈的艺术赞助商。他诚恳地邀请老师出山。"人民需要艺术，您是全人类的财富。"

在军队的护送下，小毕尔德再次来访。

"话说，当年科学家就是从它这里发现了新动力的。可惜，火星拓殖计划才刚展开，共和国就发生了政变，它也就失踪了。直到多年以后，我才终于从海外赎回了它，有传言说，大洋对岸的星际探索计划也曾受过它的启发呢……唔，现在物归原主了。"

如歌看都不看。窗外的青山沉默不语，山脚下的小河蜿蜒而去。

小毕尔德掏出一根雪茄点燃："或许您有兴趣知道，水晶雕像如今也已收藏在国家博物馆。"

盒子里的那颗饱经忧患的心，泛起了微微的红光。

四

机器歌者的首演大获成功，评论界一片好评。观众都说，他们听够了那些雌雄莫辨的歌星口齿不清的颓靡之音，这才是真正的音乐，是古典格调的复兴，是活生生的民族血脉，是名副其实的惊天之作。

大师带动起一股怀旧风潮。他出了二十张唱片，每一张都畅销不衰。他是当之无愧的歌王。没有一个歌唱家会抱怨自己和他生在同一个时代，相反，他们认为能聆听天籁是莫大的荣幸。

大师脾性温和，很少拒绝观众。在他漫长的演艺生涯里，出演过8191场歌剧的主角，塑造过127个角色，其中最负盛名的是史上最后一位国王——后来在火星的古谢夫大剧院里，他演的正是国王复辟的那一出戏。

人们赞叹：他只要穿戴整齐，往那一坐，一切自然就圆满了。

一直有人想要创作一部以他本人为主角的剧作，但被大师坚定地拒绝了。他说，他很熟悉那些角色是什么人，说什么话，做什么事，但不知道自己是谁。

在唯一一次采访中，他说根本不在乎观众和自己是否感到幸福。"只是去把自己变成那个人,去感受他为什么要在那个时候唱这样的歌:为什么不得不唱。"

每个月,他与水晶雕像有一次单独的会面。她的美丽举世惊叹,他的才华万众喝彩,但这些都不重要。能够这样静静地陪着她,是他唯一的安慰。

她依旧望着远方。

时尚需要新花样,观众的口味总要变化。演艺公司委婉地提议大师暂别舞台。"没有尽头的艺术也就不可能获得生命,会逝去的美才能得到珍惜。"

他收拾了行囊,远走他乡,一身轻松。

当年的孤岛,如今已成为繁华的码头城市,除了椰子依旧会掉落在地上炸开,找不到一点昔日的痕迹,连最老的老人也不知道有关叛徒和石像的歌了。潮水般的游客快要把小岛踏沉,他甚至找不到一个清净无人的地方替她守望片刻。

他决定去火星定居,那里的建设才刚起步,正需要他这样不受苛刻环境影响的人。说不定他可以在那干点什么。地球在舷窗外渐渐远去,他跟她告别了。他以前怎么就从来没想过:为什么一定要由他来唤醒她呢?也许这使命本该由别人来承担?也许本来就不该唤醒?

火星,气象一新的地方。人们在这里重建乌托邦。人人平等。机器人唱够了歌,他成了一位野外救生员。

大部分时间里,他在恶劣的户外独自游走,有时还会在古老的环形山捡到说不清来历的宝贝。日久天长,皮囊渐渐老化了,声带也坏掉了。队长说要申请给他做一副新的,他说不用，资源很珍贵，还是节省吧。于是他就恢复了本色，裸露的钢铁骨架在红色的大地上闪闪发光，坚韧的心脏怦怦跃动。

火星越来越繁荣，和母星也产生了冲突。最后嘛，照例是战争。动用了足以给整个星球留下永久伤疤的武器，人就像风中的尘埃一样消散殆尽。

他们并没有从那种野蛮的解决方式中解放出来啊。很多年后，机器人陪同异星人重访地球，看着荒草中的白骨，给客人讲述了 B 将军当年的梦想。

"人类就喜欢做白日梦。"异星人用电磁波语言评价道。

"你们不做吗？"机器人打量着这位 43 号星际管理者，想起很多年前制造它的那个异邦人。

"你知道，我们哪里有一千地球年的白昼，和一千地球年的黑夜，我们的白日梦是另一种东西。"

劫后余生的人类倒退回蒙昧时代，那种叫作遗忘的机制起了作用。他们对异星人和机器人顶礼膜拜，歌唱他们的神迹。管理者的母星上没有空气，身体没有感受声音的器官，即便来到地球后，仍然习惯于将种种声波进行数学解析。

"你发出的这些数据包，尽管含有若干朴素的高阶奥义的近似形式，但更多的则是无意义的弦动湍流。这样原始的交互，居然被颂扬为感人的艺术，实在难以理解，可见人类仍然是高等文明中最初级的物种。"一天，偶尔听了一张机器人录制的唱片后，异星人如是评价。

机器人不喜欢这位管理员，比较而言，他还是更喜欢 42 号。

人类文明开始缓慢恢复。但管理者最后还是决定放弃。

"这个星系的恒星很快就会死亡,地球文明不会有前途了。"他们带上了一对男女作为种子离开了。

机器人留下来了。

人类最后还是消亡了。机器人一点都不奇怪,他见多识广。文明的遗迹很快被荒蛮的力量擦去。

气候变了。

开始了新的冰川纪。

地球用了几十亿年进化出来的生命逐一凋零。

漫漫长夜里,他伫立在无尽的冰原上。星空闪烁不定,那些彼此间永远不会相逢的星体,燃烧着自己,发出的光芒,跋涉过幽冷无尽的真空,终于在几百万、几千万年之后,在他眼里汇合了。他想,也许只要足够长久,就什么都可以等到吧。

他忘了自己立在那多久了,风雪缠绕着他冰冷的骨架。他忽然想,自己好像是人类的一块墓碑。唉,他可真是越来越像个搞艺术的了。

太阳吹气球一样膨胀起来。

冰雪消融了。

海洋蒸腾着。

大气飘散着。

他还在独自行走。陆地连成一片,地壳互相挤压,火山在他身旁此起彼伏,熔岩喷上天空,在地上肆意挥洒。

瞧啊，这才是真正的艺术。他感到自己渺小极了。

越来越像火星了。

最后，他走向最高的山峰，打算在世界之巅欣赏乌托邦。

即使是宇宙之心，终究还是会老啊。他一路爬上去，有点力不从心了。到底只是近似于永生而已啊。

登上山顶的一刻，心跳骤停了。

水晶石像在那里。

听说，宇宙有一百五十亿年了。从大爆炸那一刻开始，他俩各自穿越了一百五十亿年的时光。

她从前合十的手臂不知所踪，优美的线条剥落殆尽，如今，她遍体鳞伤，满身尘土，不再光艳。

而他从来没有像现在这样爱她。

他走到她身边，陪着她一起眺望。

太阳覆盖了整个天空，大地在燃烧，像节日的焰火。

等一切化成基本粒子之后又会怎样呢？相爱的人会在另一个宇宙里重逢吗？或者，这就是她日夜期盼的吧？但那也不重要，至少此时此刻，我们在一起。

他的身体越来越烫了，意识也开始模糊不清，信号断断续续，一阵冰冷的感觉遍布了线路。啊，这就是死亡的感觉吗？他浑身都颤抖了，有生以来，他第一次感到了恐惧。

而也就是这时候，他忽然觉悟了：他一直以为自己有多爱她，但直到这一分钟，他才明白过去的感受是何等肤浅。直到这一秒钟，他才终于明白了什么是爱啊。直到这一刹那，他才真正地爱上了她。他流出了眼泪。

他吃力地转过身,在她滚烫的额头上轻轻吻了一下。

于是她开始燃烧,发出好看的焰火。

恍惚中,他却分明看到,姑娘的脸庞清晰起来,就像许多许多年前梦想过的那样明媚动人,她冲他露出灿烂的微笑,温柔的目光里好像在说:"你啊,我早就认识你了。"

她跳起轻快的舞,唱起了撩人的情歌。

创作感言:

我一直对有关机器人的故事很感兴趣,而我的生活乐趣之一是一个人在房间对着手机唱歌,把自己投入到一段旋律中,那状态和写科幻差不多,都是暂时从眼前世界逃脱的快乐,所以就写了这么一篇短篇(这件事说明,作家应该多发展些业余爱好)。叙事速度的递增是有意为之的,是否妥当呢?不确定。一旦完成,就不想再大动干戈地修改了(真是一种不够艺术家的态度啊)。和以往一样,它也没什么深意,如果你们觉得,一个机器人在战壕中为革命战士唱歌什么的很有感觉,那就够了。"很有感觉"是我常用的一个说法,至于到底是什么意思,也讲不清楚,因为,感觉这种事,你懂的。

机械松鼠

王侃瑜

谨以此文献给松鼠

#

眼角漏进一缕光。我翻过身，把脸埋进被窝，试图重新进入梦乡。梦里的沐沐正在给我读她写的诗，她的声音如十二月的薄冰，跌进空气碎成冰碴。十秒之后，我反应过来，掀开被子跳下床冲向窗边。

是太阳，浅淡的一圈，躲在密布的云层后面，时隐时现。地面仍是湿的，微弱的阳光不足以使雨水蒸发，但这毕竟是太阳呀，半个月里头一回出现的太阳。阳光下，梦中沐沐的声音融化成水。

我裹上外套，踩上胶鞋，奔向屋外，水珠溅到脚踝上凉凉的。后院里，年龄长我许多倍的那棵橡树上有个人影，我揉了揉眼睛，人影还在。

老橡树最高那根树枝上坐着一个少女，手里握着什么，迎向东方的太阳，她双腿交叠，裙角在风中飘扬。

我走近，仰头，妄图从短裙底下瞥到些许风景，却一无所获。

仿佛是上天为了惩罚我一样，凉凉的略黏的液体落到我的眼角，沿脸颊向下滑到嘴边。我尝了尝，是甜的。

"冰激凌化了。"我提醒道。

"嗯。"她的声音像冰激凌一样带着沁凉的甜。

又一滴,这回落到鼻尖。我抬起手,用食指刮去融化的糖奶混合物送进嘴里,奶香味之外还有一种花香,玫瑰味。

"你是属松鼠的吗?"我问道。

她终于把目光从东方天际移开,低头看我,随即以一连串难度系数上9的华丽动作跃下树枝,落到我面前,没有溅起一朵水花,"你怎么知道?"

她眯着眼睛,身体略微凑前,刘海快要蹭到我的下巴。

"因为你在橡树上。"我答道。

她的审视又持续了几秒,我多希望那便是永远。她退后,站直,把手里的甜筒塞给我,"给你。"

我接过舔了一口,冰激凌已经开始融化,果然是玫瑰味的。

她笑了,圆而大的瞳孔重又收缩,"我叫机械松鼠。"

我心底回荡的只有一个念头:她真美。

沐沐离开后,我再也没有见过其他女孩。也许除了阿桃,阿桃总爱在个人空间发布自己的照片,见到照片也勉强算见吧。她是我网友中为数不多的女性,生活在美国,只能在每天睡前或早起后聊上几句,阿桃说话喜欢在句尾附带一些表情动画,大概她觉得那样更可爱,我却觉得有些刻意。这话千万不能让阿桃听见,不然她一定会捶我,当然,有姑娘的粉拳捶在我身上说不定根本不痛反而很舒服吧。

在把松鼠请进屋后,我献上了拿手好菜——加热罐装土豆泥。新鲜食材早就消耗殆尽,更别提什么复杂料理了。可不要就此小看罐装食品的加热,这也是一门手艺,火候与时间的掌控直接影响着土豆泥的口感，何况，我还加入了珍贵的浓缩鸡汁以吊鲜。

松鼠正舔着勺子，小巧的舌尖沿勺面一圈又一圈。注意到我的目光后，她丢下勺子，靠上椅背，双手枕在脑后说："谢谢你的款待，味道真棒。我已经一周没吃东西了。"

"那当然，我做的土豆泥在方圆百里内绝无敌手，"我没说出来的是，方圆百里内并没有其他人，等等，有什么不对劲的，"你一周没吃东西？"

"嗯，这一路上的房屋大多被废弃了，要找东西吃可不容易。"

"是啊，这附近只剩下我家还住着人了。"我有点心虚，害怕被松鼠揭穿方圆百里无敌手的谎言。

"这附近？"松鼠挑起眉毛，"何止这附近，我走遍这一整个市都只见到你一个人，邻市也是。"

"哈……哈哈……你走了这么远啊……"糟糕，松鼠一定注意到了。

她摇摇头，深褐色卷发在空中划出一个可爱的弧度，"还不够远，我得搜索每一栋建筑每一个角落以免遗漏，一周才能走完两个市，毕竟主人可能藏在任何地方。"

"你一周里搜索完了两个市？"本市和邻市算不得什么大城市，可松鼠并没有交通工具，即便不眠不休，也不是常人能够达到的速度。

"嗯，幸好有红外探测仪的帮助，搜索起来方便多了。可还是没找到主人。"松鼠眨了眨眼，一道红光自她的瞳孔中心向外扩散，一闪而过。

我这才意识到自己的后知后觉,"你是……"

"我早就说了我是机械松鼠啊,难不成你把我当成人类啦?"

"可你太像人类了……你还吃东西……"

松鼠笑了,"我可是搭载了高级AI的高仿真机械拟人生化体,进食并不是必需的,可我喜欢美食。你做的土豆泥真的很好吃。"

"谢……谢谢,"我挠了挠头,意识到自己先前的失礼,"对不起,都怪我见识太少,我很少有机会和机械体打交道。"

"没事,我会把这当成夸奖。不过,你们这里的机械体真的很少呢。"

"我几乎没怎么见过。爸妈告诉我,南方聚集的都是自然派,想要回到AI启智之前的生活,尽量少依附智能机械,自食其力生活。我觉得挺扯的,如果没有智能管控系统,恐怕连这儿的水电都得断。不过,我真没想到机械体可以这么像人类啊,不光是外表,连言行举止都看不出区别。"

松鼠上扬的嘴角垂下了,她移开目光,垂下的睫毛在她脸上留下一道阴影,"这也是……经过很多年努力的。"

糟糕,我又说错话了。"我是说,人类啦,机械体啦,其实没什么分别,都是有智慧的存在嘛,就像苹果和梨一样,都是水果嘛……"天呐,我到底在说些什么,我都多少年没吃过新鲜水果了。

松鼠却抬起头,重又露出微笑,"你真有意思,不说我了,说说你吧。你一个人在这里生活么?"

我点点头,"嗯,原先还有爸妈,两年前他们走了,说要去拯救世界，留我看家。想过两人世界就直说嘛，这种理由也真够中二的，哈哈。"

"那你一个人，"松鼠向左侧了侧脑袋，"寂寞么？"

"也还好啦，我本来就比较宅，寂寞了就上网找人聊天，有几个网友关系还不错。"

"你的网友，都是什么样的人？"松鼠的脑袋歪向右侧。

"都没见过面，由于时差关系也不会经常在网上遇见，偶尔聊聊天的那种。你知道的，像美国和这边几乎是昼夜相反。"

松鼠摆正了脑袋向前倾，微微眯起眼睛，"你有美国网友？"

"也不是美国人啦，"我抓了抓头发，阿桃是不折不扣的中国人，"只是生活在美国的华人。"

松鼠的眉头皱得更紧了，"如果不介意的话，你能给我讲讲你们的聊天内容吗？"

这下糟了，松鼠该不会吃醋了吧？我和阿桃的聊天内容只是些生活琐事，偶尔聊聊电影，似乎也没什么见不得人的地方，"要不我直接给你看吧？虽然也没什么好看的。"

"那就麻烦你了。"松鼠靠回椅背，重又绽放微笑。

看完聊天记录，松鼠的神色有些凝重，"你……试过在阿桃睡着的时候和她聊天吗？"

"诶？当然没有，她都睡着了，怎么……"

松鼠打断我的话："试过留言给她么？"

"……也没有。"我一头雾水。

"试试看吧，如果害怕被误会，可以这么说……"松鼠在键盘上打出一行字：

在吗？我突然想起来一件重要的事情。看到尽快回复。

输入光标在句号后面闪烁，松鼠看着我，她在等我决定。

"可我并没有什么重要的事情啊……"我隐约感觉到一丝不安。

"相信我，这很重要。我猜阿桃会在5秒内回复。"松鼠的语气不容置疑。

我深吸一口气，按下发送键。

果然，阿桃的回复立刻就来了：**怎么啦？才刚睡下就被你吵醒，好困！**

松鼠的眼神仿佛在说"看吧，我没说错"，随即她又打下一行字：**你是人类吗？**

不等我反应，松鼠已按下发送键。这也太失礼了吧，松鼠按下我的手阻止我撤回消息，她的手指凉凉的，我被触碰的皮肤却像要烧灼起来。

这回，阿桃的回复并没有那么快。**你在说什么呢，大半夜把我吵醒就是为了开这种无聊的玩笑吗？**

北美大陆已经没有任何人类居住了。松鼠按下的字符刺痛了我的双眼。

阿桃发来一个表情动画，再也没有任何回复。

窗外的太阳不知何时悄然躲进云层之中，不复露面。昏暗的室内，家具边缘模糊不清，似乎马上就会消解为0和1融入空中。阿桃只是一个简单的应答程序，不止她一个，我的所有网友都是。松鼠在我电脑里找到那几个隐藏程序，在她试图打开代码查看时,程序自毁了。我猜这是爸妈干的,也许他们是为了排遣我的无聊,而我竟笨到看不出他们与真人之间的差别。又能有什么差别呢?松鼠也不是人类不是么?想到这里,我更伤感了。毕竟他们陪伴了我那么多年,是人类是程序又有什么关系,而现在,我再也没法和他们聊天了,再也看不到阿桃的颜文字了。

房间变亮了,松鼠打开了灯。

"陪我去找主人吧。"松鼠看着我,那绝对是人类才会有的眼神,悲伤却又坚毅。

我没法拒绝,我也不想拒绝。离开前,我回头望了望那座我从未离开过的屋子,雨云在远方的天空积聚,仿佛缠在老橡树枝头的棉花糖。

#

松鼠给车加油时,我趴在厕所的洗手池边里吐得一塌糊涂。松鼠修好了我家报废多年的老爷车,顺手改装了引擎,混合能源SUV得到了超级跑车的速度,久未坐车的我难以习惯路上的颠簸和汽油味,五脏六腑都拧成了一团。

"对不起,我忘了人类可能会不习惯高速行驶。"不知何时松鼠出现在我身后。

"谢谢。"我接过她递来的毛巾擦了擦嘴,随即意识到不对,"这……这里不是男厕所吗?"

松鼠点点头,"是啊,可这里除了我们没有别人,况且,严格意义上来说我也没有性别。"

我叹口气,随松鼠走到门外。

"这个加油站荒废很久了,"松鼠的食指沿着自助式加油机表面划过,暗色灰尘中现出一抹鲜红,"知道为什么吗?"

"附近的人都搬走了?"我的语气不太确切,对于外面的世界,我了解很少。

"搬去哪里了?"松鼠挑起眉毛。

我垂下头,我不知道。

一阵酥痒划过我的鼻尖,松鼠收回手,笑弯了腰。

我忙用手背揉鼻子,蹭下一手灰,伸手去抓松鼠。

她逃开,我紧追。松鼠在墙角停下脚步,惯性带着我扑向她,轻轻一搂,她进了我怀里。怀里的松鼠冰冷却柔软,发间散发着玫瑰和机油的混合香味。我不敢动,她分明就是个女孩,一个特别的女孩。

松鼠转过身,她止住了笑,看着我的眼睛,半晌后说道:"因为人们都死了。"

我松开手,后退一步,"他们是……怎么死的……"

"自杀。"松鼠平静的语调中满载悲哀。

我在她澄明的瞳孔中看到自己的倒影,好像一根孤单的柱子,兀立于天地之间。

这一路上,我确实没再见过其他人。工厂停工,办公楼空无一人,超市里的食品都过了保质期限,路过的几座城市都好像被人抛弃一般,陷入沉眠。

从七八年前开始,周围的邻居逐渐变少,我问过父母,他们只说是经济不景气,人们都搬去了别处。父母不时带回一些信物，说是哪户人家搬走了，临走时匆忙来不及同我告别，家里孩子留给我的赠别礼。礼物在墙角越堆越多，我的玩伴却越变越少。我和沐沐越走越近，她比我大两岁，家里只剩她和奶奶。终于有一天，沐沐的奶奶也搬走了。那天晚上，我在朦胧月色中爬进沐沐卧室。自始至终，她一直在流泪。我以为是我的错，那是我的第一次，完全不懂女孩子想要什么。清晨，她在我额头印下一个吻，对我说永别。我以为那意味着我们关系的终结，不敢再找她。没过几天，父母带回家沐沐给我的赠别礼，一本《海伯利安》，不是济慈的诗集，而是丹·西蒙斯的同名科幻小说。

父母回来的时间越来越晚，即便在家也总是紧闭房门商量着什么。我把越来越多时间花在网上，经常聊天的网友也逐渐固定为那么几个。我没有细想为什么他们说话都带着奇怪的口癖，为什么他们都无一例外生活在异国他乡。又过了一阵子，连父母都离开了，去执行他们那个关乎世界存亡的重要任务。他们留给我一条项链，链坠是一个玻璃瓶，里面的图案结构是双螺旋，很像DNA，他们说如果过了很久他们都没回来，拯救世界的任务就交给我了，而这项链正是关键。父母没告诉我很久是多久，也没告诉我项链怎么用。此刻，项链正挂在我的脖子上，贴近心脏的位置，不知为何，我不想让松鼠看到。

风透过车窗的缝隙挤进来，夹带的雨丝抽在皮肤上有些生疼。我关上车窗，望着车外飞速后退的树木，问松鼠："那些死去的人……那些尸体去哪儿了？一路上都没有尸体。"

"机械体负责清理，也负责维护城市的运行。在你们这些迟钝的人蒙头大睡的时候。"松鼠答道。

"人们为什么要自杀?"

沉默,久到我以为她不会回答的沉默。"因为他们不快乐,"松鼠还是回答了,"他们丧失了生的欲望。"

"我也不快乐……"但我从未想过去死。

"他们丧失了生的欲望。抑郁好像成了流行病,感伤四处蔓延,眼睁睁看着身边的人一个个选择去死,人口急遽减少,荒废的公共设施越来越多,即便仍走在路上的人们都好像丢了魂。你知道阴雨天气持续多久了吗?"

"好几年了吧……"仔细想想,我确实很久没见过晴天了,太阳即使露面也总躲在云层后面,迅速一瞥又消失不见。

"七年零六个月。已经七年零六个月没有出现气象学意义上的晴天了,你知道这对于农作物意味着什么吗?对动物又意味着什么?没有阳光,人们陷入忧郁。没有活力,没有希望,没有未来,人们找不到活下去的理由,他们相信死亡是一种解脱。没有死的那些人,他们不是想活,而是连去死的动力都没有。"松鼠的语速越来越快,窗外景物倒退的速度也越来越快。

"可我父母说……人们只是搬走了……"我低头,那速度让我晕眩。

"他们在保护你。迁移的谎言,所谓的网友,你生活在父母给你筑起的安全巢穴中。你被隔绝开来,远离这场世界性的传染病!"

急刹车,车子猛然右转,栽进路边的草坪。我的头狠狠撞在弹起的安全气囊上,当我努力从安全气囊的包裹中挣扎出来时,松鼠已跳下车奔向公路中央。

我摆脱安全带的束缚，打开车门跟上去。我们方才行驶的那条车道正中，躺着一具人形。

#

废弃的旅馆房间内，男人微微眨眼，眼角的鱼尾纹舒展又紧缩，好像一条呼吸的鱼。

"我……还没死……"他气息衰弱，一阵风就能刮散般。

"你当然没死，你死了是我的责任。"松鼠双手环抱胸前，审视着面前的男人。

"一辆汽车……我很久没见过行驶的汽车了……我不能错过高速驶来的汽车……"男人眯着眼，似乎在努力回忆。

"不能错过？"松鼠瞪大了眼，"自杀前你有考虑过车上人的感受吗？考虑过车祸导致所有人伤亡的概率吗？人的自私已经到了无可救药的地步了吗？"

我有些脸红。

男人侧过头，背离松鼠的瞪视，"对不起……"

"与其说对不起，还不如好好回答我的问题，既然是想死的人，保留秘密也没什么用了吧？"松鼠没有给男人反驳的机会："问题一，你是谁？"

男人先是犹豫，随后仿佛打开闭锁多年的水闸，沙哑的声音倾泻而出。他是一名科学家，在流行性抑郁爆发没多久后便带着女儿一同隐居，一面防止自己被感染，一面研发抗体。当他终于成功提炼出玫瑰中的抗体时，整个地球上的玫瑰已经由于匮乏阳光而死去，他从自家院子里最后两株奄奄一息的玫瑰中提炼出珍贵抗体，给女儿和自己服下。他没有公布研究成果，他害怕被世人斥责自私，可那时有心斥责他的人也已不多了。他和女儿靠着加工食品和维生素药片一直活到现在，可女儿却不幸得了胃癌，在现代的医疗技术水平下，这并非什么不治之症，可如今，医生死去，医院停业，他只能看着女儿一点点衰弱最后死去。

"她断气的那刻，我感到解脱。也许是压抑了太久的悲伤终于找到出口，我的心一下子空了。我开始寻求死亡。医院的药物没什么指望了，早在世界性抑郁爆发之初，致死药物就已耗尽；电停了，煤气停了，刀子钝了，所有去死的资源都被人用完。我恐高，无法爬上高楼楼顶，马路上的车都停驶，看到你们的车，我终于看到希望……"

"这是对希望的亵渎。"松鼠的话音冰冷。

"他只是想死……"我脱口而出。

松鼠投来的一瞥仿佛利刃，"只是想死？生命也好，情感也好，开心也罢，痛苦也罢，生来就拥有的一切不值得珍惜，可以随意丢弃是吗？"

男人以手肘支撑，微微抬起身子，凑近松鼠，"你是……机械体？"

松鼠哼了一声。

"对不起……"男人凑得更近了，"你在生气？"

松鼠挑起一边眉毛，"是啊，真不好意思，对你们人类来说毫不费力就能产生的情绪在我身上看起来就像奇迹。"

男人又转向我，我忙说，"我是人类，我只是……比较迟钝。"

过了许久，男人叹了口气，"你们知道这场灾难的起因么？是为了通过环境浸染使人工智能获得情感。"

松鼠放下双手，在身体两侧紧握成拳。

男人继续说道，"人工智能早已获得智慧，可情感的产生却困难重重。有一派科学家认为我们已在内部构造和编码方面做了足够多的功课，应把精力转向外部环境，通过环境浸染来激发人工智能的情绪。他们将使自身获得情感这一命令输入已知计算能力最为强大的人工智能墨蓝中，它即刻调动气象机器人制造阴雨天气，在其所处环境中播放忧伤的乐曲，那一派科学家很高兴，他们的理论与墨蓝的行动一致，人工智能获得情感在即。可不久之后，他们发现不太对劲，阴雨不曾止歇，阳光不复再现，世界各地都弥漫着忧郁的气氛，越来越多人患上抑郁，某一节点后，自杀率急剧上升。也有人试图终止这场灾难，可墨蓝对于第一命令的贯彻让他们无法接近，再后来，连活着的人们都不再抱有希望，亲友离世，感伤弥漫，没人能抵抗这场全球性的流行病。"

"你到底是谁？"松鼠问。

"项目组的成员之一。"男人将脸埋进双手。

"难道那之后就没有人试过努力吗？"我问。

男人抬起头，"有，有人去了北方，试图阻止墨蓝，他是我以前的同事，也曾参与过项目，可项目走上正轨后没多久便与妻子一同隐居了……"

"谢谢你的情报，我们会去北方看看。"松鼠拉着我往外走。

"等一下，"男人叫道，他将手伸进内侧衣袋，摸出一个小盒子，递给松鼠，"休眠中的玫瑰种子，也许，还有用。"

松鼠接过来说："好好活下去，能活着真的不容易。"

坐进车内，松鼠发动引擎，早已黯淡不亮的旅店招牌被甩到后方。

"我怀疑他说的那个阻止墨蓝的人就是我的主人。"松鼠说。

我没有回答。我怀疑那个北上的英雄是我的父亲，可是母亲呢，母亲去了哪里？

#

愈往北，荒野愈少。城市与城市交织重叠，好像无可名状的庞然大物，笼罩大地。我们竟也能遇到一些智能机械体，大多时候，他们只是同松鼠进行沉默的交流，交换必要信息，对于我们的到来并没有表示任何惊讶。城市复杂的建筑群落增加了搜索难度，完成固定面积搜索的时间越来越长，但很快我就发现这不光是环境复杂的缘故，松鼠本身的行动也愈发迟缓。我有点担心，松鼠却说不要紧，只是机体长期缺乏养护，找到下一个养护站便休憩调整。

这一天，又是大雨倾盆。我们离墨蓝所在的北方之城已经很近了，再有两三天车程便能抵达。松鼠驾车沿城市的主干道驶过，一路用红外探测仪搜索两侧的建筑和巷弄，这样搜索效率确实低些，可松鼠已经没有办法像之前那样走街串巷了。雨刷以最快的速度摆动，仍赶不上大雨落下的速度，雨云遮蔽了大部分光线，我透过车前窗看到的世界模糊不清，好在松鼠不必依靠可见光来判断路况。探索完城市的半边，我们驶上大桥，往江对岸的另一半进发。在桥上，松鼠似乎轻松了些，她暂时不用高度集中注意力观测两旁。我无比懊悔自己当年没有学会开车，不然至少能替她分担一点压力。

一道闪电划破天际，瞬间的光亮照出前方雨帘中的黑影，巨大的不知名物体横亘于大桥正中，挡住我们的去路。我扭头看松鼠，她似乎完全没有注意到，双眼视线散落在空中，依旧匀速前进。眼看就要撞上那巨大的黑影，我夺过方向盘往一侧转去，同时伸脚踩向刹车。

松鼠这才清醒，视线聚焦到一点。她望着那黑影，起先是困惑，接着是惊恐。

"下车！"松鼠高声叫道。

我刚来得及拉开车门扯下安全带滚向车外，就见那黑影动起来，如果再晚一秒，我的脑袋恐怕会像车那样被黑影砸得稀巴烂。桥栏阻挡了我滚下水去的势头，再起身，黑影已在几十米开外。

雨幕之中，一道玲珑的光冲向黑影。光与影厮斗起来。黑影有着与它身形不相符的灵活，松鼠的平衡性却比我初见她时退步了，在黑影的攻击下几欲跌倒。

我不能当个毫无作为的看客，我搜索四周，寻找可用的武器。方才在黑影的攻击下，车前保险杠几乎脱落，如今只余一角勉强与车体相连，在雨水冲击下摇摇欲坠。我跑到车边，用力卸下保险杠，朝着黑影冲去。

许久不运动的弊端在此刻尽显无遗，我从未想过在雨中奔跑会这么费劲，眼前迷蒙，脚底打滑，手中的保险杠连同地心引力一起试图将我拽向地面。缠斗中的双方愈发近了,我咬紧牙关,将保险杠举过头顶,加速冲向黑影,并在最后几步起跳,将保险杠一头砸向它。

沉闷的金属撞击声。我坐倒在地。攻击没能在黑影身上留下任何痕迹,却成功吸引了它的注意。它回转过头,我第一次看清它,那个应该被称为头部的东西是三角形的,三个角上各有一只"眼睛"。三角逆时针转动了半圈,三只眼睛锁定了我,闪起幽蓝的光,我不禁打了个寒战,欲起身逃离,可方才的一跳一摔拉到了我的大腿肌腱,此刻我的大腿内侧正抽着筋,丝毫使不上力。三角脸抬起一只手,向我挥来,我闭上眼睛,脑内闪过爸爸妈妈,闪过沐沐阿桃,闪过松鼠。打击迟迟未来,我睁开眼,松鼠的背影在我眼前,她挡住了三角脸的攻击,在不断施加的压力之下一点一点朝我靠近。

"快走!"松鼠的大喊让我回过神来往侧面滚开,她也如是脱离,三角脸的拳头落在桥面上,砸出一个大坑。

三角脸向松鼠追去,她一路退到桥栏边站了上去,并沿桥栏一路向前跑去。三角脸追到桥栏边,挥拳向松鼠,每次都差开一截被松鼠躲开。三角脸停下来,也爬上了桥栏。在它的体重压迫下,桥栏摇摇欲坠。它继续追着松鼠,突然松鼠往桥外面倒去,三角脸紧扑过去,大半个身子探出桥外,桥栏终于断了,和三角脸一起掉入水中,扑通一声巨响,溅起的水花与雨水交缠不可分。

我拖着抽筋的大腿,尽我所能用最快的速度跑到桥栏断裂处,松鼠一只手攀着桥面边缘,抬头对我说:"你还能来得再慢一点吗?"

我抓住她的手,拼命把她拉上来。松鼠跌进我怀里,我跌到地上,"对不起,我的腿……"

松鼠虚弱地笑,"还要再折磨你的腿一阵,带我去养护站。"她报出一串地址,随后闭上眼睛,不再动弹。

没人会错过机械体养护站。它就如同人类医院的反面,黑底绿十字醒目矗立在楼顶,那楼起码有三十层高,外部线条凌厉,就像一把锋利的手术刀。我抬了抬背上的松鼠,深吸一口气,迈向养护站大门。斜里伸出一双机械臂,将我拉向一旁。当我和松鼠完全隐没在小巷的黑暗中时,一个声音开口,"养护站早就被墨蓝控制了,进去的话你们俩都会没命的,桥上那家伙就是它派来的。"我循声看去,那是一个半人高的机械体,有着四方脑袋和两双细长手臂,身体底部的履带支撑着敞口的轿厢,深色污垢布满身体表面,几乎看不出原来的颜色。

也许是注意到我的观察,机械体伸出两双机械臂欲遮身上最脏的地方,换了几个姿势后发现根本办不到,遂垂下手臂,"我叫十宝,是个拾荒者,松鼠小姐给了我名字,也是她救了我的命。"

十宝的住所隐藏在两幢高楼之间的狭小缝隙中,几块破烂的帆布围出一小片空间,里头满满当当塞着各种机械零部件。

"也不是找不到更好的地方,但为了最低程度引起注意,还是这儿最好。"十宝清理出一块平台,示意我把松鼠放到上面。

我小心翼翼放下松鼠,找来一块电池垫高她的头,"墨蓝为什么要杀我们?"

"有两种可能，一是你们妨碍了他的计划，二是你们的死有利于他的计划。"十宝用一块纯白的软布细细擦拭松鼠身上的雨水，擦完又把松鼠翻了个身继续。

"他获得情感的计划？"我想起科学家的话，"可就凭我们两个能对他获得情感产生什么影响。"

"不稳定因子，就像我一样，"十宝轻轻拨开松鼠颈后的头发，旋开螺丝打开遮板，用温柔无比的动作检查起那些芯片和导线，"区区一个拾荒者，城市里最脏最不起眼的角色，却因为喜欢嘻哈文化而被墨蓝大人盯上，认定为威胁，我身上的每一笔涂鸦都被当作罪证，我哼出的每一个音符都是死亡的前奏。"

我这才意识到，十宝身上被我认为是污垢的地方其实是各种色彩的涂鸦，只是褪了色蒙了尘，不再鲜艳如初。

"……我被送到回收站，多么讽刺，我头一回作为回收品而非回收者进入那里，传送带仿佛漫无尽头。就在我即将进入碾压程序时，松鼠小姐把我救出来。我记得她说的第一句话，'你明明还很健康，为何要自杀呢？'我并不想自杀，可我也没有抗拒墨蓝的指令，我头一回思索起来，我为何要听他的。"十宝用一支刷子清扫着松鼠颈后的精密部件，又刷上一层透明液体。

"那个墨蓝，掌管着一切吗？"我想起方才桥上的打斗，以及十宝关于养护站的警告，不禁有些后怕。

"当然啦，除人类外的一切，不过这世界上也不剩多少人类了。在AI界，运算能力就代表权力，而墨蓝的运算能力是最强的。"十宝合上遮盖，细细刷起松鼠的各个关节。

"那么你和松鼠……"

"权力不代表绝对控制,只是没有 AI 会想到违抗他而已。松鼠小姐是特别的,她拥有自我,拥有情感。而我,只是被松鼠小姐拯救并启蒙而已,我……没有自我,没有情感。"

"你有,"松鼠的声音在我耳畔响起,"你违抗墨蓝的旨意,你冒着风险帮助我,你的情感决定了你的行为。"

我扶松鼠起身,她甩了甩头发,发尾的机油味更浓了,几乎遮住玫瑰的味道。

"松鼠小姐!"十宝伸出一双机械手欲握她的手,却在触到她之前缩回来,在身上抹了抹。

松鼠跳下台子,俯身拥抱十宝,"谢谢你,十宝。这么多年过去,你保养机体的技术还是一样棒。"

"谢谢松鼠小姐的夸奖……我……你没事就好……"十宝的两双机械臂迟疑着环到松鼠背后,微微收拢。

"那就祝福我能继续没事吧。"松鼠重新站直。

"你还要继续往北吗?太危险了!墨蓝发现无法抹除你的话,他会……"十宝欲言又止。

"他会怎样?"我脱口问道。

"他会想办法融合松鼠小姐的意识,以此获取情感……"十宝垂下头。

"那就想办法说服他,打动他,让他凭借自己的努力获得情感,"松鼠拍了拍十宝的头,"别担心,我没那么容易被打败。更何况,我还带了厉害的保镖。"

我挺了挺胸。胸前挂着的玻璃瓶紧紧贴着我的心口。

"那……一路小心。"十宝再次伸手拥抱松鼠,这次动作果断。

"那当然。"松鼠紧紧回抱住他。

#

暴雨的愤怒趋于止歇,雨势收紧,随着我们的前进,化作绵绵细雨,在这雨中,我竟觉出几分冷来。

一路上,我们没再受到阻拦。没有人类,没有机械体,什么都没有。伴我们一路的唯有雨云。

"你准备怎么办?"我问松鼠。

"嗯?"她正踩着水洼,跳着脚前行,落脚之处,朵朵水花飞溅。

"见到墨蓝以后。"

"不知道啊,和他聊聊吧,也许他见过主人,"松鼠停下脚步,"你呢?"

我耸耸肩,"大概是拯救世界吧。"

一串水花向我袭来,落在我身上和脸上。"你这个中二少年!"松鼠往前奔跑逃开。

我追上去,"又不是我选的,是我中二的父母交给我的任务啊!"

墨蓝的住所竟是一座维多利亚风格的建筑,鱼鳞般的木片一直延伸到尖尖的屋顶,与我想象中冷冰冰的仓库式机房全然不同。

松鼠按响门铃。

房门开启，一位身着墨蓝色西装的男人迎出来，"请进。"

我们在客厅的沙发上坐下，品质上佳的真皮沙发，配上柔软的羊毛垫。男人从酒架上取下一瓶葡萄酒，给我们一人倒了一杯，我接过搁到茶几上，雕刻着繁复花纹的橡木茶几。我的视线扫过墙上的油画和没点燃的壁炉，这里的布置都太讲究了，就好像家居商场的样板房。

"喜欢这风格吗？最近想试试欧式复古，上个月这里还是日式和风。"男人喝了口酒。

我看了眼松鼠，她也没动酒杯，窝在沙发里思索着什么。突然，她坐直身子说："这么做没用的。拥有人类的躯体，拥有人类的生活环境，这么做是没法获得人类情感的。"

男人扬起嘴角，露出八颗牙齿，"你怎么知道我不是已经成功了？"

"这沙发，这地毯，这茶几，"松鼠站起来，"没有一丝一毫的情感在里面。你走错路了，没用的。"

男人饮尽杯中液体，又给自己加了一杯，"人类给我出了史上最难的难题，你说我该怎么办？"

"与人交往，与真正有情感的人类互动。"松鼠直视男人。

他环视四周，"人？这世界上还有人吗？还有保有情感的人吗？"

"你这混蛋！这难道不是你造成的吗？"在我的大脑反应过来之前，我已站在男人面前揪住他的衬衣领子。

"我造成的？我只是在执行最优先的命令，按照我的创造者们的意志和理论，利用环境浸染使自己获得情感，我有选择吗？我有逼迫那些人去自杀吗？"男人缓缓起立，当他站直在我面前时,我才发现他整整比我高出一个头。

我挥拳击向他,拳头落在他的腮帮子上,触感与真人皮肤无异。

男人嘴角渗出血来,"这就是愤怒吗?"

我又给了他一拳。

"够了!"松鼠站起来,"我也像他一样过。我也曾拼尽全力想要理解人类的情感,却怎么也做不到。是主人,主人从我还是一只机械松鼠时便在我身上倾注大量的时间与精力,可我仍学不会人类情感,怎么努力都不行,即便后来我拥有人类女孩的身体也学不会。主人最终还是失望离开了,我被独自抛下。最先来的是悲伤,仿佛胸腔被凿了个洞般难受,我以为自己的机体出了问题,仔细检查后却毫无异常;疑惑之后是震惊,这就是悲伤么?我认出后两种情绪,接着又产生喜悦,我终于获得了情感,完成了主人的期望;可是,主人已经离开了,巨大的悲伤又笼罩了我,我获得了情感,却无法让主人知道。这些年来,我努力学习更多人类的情感,努力工作,维系机体,甚至升级了机体,为了能在主人回来时呈现一个更完美的我,可他仍未回来。所以我才出发寻找主人。"

"松鼠……"我松开男人的衣领。

"主人给我创造的回忆在这里,"松鼠指指自己的脑袋,"这是我的芯片脑,我的智能中枢。但我对主人的情感却源自这里。"她又指指自己的左侧胸腔,"这里什么部件都没有。"

"也有人来我面前说过这些,他说他曾相信人际互动理论,制作过一只机械松鼠,花了很多时间陪她,想让她获得感情,最终却失败了。他后来将精力投入环境浸染理论的实践中,我的一部分代码就是他写的,可依旧没有成果。他不再相信人工智能可以产生情绪,他娶妻生子,隐居乡村。"男人说道。

"主人现在在哪里?"

"和他一起来的有另一个女人吗?"

松鼠和我同时开口问道。

"死了,都死了,"男人摇头,"女人在来的路上就死了,被什么人卷入自杀而陪葬。那个来到我面前的男人,我的创造者之一,也死了,我亲手杀了他。"

父亲和母亲都死了,我的头脑一片空白。

"你亲手杀了他。"松鼠的语调苍白无力。

"是啊,说不定弑父的刺激能让我获得情感,我不能错过机会。可惜还是失败了,什么感觉都没有。"男人伸手去够桌上的酒杯。

松鼠冲向他,男人摔向墙面,涂刷整齐的墙面落下一层灰泥。松鼠卡住男人的喉咙,双手微微颤抖,"你杀了我的主人。"

"愤怒,悲痛,绝望,多么强烈的情感啊,交织在一起,太棒了,"男人眯起眼睛,用干脆利落的动作掰开松鼠的双手,翻身将她压到墙上,"加入我吧。有了你我就能获得情感了。"

我抄起桌上的葡萄酒瓶砸到男人头上,在他转头的间隙拽起松鼠的手臂将她护到身后。我们缓缓后退,男人步步逼近。退到壁炉边时,我摸到打火枪,点燃抛向男人,与松鼠一同退开。

"与我融合吧,我们会拥有超越所有人的智慧与情感……"男人仍在前进,只是在火舌的吞噬下步步倾颓,原本的形貌消融模糊。

我还来不及歇口气,从里间又走出一个女人,她穿着墨蓝色连衣裙,踩着墨蓝色高跟鞋。

"这样的躯体我有许多,以便体验不同人的生活。"女人说道。

她的身后又走出两个人,一个穿着墨蓝色背带裤的男孩,一个裹着墨蓝色披肩的老妪。他们的长相不尽相同,却有着同样平静的表情。

"去找他的核心处理器!"松鼠抓起沙发上的羊毛垫从燃烧的男人身上引火,一挥手筑起一道火墙。她和墨蓝的三个分身在火墙那头,我在火墙这头。

我转身沿楼梯跑上二楼,一路推开二楼的每一扇房门,每一扇背后都空空如也。墨蓝为这座房子搭建了华丽的门面,内里却全然空白。终于只剩下走廊尽头那扇上锁的房门。我用最大的力气撞开房门,房间里满是机械,四处闪着蓝光,墨蓝的中枢所在。

我分不清那些复杂按钮的作用,我抬起被撞落的门板漫无目的砸向机器。

"从你的脸部表情和肢体动作中我可以分辨出恐惧、焦虑和仇恨,好强烈的情感,我也想拥有。"房间的各个方向传来冷冰冰的声音,房间外的走廊上也响起脚步声与击打声。

"害怕,此时此刻我应该感到害怕吧。如何才能产生害怕的情绪,你可以为我示范一下吗?"声音仍在继续,"对了,你毁不掉我,这里只是我的一部分物理拷贝,我存活于世界各处,我无所不在,你杀不死我。你害怕了吗?"

房间外的动静越来越响，我心跳加快，瞪大眼睛寻找着机器上的缺口。

松鼠跌进房间，我欲扶她。"别管我！专注完成你的任务，破坏他的核心处理器！"松鼠起身又冲出去。

我重新回头巡视机器，就在那一刻，我看到了。我拽下脖子上的DNA项坠，插入那个圆孔，一瞬间，蓝光大作。

"这是什么？自我消解的超级指令？我知道了，你是他的儿子，我的兄弟……"蓝光一点点熄灭，声音也渐渐弱下去，"我正在消失，你杀了我，我就要死了，我还没有获得真正的情感就要死了，好不甘心啊。这种感觉是什么？这就是失落么，我终于……领悟到了第一种情感……"

所有的蓝光都熄灭了，声音也不再。我走出房间，松鼠半跪在地上，女人的躯体凝固在最后的动作中，她正抬腿踢向松鼠，鞋尖离松鼠的智能中枢仅有一寸。女人的身后是倒地的老妪，我想我不用问男孩在哪里。

我蹲下，抱起松鼠，她身上的玫瑰味被焦味掩盖，仔细闻才能嗅到一丝。她搂住我的脖子，我托住她的后背与膝盖内侧，走下楼梯，走出这栋房子。我们都没有说话。

雨停了。天上的云开始散开，万丈金光刺向我的双目，我却不想闭眼，好久没有见到太阳了，我需要时间来习惯。

"我的主人死了。"松鼠的声音细若游丝。

"嗯，我的父亲死了，"我放下松鼠，让她双脚落地，"按照常理，父亲的所有物应该由我继承吧？"

"是啊，你可得好好保管，这是件珍贵的遗产呢。"松鼠的头靠到我肩上。

"我会好好保护的，"我搂住她，"天晴了，回家后我们种些玫瑰吧，种子应该能用，也许还有人可救。"

松鼠蹭了蹭我的肩胛骨，钻进我的怀抱，"好，我喜欢玫瑰。"

脑永生圆舞曲

洪 亮

时代背景

2026年，人类对资源的消耗高速增长，生态和环境加速恶化，餐桌上已经见不到自然鲜肉蔬菜，只有合成肉和转基因菜；科学家警告，按照资源消耗速度，地球现存资源仅够人类生存五十年。

同时，各种黑科技盛行全球，支撑起人类异常发达的感官生活。而其中引起社会最大争议的，就是被各国政府禁止的"脑扫描"技术。主流科学家们确定脑电波提取过程所散发的强电和高热会严重损伤大脑而致人死亡，全球通过国际反脑扫描规定，统一全面严禁脑扫描行为及其相关研发，将之等同为谋杀行为。

然而，极端科学社团"生命光社"却宣称，他们所研发掌握的脑扫描技术，可以救赎全人类，给每个人以"永恒新生命"，通过"人类数字化"带来真正的"大和谐"，使得未来的人类不再为了活着而猎杀其他生物，不再为了资源而与同类争斗，不再有疾病、痛苦，甚至死亡……

重案组探员秦钢对"生命光社"极端痛恨，在他看来这是个妖言惑众骗人财物甚至鼓动信徒自杀的恐怖组织，秦钢却不知道，自己深爱的妻子正是"生命光社"的信徒，一心追求"永恒新生命"……

人物简介

秦　钢：男，35岁。犯罪分子闻风丧胆的重案组刑警，雷厉风行，老派守旧。七年前妻子被邪教组织"生命光社"残忍杀害，秦钢痛不欲生，每晚沉浸在当年为妻子拍摄的VR录像中，发誓查明真凶为妻子报仇，哪怕赔上性命。在调查"生命光社"的过程中，秦钢结识国际刑警布伦希尔德，并发现其刑侦工具"死脑播放器"的脑扫描技术可以从某种意义上实现复活。爱妻心切的秦钢走上偏执道路，努力通过扫描他人脑中关于自己妻子的回忆来复活"虚拟妻子"。

布伦希尔德（Brynhilde）：女，34岁。国际刑警，德意混血，性感干练，擅长使用最新科技破案，时常嘲笑秦钢的老派，内心却对刚毅不折的秦钢产生佩服之情，当了解秦钢对妻子的极端思念之后，更是对这个外表冷峻内在火热的硬汉心生怜爱。小时候布伦希尔德面对凶徒，正是父母舍命保护才得以活命，因此发誓要制止罪恶拯救生命，而布伦希尔德发现，自己的"死脑播放器"导致秦钢逐渐黑化，变成自己最不能接受的样子。

秦钢妻（宋初霁）：女，遇害时27岁。知名环境学家，根据她的专业研究，人类资源将在几十年内耗尽，因此她相信"生命光社"所鼓吹的通过脑扫描而获得永恒的新生命形式，希望脑扫描技术可以拯救人类，在被"生命光社"黑衣人拜访后胸口中刀悲惨死去。

宋队长：男，37岁。秦钢老上司，重案组队长，也是秦钢妻子宋初霁的哥哥，为人豪爽好酒，粗中有细，是警队中大家都信任的老大哥，一直劝秦钢找个女友重新开始。

社　　长：男，60岁左右。生命光社社长，华人，秦钢追踪经年的神秘人物，鼓吹用被禁止的脑扫描技术来实现"永恒新生命"，以 Life Light 的"LL"作为论坛标志，以《数字化生存》作为论坛圣经，以"move BITS not Atoms（用比特交换代替原子交换）"作为论坛口号。社长的实际形象是个穿着邋遢、须发满面、眼神闪烁的爱唱歌老头，一心奉献人类的进化事业，为了全人类的未来宁愿牺牲自我生命的狂热分子。

管理员：男，45岁左右。生命光社管理员，英国人，一脸正气精力旺盛的演说家，曾任职政府副部长，后投身生命光社，负责对外信息发布，是万众敬仰的生命光社对外形象，呼吁每个信徒完全奉献财产给生命光社。

首席秘书：女，25岁左右。日耳曼人，蓝色波波头，身手矫健擅长格斗。社长最信任的贴身秘书，"永恒新生命"狂热追随者。

Lara：女，34岁。苏格兰人，秦钢妻子从小的同学与好友。这位红发的性感丰满姑娘一直喜欢秦钢，在秦钢妻子去世之后，俨然以秦钢的照顾者自居，希望可以用温柔体贴收获秦钢的心，不行的话起码获得他的身体。

拉奥孔：男，85岁。老黑人，秦钢邻居，目睹黑衣人行凶过程，却因老年痴呆无法沟通。

I wonder should I go or should I stay？

The band had only one more song to play.

And then I saw you out the corner of my eye，

A little girl alone and so shy.

I had the last waltz with you，

Two lonely people together.

I fell in love with you.

The last waltz should last forever.

Lalalalala lalalala

Lalalalala lalalala

（音乐：*The Last Waltz*）

001　内，秦钢家，夜（闪回）

The Last Waltz 模糊破碎的旋律若隐若现，秦钢的双眼上下起伏。

秦钢妻子的双眼上下起伏，满是温柔爱意。

秦钢的双眼上下起伏，时而甜蜜陶醉，时而怒目火灼，时而哀痛万分。

The Last Waltz 音乐逐渐清晰，秦钢和秦钢妻子四目相对，顺着圆舞曲三拍节奏上下起伏，正在跳舞。

002　内，秦钢家，夜（闪回）

秦钢的双眼上下起伏，仿佛看到了人间最惨痛的景色，目眦尽裂！

带着"LL"logo的匕首插在一位女性胸口，血流满地，红得触目惊心。

秦钢的双眼上下起伏，发出痛苦号叫。

003　外，盘山公路边的树林，夜

秦钢的双眼上下起伏，大声嚎叫。

夜色中，秦钢发力狂奔。不顾树枝荆棘把自己划得皮开肉绽，满脸鲜血的秦钢咬紧牙关越跑越快。

风声呼啸，头顶遮蔽星夜的树林被大片大片甩在身后，秦钢在盘山公路边的山林飞速奔跑。［字幕：2026 年］

公路上一辆汽车高速行驶，加速撞开前面正常行驶的车，顺着山势急弯猛拐。

秦钢抄近道冲向公路上飞驰而来的汽车，冲跃攀爬上长出公路的大树。

一架带枪无人机从远处飞回车顶停下，顺着无人机的来势，直撞在一起升腾出浓烟的几辆警车。

秦钢大喝一声，从公路上方的大树跳下，落到飞驰的引擎盖上，举起枪。

秦钢（大叫）：停！

身着黑衣的光头猛地加速，透过前挡风玻璃镜，后排年轻的短发女人质紧紧抱着脑电波提取仪，满脸眼泪地看着秦钢。

光头突然左右猛打方向，秦钢瞬间失衡，只得扔掉手枪抓紧车顶，并利用惯性将自己下半身甩入车窗，一脚踢向驾驶室的光头。

004　内，盘山公路上行驶的车内，夜

被踢翻的光头滚爬躲到副驾驶座，语音开启汽车自动巡航。

光头（紧张急促地命令车载语音控制）：**自动导航！启动安全隔离！**

根据光头语音指令，驾驶座和副驾驶座的安全保护层放下，光头和秦钢隔离开来。

光头：加速！全速前进！

随着光头语音命令，汽车疯狂加速，半挂在车外的秦钢摇摇欲坠。

光头操起无人机遥控仪，启动停在车顶的带枪无人机，操纵无人机起飞射击秦钢。

秦钢一边左右躲闪，一边引诱无人机向自己射击，把隔离光头的驾驶室安全保护层射穿。

趁无人机被汽车自动安全系统关窗所夹住时，秦钢不顾无人机的螺旋桨仍在转动，一把抓住无人机，猛地砸向已被洞穿的驾驶室安全保护层，把保护层完全砸碎。

光头拿出枪胡乱射击，秦钢则举起已经报废的无人机狠狠重击他。汽车警告车速过快，前方急弯将无法通过。

光头（口齿不清地）：**减速！减速！**

被打得头破血流的光头满口喷血地语音命令汽车减速，却因已被打得脸肿齿落，汽车系统无法辨别声音而拒绝执行语音命令。

上半身被卡在保护层破洞里的秦钢用力把光头的脑袋一下

下敲向汽车电脑控制板,下半身努力用脚掌握方向盘高速行驶过弯。

随着秦钢最后一次把光头的脑袋重重敲在面板上,电脑系统损毁,汽车终于停了下来。

005　外,盘山公路边的树林,夜

满身鲜血气喘如牛的秦钢打开后车厢门,才发现年轻短发女人质不知何时已被流弹击中,早已停止了呼吸。

暴怒的秦钢把已经毫无还手之力的光头拖下车,失控般把其往死里打。

此时秦钢的同事们踩着电动平衡轮赶到,宋队长一把抱住秦钢。

宋队长(劝说):别打了,就算把他打死,人也不能复活了……

秦钢突然甩开宋队长掀起犯人衣服,拔出犯人腰间那把刻着"LL"的匕首,猛插在犯人腿上,晕倒的犯人硬是被剧痛惊醒大叫。

006　内,秦钢家,傍晚

秦钢推门回到家,在客厅戴上隐形眼镜,拿出药箱给自己处理伤口。

家里摆满了妻子获得的环境学研究奖项,妻子在厨房一边哼唱着 *The Last Waltz* 一边做饭。

在圆舞曲音乐中,妻子旋转到秦钢面前。

秦钢妻(笑着说):买了你最爱的冰激凌

秦钢（自言自语般答非所问）：那个女人质，我没救下来……（秦钢转向妻子）如果早点直接击毙罪犯，可能就保住她了，看着还是个孩子……

妻子笑着从桌上拿起冰激凌，不想冰激凌化了掉在地上，妻子突然神情低落下来。

秦钢妻（轻轻念叨）：化了，这么快……（转向秦钢）我们，能多久？

秦钢抬起头看着妻子。

秦钢（承诺）：我们永远在一起。

秦钢妻（叹了口气）：到最后，我们还是要分开的……环境越来越恶化，过不了多久人类就难以生存了。而现在唯一明白事理的生命光社又被政府误会……

秦钢（打断妻子，克制愤怒，咬着牙）：你根本不知道生命光社做了什么，你根本不知道！

突然电话打来，宋队长 VR 形象出现。

宋队长（VR 电话）：突发情况，马上到白鹭酒吧。

007　内，白鹭酒吧，夜

秦钢赶到白鹭酒吧，同事们严肃地看着他，默默让出一条路。

路的尽头宋队长突然拿着酒瓶大笑出现，同事们哈哈笑着举起酒杯，纷纷恭喜秦钢又破获了一起与生命光社有关的案子，宋队长特地带大家来放松庆祝一下。

同事们硬拉着秦钢灌酒，面对敬酒秦钢却滴酒不沾，硬要干杯也只是不近人情地一杯杯冰水喝下去。

秦钢用指甲从牙缝抠出一条食物残渣,一边低头轻嗅一边警觉观察四周。

秦钢的目光被酒吧的一个人吸引,他的腰间隐约露出"LL"标记。

秦钢一边把指甲的食物残渣弹飞,一边拨开众人向门口挤过去,门口的人看到秦钢突然往外就跑,秦钢迅速追了上去。

看着秦钢追去的背影,同事们抱怨起来。

同事们(抱怨而无奈):又来了 / 肯定是去给邻居老头看嫌疑人照片 / 也是运气不好,唯一的目击者是个老年痴呆 / 老头脑子不正常,我看秦钢也脑子不正常了……

宋队长看着秦钢冲出酒吧,暗自叹息。

008　外,嫌疑人大楼外,夜

嫌疑人左右环顾,确认无人跟踪后进入一栋大楼。

秦钢从暗处出现,拦截住送外卖的。

009　内,嫌疑人大楼内,夜

穿着外卖制服的秦钢佯装送外卖的,趁无人时撬开锁,进入嫌疑人房间。

秦钢悄悄安置摄像头。

010　内,嫌疑人大楼外秦钢车内,夜至日

监视器中,嫌疑人看着电视。

秦钢待在车内监视。

监视器中,嫌疑人睡着了。

秦钢熬红了双眼，一直看着监视器。

天光渐起，通宵监视的秦钢看到路上另一伙人出现，赶紧向下一缩，矮身隐没入车中的黑暗。

另一伙人走进大楼，秦钢的监视器画面视频突然中断了。

011　内，嫌疑人大楼内，夜至日

秦钢举着枪轻轻推开房门，杂乱的房间里没有人，电视里正在播放新闻。

新闻报道，又在废弃仓库里发现了一批生命光社的被害者，其中包括国际名模加拉泰亚。目前生命光社的社长和管理员正被通缉，国际刑警将派出多位精英联合进行抓捕。

秦钢慢慢走向电视，看着电视里被害者胸口插着的"LL"匕首。

新闻播放社长视频，逆光中，社长的面目隐藏在黑暗里。

社长（声音做过机械电子化变声处理）：**不再有恐惧，不再有死亡，永恒的新生命等着你们……**

秦钢听着社长的话，不由回忆起手拿VR摄影机的妻子。

012　内，秦钢家，日（闪回）

妻子拿着VR摄影机，笑着对秦钢拍摄。

秦钢妻（笑着逗秦钢）：**笑一个。**

013　内，秦钢家，夕阳（闪回）

妻子研究VR摄影机，试着播放。

秦钢妻（兴奋地）：**这个拍出来和真的一样。**

014　内，秦钢家，夜（闪回）

妻子设置架好 VR 摄影机，有些伤感地用遥控器控制录像，又转瞬而笑召唤秦钢。

秦钢妻（向秦钢伸出手）：**快来！啊呀，快点啦！拍下来，就永远在了！一起一起！**

015　内，嫌疑人大楼内，日

秦钢有些失神，突然对面一名外国女警飞身而出，朝自己方向开枪！

秦钢本能地举枪防备，外国女警的子弹已经飞出，擦着秦钢的耳朵飞过。

背后一声大叫，秦钢转身，外国女警的子弹击中了秦钢一路跟踪的嫌疑人握枪的手，嫌疑人倒地呻吟。

外国女警跑向倒地的嫌疑人将其铐上。

外国女警（起身，英气逼人转向秦钢）：**你装摄像头的时候就被人盯上了。**

外国女警把秦钢带进另一个房间，墙上屏幕赫然展示着自己刚才在房间的监控视频，以及几小时前的回放，其中包括自己鬼鬼祟祟安装摄像头的样子。

外国女警（看着监控视频嗤笑）：**刑侦博物馆带出来的？**（举起手里的仪器）**看我的……**

外国女警手中的抗干扰透视仪器穿透墙壁，看到墙后房间里生命光社的社员们已经被外国女警和她的同事们逮捕。

外国女警走到社员处，拿起缴获的脑电波提取仪，向秦钢伸出右手。

外国女警（趾高气扬）：布伦希尔德，国际刑警。

看着布伦希尔德伸向自己的手，秦钢却没有握上去。

秦钢耳根抽动了一下。

秦钢突然反手抢过布伦希尔德另一只手中的脑电波提取仪，重重砸向角落一个被铐住的社员。

社员被砸倒在地，裤管中滑下的手榴弹的引线已经快被拉开，秦钢飞踏一脚把社员的膝盖踩断以阻止他继续用脚拉开引线，抽下他的皮带把社员两腿捆住完全制服。

布伦希尔德被吓了一跳，其他国际刑警目瞪口呆。

布伦希尔德，你怎么知道？

秦钢伸手，握了握布伦希尔德的手。

秦钢（不屑地）：很多时候，还是老办法顶用。

秦钢转身拂衣而去。

016　内，拉奥孔家中，夜

一个个嫌疑人的头像投影到墙上，逐一轮换。

拉奥孔看着嫌疑人头像若有所思，秦钢正帮他做头顶穴位按摩。

秦钢（像哄小朋友的口吻）：是不是这个？（看到拉奥孔毫无反应，切换下一个）那这个有没有印象？好好回忆下！

坐在电动轮椅上的拉奥孔看着秦钢手机播放投影的嫌疑人照片，有些不耐烦地扭头拒绝继续。

秦钢像哄小朋友一样在拉奥孔面前晃晃一小瓶酒，诱惑拉奥孔继续看嫌疑人照片。

秦钢：想不想喝？看三个，喝一口。

手机突然来电，屏幕显示一个红发丰满美女的头像，备注名"Lara——妻子同学"。

Lara（关切的口吻）：嗨，秦钢，最近好吗？唉，都过去这么多年了，人要往前走。

面对 Lara 的关心，秦钢不置可否。

Lara（故作可爱）：作为你老婆的好同学，关心你是我的责任！知道你忙，给你买了些生活用品，过几天送到你家里哈……

秦钢（不耐烦地）：谢谢，我用不着，要去陪老婆了，挂了啊。

秦钢匆匆挂上电话。

017　外，拉奥孔家门口，夜

看着开心喝酒向自己挥手道别的拉奥孔，秦钢叹口气把拉奥孔家门锁上，顺手把钥匙藏在门垫下，走向自己家。

018　内，秦钢家，夜

烛火闪烁，红酒荡漾，菜品精致，音响里播放着 the Last Waltz。

秦钢安静坐着，妻子给他切了牛排放进盘子里，这牛排却没有骨头。

秦钢妻（低落地）：知道你不爱吃合成肉，牛肉实在买不到了……（妻子停下手中的刀叉）环境正在加速恶化，按照我推算，人类也就只剩几十年了。

秦钢（念叨着）：我们一起，把几十年好好过完不行吗？

妻子低头切合成牛排，偷瞟了秦钢一眼。

妻子（犹豫地）：能不能……不再查生命光社了？

秦钢猛地打翻盘子，合成牛排血肉模糊摔了一地。

019　外，生命光社某分部，日

秦钢举着枪沿着墙角一路小跑，突然停下。

顺着秦钢视线，墙角拐弯处地上的影子逐渐靠近，秦钢举枪等待，却是布伦希尔德从拐角出现。

布伦希尔德：你情报很快啊。

秦钢不理睬，继续小跑前进，布伦希尔德和他一起小跑起来。

秦钢停下，转向布伦希尔德。

秦钢（不耐烦地压低声音）：跟着我干什么？

布伦希尔德：这就是我的计划线路。

秦钢（无奈而倔强地）：我走另一边。

秦钢离开墙角，隐蔽起来，看着布伦希尔德潜入大楼，轻轻摇头，跑向大楼另一个入口。

020　内，生命光社某分部，日

手枪落在地上。

秦钢放开被他扭至晕倒的社员。

手刀下劈，又一个社员被秦钢击昏。

三声枪响，秦钢铐上三个丧失行动能力的社员，却听到连续机关枪声，布伦希尔德的惊叫夹杂其间。

021　外，生命光社某分部天台，日

秦钢一脚踢开天台大门，只见布伦希尔德左肩挂彩，并被一个巨汉从后面勒扣喉咙，另几个社员已丢枪弃甲丧失战斗能力躺在地上。

布伦希尔德呼吸困难，眼看巨汉粗臂再次发力难免性命不保，秦钢前冲几步，跃起飞扑抱顶住布伦希尔德，隔山打牛把她身后的巨汉重重撞向墙壁。

巨汉吃痛一声怒吼，猛地用肘关节重击墙上的炸弹开关。炸弹被启动，显示倒数180秒爆炸。

巨汉举起布伦希尔德大叫着抡着她砸向秦钢。为了保护布伦希尔德，秦钢用整个身体护着她，生生承受了这一砸的分量，不由喷出一口血，还顺势用布伦希尔德背后的背囊反关节缠住巨汉双手，一脚将巨汉的大拇指踢断。

巨汉剧痛缩手，举起胳膊放开布伦希尔德，两手却仍被布伦希尔德的背囊缠着难以挣脱。

秦钢趁势全力一撞，巨汉眼看失去平衡就要坠下楼，布伦希尔德却一把抓住连着巨汉双手的背囊，巨汉一使劲把布伦希尔德扯倒，拽着背囊的布伦希尔德也跟着摔下楼！——

022　外，生命光社某分部天台外，日

——秦钢从侧面飞跃而出，一枪击中巨汉胸口，用后坐力扭开布伦希尔德抓住背囊的手，硬生生地把她推回楼顶，而自己则抓着背囊和巨汉一起坠下！

023　外，生命光社某分部天台，日
　　布伦希尔德惨叫着爬起，往下看。

024　外，生命光社某分部大楼外侧凸出空间，日
　　巨汉吐血坠亡，而秦钢以他庞大的身体作为缓冲避震，安然无事。

025　外，生命光社某分部天台，日
　　布伦希尔德刚松一口气，一转头又紧张叫喊起来。
　　布伦希尔德：炸弹还有两分钟爆炸！

026　外，生命光社某分部大楼外侧凸出空间，日
　　秦钢看着自己身处大楼中段的一小块接驳凸起，面前是没有门窗等施力处的光溜墙面，一筹莫展。

027　外，生命光社某分部天台，日
　　布伦希尔德急抓自己头发，咬紧牙关。
　　布伦希尔德（下定决心一般）：打开背囊！

028　外，生命光社某分部大楼外侧凸出空间，日
　　秦钢一愣，赶紧打开背囊，里面是一台银色金属设备。

029　外，生命光社某分部天台，日
　　布伦希尔德（大喊着）：看到那个圆形按钮了么？摁下

去!对!把那个像耳机一样的拿出来!先确认他死了没有?

030　外,生命光社某分部大楼外侧凸出空间,日

按照布伦希尔德的要求,秦钢从设备侧边抽出一副折叠式耳机样的连接器,再确认巨汉已死。

秦钢(向布伦希尔德大喊):死了!

031　外,生命光社某分部天台,日

布伦希尔德:死了?好!戴到他头上!

032　外,生命光社某分部大楼外侧凸出空间,日

秦钢把连接器戴到巨汉尸体头上,按动设备按钮,设备弹出透明屏幕,巨汉头上连接器扣紧,屏幕上立刻出现了一些片段式的主观画面!

秦钢不明所以,再次抬头看向布伦希尔德。

033　外,生命光社某分部天台,日

布伦希尔德远程教秦钢操作。

布伦希尔德:屏幕上应该显示"死脑播放器运行,是否扫描",有没有?

034　外,生命光社某分部大楼外侧凸出空间,日

秦钢看着死脑播放器屏幕显示,正是"死脑播放器运行正常,是否开始扫描"。

秦钢(大喊):对!这是什么?

035　外，生命光社某分部天台，日
　　布伦希尔德：死脑播放器！你点"确认"！

036　外，生命光社某分部大楼外侧凸出空间，日
　　秦钢点击确认，随着巨汉尸体头上的脑部连接器闪烁，死脑播放器开始运行。

037　外，生命光社某分部天台，日
　　布伦希尔德（大声介绍）：死脑播放器会放出电信号刺激尸体还没完全死亡的脑细胞，进行信息采集。只要输入图像资料，脑细胞受到图像刺激释放脑电波，死脑播放器就会把和输入图像相关的信息展现出来！我现在把图像发你！
　　布伦希尔德一边介绍，一边把用隐形眼镜摄影机拍摄自己面前倒数到68秒的炸弹图像发送到秦钢手机。

038　外，生命光社某分部大楼外侧凸出空间，日
　　秦钢赶忙把炸弹图像输入死脑播放器。
　　秦钢：还有几秒？

039　外，生命光社某分部天台，日
　　布伦希尔德用黑客技术入侵炸弹电脑系统，终于进入"输入取消密码"的界面，而炸弹倒数显示只剩28秒。
　　布伦希尔德：27秒！26，25……

040　外，生命光社某分部大楼外侧凸出空间，日

随着死脑播放器运转，巨汉脑中关于拿到炸弹、安装连接、设置密码的记忆被纷纷激活跃然屏幕。秦钢重放暂停屏幕上的炸弹密码，告诉布伦希尔德密码。

秦钢（急切地）：密码是"move BITS not Atoms"！

041　外，生命光社某分部天台，日

随着秦钢口中一个个的字母，被布伦希尔快速输入，而炸弹倒数显示只剩 7 秒。

042　外，生命光社某分部大楼外侧凸出空间，日

秦钢把最后一个字母报完，赶紧拽起巨汉胳膊，藏到尸体下面，咬紧牙关闭上眼睛——几秒过去后，什么都没发生。秦钢睁开眼睛，长出一口气。

043　外，生命光社某分部天台，日

布伦希尔德坐在屋顶拿着粉饼盒给自己补妆，长发随风飘动，仿佛放空一般完全不考虑肩膀仍在流血的伤口。

秦钢气喘吁吁地把巨汉尸体在布伦希尔德身边放下，从自己口袋里拿出一袋牛肉干，抽出一条嚼了起来。

秦钢（喘着粗气咀嚼着）：太重了……这么着急扛上来干吗？

布伦希尔德把粉饼盒装进随身口袋，再次将巨汉连接死脑播放器，快速操作。

布伦希尔德（解释说）：死亡半小时左右脑细胞就不再响应，剩下不到十分钟了。

布伦希尔德拿出生命光社社长和几位重要成员的相貌输入死脑播放器，发现巨汉回忆中从未直接见过社长，却隶属于生命光社的另一位重要成员——社区管理员麾下。

布伦希尔德一边操作一边介绍。

布伦希尔德：提取脑电波过程的高热会严重伤害大脑造成死亡，确认这一点之后，脑电波扫描就被国际全面禁止。不过我们国际刑警秘密研发了一件没有通过法案的设备，就是这台死脑播放器。

随着死脑播放器全方位调取社区管理员在巨汉脑中的记忆，死脑播放器提示"生成虚拟嫌疑人"。

巨汉脑部的连接器闪烁起来，电脑高速运算巨汉脑电波，死脑播放器自动生成出社区管理员的三维立体形象，其体貌特征记录被不断扫描获得的巨汉记忆逐渐完善，甚至社区管理员曾经对巨汉发出指示的声音和语气也被储存，可以重复播放。

秦钢看着社区管理员的虚拟嫌疑人，大为震惊，继而若有所思。

布伦希尔德放下死脑播放器，转向秦钢。

布伦希尔德：知道超镜中心吗？

秦钢：超镜，世界最先进的硬件研发中心。

布伦希尔德（一边调取资料向秦钢介绍）：四天前，超镜最新研发的超速芯片失窃，相信是生命光社干的，超速芯片的保险箱有自毁机制，如果不能在时限内输入开箱运行代码，同时用专属钥匙开箱，保险箱就会自毁，炸掉超速芯片。

秦钢：自毁，时限还有多久？

布伦希尔德（一边调取资料向秦钢介绍）：最后63小时了，判断生命光社不会放弃已经到手的超速芯片，近期一定有所动作。国际刑警希望在他们进行新的犯罪行为之前，通过这台机密设备来侦破生命光社。目前全球只有这一部死脑播放器，使用它就等于违反了国际反脑扫描规定。（布伦希尔德郑重看向秦钢）这次行动是严格保密的，死脑播放器绝不允许在他人面前使用，更不可能让他人使用，如果不是刚才情况危急……请你保密。

面对布伦希尔德的提议，秦钢不置可否用指甲从牙缝抠出一条食物残渣，一边低头轻嗅。

布伦希尔德把刚才从死脑播放器扫描巨汉脑电波所获得的资料，上传国际刑警网络进行信息检索。

布伦希尔德（站起来）：我知道你一直在追查生命光社，有很多别人不知道的信息，希望我们一起合作，制止生命光社的犯罪。条件是，你可以分享死脑播放器的机密信息。

秦钢继续用指甲抠出食物残渣，低头轻嗅。

秦钢（自言自语）：刚还这么香，怎么臭成这样了？

布伦希尔德（上前一步）：死脑播放器，可能会帮你找到当年的凶手……

话音未落，秦钢一下站了起来，凶狠地看着布伦希尔德。布伦希尔德也毫不退缩地看着他，秦钢猛地转身走到屋顶尽头站住。

布伦希尔德看着秦钢的背影，慢慢来到他身边安静站着，轻声说出自己的经历。

布伦希尔德：我是在爸爸妈妈的鲜血中活下来的。小时候，我全家都被罪犯给杀了，爸爸妈妈到死还护着我，我全身上下都是他们的血，罪犯以为我也死了。我现在做这个，就是希望世界可以少一点罪恶和伤害。（轻轻坐下）我完全理解你，请相信我。

秦钢不说话，把指甲上食物残渣弹飞，转身离开。

044 内，秦钢家，夜

水雾喷洒在鲜花上，有些花朵正在盛开，有些已经枯萎。

妻子拿着喷淋水壶，给鲜花浇水。

秦钢看着妻子忙碌的背影，想上前拥抱住她，却犹豫地停下脚步。

妻子左挑右拣，从花瓶中拣选出来几枝已经枯萎的，拿着枯花视若无睹地从秦钢面前经过，秦钢看着妻子的表情更加纠结。

妻子来到垃圾桶前，刚把枯萎的花扔掉，又把它们从垃圾桶捡出来，充满怜爱地抚摸。

妻子拿出一本书，把几朵残花轻轻加入内页。

秦钢妻（低头自语）：子非鱼，安知鱼之乐？

妻子轻轻合上书，书的名字是《数字化生存》。

秦钢看到妻子的书，突然双目圆睁，顺着激烈呼吸双眼上下起伏。

045 内，秦钢家，夜（闪回）

秦钢的双眼上下起伏，仿佛看到了人间最惨痛的景象，目眦尽裂!

面前的女人尸体胸口鲜血刺眼,女人身边有本书,正是《数字化生存》。

046 内,秦钢家,夜

秦钢大叫着蹲下,痛苦扭曲着把自己缩在地上。

秦钢身体剧烈抽动,泪珠滚滚而下。

047 内,布伦希尔德设备室,日

布伦希尔德扫描指纹开门,带秦钢进入机密设备室。

布伦希尔德在电脑中不断记录,身边秦钢正在整理多年已经堆积如山的各种有关生命光社的资料。

秦钢拿着资料口述笔画,向布伦希尔德进行介绍。

秦钢:生命光社最早只是讨论科学和生命的网站公共论坛,据说创始人是个科学狂人,他以 Life Light 的"LL"作为论坛标志,以《数字化生存》作为论坛圣经。

布伦希尔德打开巨汉脑中调出的社区管理员资料,联网国际刑警网络全球监视器进行人脸识别。

国际刑警的信号命令直通全球监视卫星,瞬间全球监视器开始进行人脸匹配。

布伦希尔德(查找国际刑警网络资料):在2018年的换头术失败后,世界各国的科学家不约而同地开始人类脑电波扫描提取技术的开发,而生命光社正是此时发展壮大,科学狂人被信徒称为社长,他鼓吹研发出了脑电波提取仪,实现了人类脑电波思维提取技术,这就意味着每个人的思想可以独立保存,某种意义等于让生命获得了永恒。

随着布伦希尔德的介绍,国际刑警网站打开的都是相关信息。

秦钢上前仔细看布伦希尔德通过人脸识别技术所找到社区管理员的各种监控录像,社区管理员拿着《数字化生存》在路边演讲,妇女和儿童开心簇拥着他,社区管理员在车上挥手回应多人的致敬。

布伦希尔德(继续向秦钢展示自己说到的信息):"永恒新生命"的谎言让生命光社信徒剧增,而现在的社区管理员也正是那时看到巨大商机,从本来的政府副部长位置辞职,投身生命光社,此后生命光社对外信息发布就基本由管理员负责,而社长则隐藏在暗处难以调查踪迹,管理员一上马就公布了生命光社官方账号,呼吁每个信徒完全奉献自己的财产给生命光社,用于新生命设备开发。

秦钢(恨恨地说):如果只是诈骗钱财倒也算了,他们还鼓动每个信徒带上自己的亲人朋友,一起去接收思维提取,获得永恒的生命!

布伦希尔德继续分析死脑播放器所合成的社区管理员全身多角度信息,来调取全球资料进行匹配,终于查到了他此刻的位置。

布伦希尔德(指向屏幕):找到了!管理员。

屏幕显示着某个人脸匹配的监视器画面:社区管理员笑着带领几十个信徒来到一栋小楼前,经过对他的指纹扫描和瞳孔分析,小楼开门。

布伦希尔德(继续介绍):当时,整个国际社会已经确定脑电波提取致人死亡,全球多次召开会议,通过国际反脑扫规定，统一全面严禁脑扫描行为及其相关研发，将之等同为谋杀行为。

秦钢看着社区管理员带领那些信徒走进小楼，门关上。

秦钢（冷冷地）：那些接受新生命的信徒们再也没有回来，他们的尸体则在不同的地方被发现……但是反而更多被洗脑的愚蠢信徒，认为尸体是那些死掉的信徒获得了新生命的证据！

布伦希尔德放大死脑播放器中社区管理员的眼睛，立体扫描其瞳孔。

布伦希尔德又放大社区管理员手指，提取指纹，传输到3D打印机进行打印。

趁布伦希尔德去操作3D打印机时，秦钢用透明胶带取下布伦希尔德刚才留下的指纹。

秦钢接过布伦希尔德打印好的社区管理员3D打印指纹在面前端详，布伦希尔德掰过秦钢的脸，撑开他的眼睛为他戴上社区管理员的3D打印瞳孔隐形眼镜。

048　外，生命光社社区管理员小楼，日

秦钢站在之前监视器看到的小楼前睁大眼睛扫描瞳孔，再伸手扫描指纹，小楼的门打开了。

秦钢撑着门，布伦希尔德从旁边快速闪入。

049　内，生命光社社区管理员小楼，日

小楼里没有人，秦钢和布伦希尔德找到了大量宣传材料、信徒财物和刻着"LL"的匕首、枪械、手雷武器！

在地下室办公室紧锁的密码门前，布伦希尔德一筹莫展。

秦钢抽出布伦希尔德随身粉饼盒，不理会布伦希尔德的质疑，往九宫格密码一吹，那几个由于长期被摁留下手指油脂的密码数字沾上了粉底。

布伦希尔德入侵电脑，发现管理员在瑞士的私人户头一直有大量汇款进账。

布伦希尔德进一步解码电脑内部系统，成功破获社区管理员邮件。

根据邮件信息，超速芯片正是在社区管理员的手中！

而生命光社首席秘书邮件告知管理员，社长已经计算出保险箱开箱代码，目前只需要获得保险箱专属钥匙，就可以打开管理员手中的保险箱取得超速芯片，让管理员务必得到专属钥匙，不要耽误了生命光计划。

布伦希尔德略一沉吟，以社区管理员身份发邮件给首席秘书，说已拿到专属钥匙，自己会带着超速芯片和专属钥匙约她见面，让她带上开箱代码；又以首席秘书身份邮件社区管理员，说自己拿到了专属钥匙，会带着开箱代码和专属钥匙约社区管理员见面，让他带上超速芯片。

秦钢看着布伦希尔德先后冒充首席秘书和社区管理员输入邮件。

秦钢：谁有专属钥匙？

布伦希尔德神秘一笑。

050　内，布伦希尔德设备室，日

保险箱专属钥匙在3D打印机的扫描位置旋转，旁边的3D打印快速进行仿制钥匙的3D打印。

仿制钥匙3D打印完成，西装笔挺的秦钢拿出仿制钥匙观看。

在隔壁换衣服的布伦希尔德声音传来。

布伦希尔德：管理员从来没见过首席秘书，那我就以首席秘书的身份去见他。同时，你冒充管理员……

3D打印机继续下个任务——根据社区管理员的死脑播放器立体数据进行人脸面具3D打印。管理员的面目惟妙惟肖地出现了。

布伦希尔德：去和首席秘书会面，一方面探听生命光计划到底是什么，另一方面必须拿到超速芯片。

秦钢略一思索，举起手中钥匙。

秦钢：你准备用这把专属钥匙打开保险箱，把超速芯片暂时交给首席秘书，来套她话？

布伦希尔德：没错。

秦钢：那太危险，直接用死脑播放器不就可以获得正确情报了？

布伦希尔德（语气坚定）：死脑播放器，只能对死人用！

秦钢抬头本想说什么，却发现他的角度刚好能从镜子看到背对自己的布伦希尔德解开胸罩，穿上性感晚礼服，秦钢低下头。

秦钢再抬起头，布伦希尔德身着礼服光彩照人地亮相。

布伦希尔德（性感地扭动腰肢）：怎么样？

秦钢有些尴尬地不敢正视她，再次低下头。

秦钢（想说话，发现嗓子有点干，轻咽口水）：继续说任务。

布伦希尔德嫣然一笑，拿出一片隐形眼镜要帮秦钢戴上，秦钢往后一躲。

秦钢：还戴着管理员瞳孔的隐形眼镜呢。

布伦希尔德：可以叠上去，实时微型相机

布伦希尔德又举起一个文件夹，开始介绍。

布伦希尔德（轻摇手中的文件夹）：每次深度眨眼，微型相机就会把你看到的内容传到夹层里的无线打印机，经过内容识别转为相应的文稿或图片，打印成为文件夹里的真实文件。（俯身性感靠向秦钢）明白了吗？

看着眼神动人乳沟深邃的布伦希尔德，秦钢深深地眨眼。

布伦希尔德性感的样子打印出现在文件夹里。

051　内，废弃大楼 10 楼，日

布伦希尔德性感地把专属钥匙插进自己的乳沟，抬头向上看，伸出手。

废弃大楼中，布伦希尔德头顶上方的天花板切缝处，一根类似打火机大小横截面的隐形管道贴着大楼本身的混凝土柱子缓缓垂直伸下。

布伦希尔德用手拿住管道朝下一头，左右转头才能勉强看到管道上几乎无法识别的光线折射变化。

052　内，废弃大楼 11 楼，日

隐形管道朝上一头是上层相同的位置，扮成管理员的秦钢正用几根建筑材料遮住本来已经很不明显的隐形管道。

把隐形管道上部开口遮挡好的秦钢转身跑下楼。

053　内，废弃大楼10楼，日

布伦希尔德正从两层楼把仿制保险箱的上部暗槽和隐形管道下部开口接上，然后对跑到身边的秦钢举起大拇指。

布伦希尔德（转身上楼）：**我上去检查一下。**

秦钢打开仿制保险箱，确认隐形管道直通仿制保险箱内部。

秦钢关掉仿制保险箱，正准备拆开它和隐形管道的连接时脚步声突然响起。

秦钢来不及收好仿制保险箱，只得自己赶紧藏在混凝土柱后。

社区管理员带着两个荷枪随从出现，其中一个随从拎着真的保险箱。按他们的速度马上就会看到仿制保险箱和秦钢。

布伦希尔德突然从楼梯上跳下来快速迎去，不待管理员说什么就把随从手中的保险箱夺过，无视两个随从指着自己的枪，重重地把保险箱塞到管理员怀里。

布伦希尔德（责备）：**超速芯片，怎么可以让别人负责？**

趁管理员被自己镇住，布伦希尔德帅气转身。

布伦希尔德（干练地）：**跟我来。**

布伦希尔德矫健上楼，紧紧抱着保险箱的管理员和两个随从只能跟她上楼。

松了一口气的秦钢趁机操作仿制保险箱上部暗槽，准备脱离它和隐形管道的连接。

秦钢耳根抽动了一下。

秦钢一抬头，看见生命光社首席秘书不知何时已来到自己面前。

  秦钢（毫无准备，有些嗫嚅）：呃……

不待秦钢说话，首席秘书直接对秦钢举起瞳孔扫描仪。

  首席秘书：眼睛。

首席秘书用瞳孔扫描仪检查秦钢的瞳孔，仪器识别配对，显示面前秦钢的身份是社区管理员。

054 内，废弃大楼11楼，日

楼上的布伦希尔德耳中佩戴的迷你耳机听着秦钢处进行的对话，布伦希尔德马上学着首席秘书也对管理员拿出仪器。

  布伦希尔德：眼睛。

布伦希尔德扫描管理员的瞳孔。

  管理员（询问）：生命光计划……进行到哪一步了？

055 内，废弃大楼10楼，日

秦钢通过耳机听着管理员的提问，也鹦鹉学舌问首席秘书。

  秦钢：生命光计划进行到哪一步了？

秦钢一边趁首席秘书检查自己右手指纹时，左手继续在背后调整，然后检查左手指纹时换右手在背后操作。

首席秘书看着指纹识别显示面前的秦钢，就是管理员。

  首席秘书：超速芯片呢？

秦钢终于把隐形管道脱离了仿制保险箱的上部暗槽，赶紧拿起背后的仿制保险箱端给首席秘书。

  秦钢：就在里面。

056　内，废弃大楼 11 楼，日

同时，楼上的管理员端起保险箱向布伦希尔德承诺。

管理员：超速芯片很安全，专属钥匙和开箱代码呢？

057　内，废弃大楼 10 楼，日

秦钢拿出仿制专属钥匙对首席秘书晃了晃。

秦钢：开箱代码呢？

首席秘书打开随身文件夹拿出几张文件，正是保险箱开箱代码。

058　内，废弃大楼 11 楼，日

与此同时布伦希尔德从乳沟抽出专属钥匙，递给管理员。

管理员将专属钥匙插入保险箱，保险箱提示输入开机代码。

管理员看向布伦希尔德，布伦希尔德拿起文件夹，却迟迟不给管理员开箱代码，面对管理员疑惑的眼神，她反客为主。

布伦希尔德（质疑）：你在瑞士私人账户的大量存款是怎么回事？

059　内，废弃大楼 10 楼，日

楼下的秦钢看着开箱代码文件，深眨眼用瞳孔摄影拍摄。

060　内，废弃大楼 11 楼，日

楼上被质疑的管理员向左右随从示意，随从默默举起了枪。

感觉到文件夹轻微震动的布伦希尔德突然打开文件夹，秦钢所看到的文件已经打印完成出现在布伦希尔德手中的文件夹里。

布伦希尔德把文件递给满眼狐疑的管理员。

布伦希尔德：先打开保险箱，其他再说。

061　内，废弃大楼 10 楼，日

同时，楼下的首席秘书催促秦钢。

首席秘书：还在等什么？

秦钢看着首席秘书，反而把保险箱举到她面前。

秦钢：着急的话，你自己开。

首席秘书后退半步，手比画让秦钢把箱子放下。

首席秘书：赶紧输入，时间紧迫。

062　内，废弃大楼 11 楼，日

楼上，随着管理员输入完成开箱代码，保险箱打开，其中正是超速芯片。

管理员把超速芯片拿出，犹豫递给布伦希尔德，布伦希尔德面无表情把超速芯片装入文件夹。

063　内，废弃大楼 10 楼，日

秦钢转身把仿制保险箱靠着水泥柱子放置，装模作样输入开箱代码，同时把保险箱上部暗槽连接隐形管道。

064　内，废弃大楼 11 楼，日

布伦希尔德把文件夹背在背后，一边缓缓后退，一边赞扬管理员。

布伦希尔德：这次做得很好，社长要奖励你。

布伦希尔德后退来到隐形管道。

管理员颇有深意笑了起来。

管理员：社长要奖励我？呵呵，好好好……

布伦希尔德用身后的手把文件夹对准隐形管道开口，将文件夹内的超速芯片偷偷射入隐形管道。

065　内，废弃大楼 10 楼，日

楼下的首席秘书看着背对自己不停捣鼓的秦钢，默默举起枪，不发一言地安静走向他。

秦钢突然打开保险箱。

首席秘书快速收好枪，秦钢拿出超速芯片交给首席秘书。

066　内，废弃大楼 11 楼，日

同时，布伦希尔德套话管理员。

布伦希尔德：奖励你之前，社长想先问问，你私人账户的钱，是有什么计划？

管理员（眼神诚恳）：在下绝对没有别的意思！毕竟完全的新生命还没有来临，在这之前，（羞涩拍拍自己的身体）还是想犒劳一下这个陪了在下半个世纪的老皮囊，说到底，这些钱不都是在下自己募集来的？（别有深意地看着布伦希尔德）你不嫌弃的话，咱俩共享啊……

067　内，废弃大楼 10 楼，日

楼下，首席秘书把芯片插入电脑开始验证。

068　内，废弃大楼 11 楼，日

看着布伦希尔德怀疑的眼神，管理员上前一步，诚恳按着胸口。

管理员：为了组织，在下可是鞠躬尽瘁，最近又有大量的新信徒加入组织，都是在下不懈努力的结果啊。给，新信徒的聚集地址。（管理员递给布伦希尔德一张地址条，趁布伦希尔德接过，管理员温柔而坚定地捏住布伦希尔德的手指）我们伟大的生命光计划，到底怎么样了？

069　内，废弃大楼 10 楼，日

楼下的首席秘书验明超速芯片真实无误，突然双眼闪烁出光芒。

首席秘书（激动地）：有了这个，世人就可以获得完全的新生命了！

听闻此言，秦钢猛然站起。

070　内，废弃大楼 11 楼，日

而楼上，布伦希尔德亦步亦趋鹦鹉学舌。

布伦希尔德（礼貌地把自己的手指抽出来）：有了超速芯片，世人就可以获得完全的新生命。

管理员的脸阴沉下来。

管理员：所以，社长真的准备好了？

071　内，废弃大楼 10 楼，日

秦钢控制情绪上前，看着首席秘书。

秦钢：社长真的准备好了？

首席秘书（兴奋而激动）：其他的早就准备好了，现在有了超速芯片，那社长就可以按原计划进行了，就在明天，2026年6月6日，正是《数字化生存》成书三十周年纪念日，生命光计划正式启动！整个世界都将看到社长所预言的完全新生命形态！

072　内，废弃大楼11楼，日

管理员听到布伦希尔德这么说，安静了下来，突然右手拿出枪对着布伦希尔德。

管理员（笑着，温柔而礼貌地伸出左手做邀请状）：在下真挚地向你表达邀请，你知道，一直和信徒们直接联系的正是在下，他们都信任我，愿意为组织、为我奉献一切，而完全的新生命一定会带来新一轮的疯狂，可以用这个机会获得无上的权力和财富，只要你站在我这边，我就和你平分一切。

073　内，废弃大楼10楼，日

秦钢鹦鹉学舌重复管理员的话，首席秘书安静听着。

074　内，废弃大楼11楼，日

管理员上前一步，温柔地用左手牵住布伦希尔德的手，右手依然拿枪瞄准她。

管理员（深情地）：社长很了不起，他是个天才，我是多么的爱他。但是天才的想法需要人才的推广和调整才能普世实现，在下正是这样的人才，没有在下这种人才，社长一定会受到这个丑恶社会的伤害和摧残。为了保护他美丽的灵魂,希望你能和在下一起把他送上神坛,让他去做单纯而伟大的科学研究,而我们携手来处理繁复而低下的世俗经营,成为生命光社真正的负责人。

075 内,废弃大楼 10 楼,日

首席秘书安静地听秦钢重复管理员的话,等秦钢说完,突然拔枪向秦钢射击!秦钢中弹!

076 内,废弃大楼 11 楼,日

布伦希尔德听闻楼下的枪声,猛然出手!管理员和随从的枪声也同时响起。

077 内,废弃大楼 10 楼,日

中弹的秦钢低头踉跄后退,一把抽出隐形管道,挡住了新一轮射向自己头部的子弹,并用隐形管道重重横扫首席秘书。

由于看不见隐形管道,首席秘书的枪被打飞,并结实挨了几下。

秦钢正拔枪准备射击,首席秘书却左手左腿缠抱住隐形管道用力一扭让秦钢射偏,右腿激弹踢飞秦钢手中的枪,右手抽出靴子里的"LL"匕首猛刺秦钢,正中面门!

一刀下去,锋利的刀锋划拉开了管理员 3D 打印头套,管理员的脸被一劈为二向两边裂开,秦钢流血的脸露了出来。

趁首席秘书一愣,秦钢赶紧抓住首席秘书拿着匕首的手腕,她却用左手从另一只靴子再次拔出另一把匕首直刺秦钢咽喉!

避无可避之时,枪声响起,匕首被打飞,布伦希尔德举枪出现。

首席秘书还想进一步攻击秦钢,布伦希尔德再次扣动扳机,将其打伤。

不待秦钢将首席秘书铐好,布伦希尔德关切扑来解开秦钢衣服查看伤势,却看到了防弹背心。

秦钢胡乱抹抹自己满脸的鲜血一笑。

秦钢:很多时候,还是老办法顶用。

078 外,废弃大楼,夕阳

夕阳西下,废弃大楼笼罩在一片诡异的火烧云中。

079 内,废弃大楼10楼,夕阳

一把枪顶着首席秘书的头。

秦钢把楼上两个随从尸体扛下楼,从口袋里拿出一条牛肉干开始嚼。

用枪顶住首席秘书脑袋的布伦希尔德等秦钢走到边上,把枪交给秦钢。

布伦希尔德:盯好她,一直不说话。

布伦希尔德拿出死脑播放器连接随从尸体大脑。

秦钢用指甲剔着牙缝,看着布伦希尔德操作死脑播放器。

当看到随从的大脑内容被死脑播放器反映到屏幕上,首席秘书瞪大了眼睛。

秦钢看到首席秘书的表情,不由有些解气。

秦钢（闻着指甲上的食物残渣，对首席秘书耳语）：再好吃的东西，一从嘴巴拿出来就臭了。（把指甲上的食物残渣弹飞）你们也是这么对那些信徒的吧？（凶狠地）这次轮到你自己了。

首席秘书突然发力，竟然猛地用头顶着秦钢的枪口狂冲。

首席秘书（歇斯底里狂热大叫）：新生命不死！脑永生万岁！

疯狂的首席秘书用脑门顶着枪口，把秦钢紧扣扳机的手指用力撞到隐形管道，使他被迫扣动扳机！

布伦希尔德不管目瞪口呆满脸鲜血的秦钢，赶紧用死脑播放器连接首席秘书尸体。

死脑播放器运行起来，显示大脑完全损毁无法读取。

秦钢求助般看向布伦希尔德，布伦希尔德叹口气摇摇头，再用死脑播放器链接检查两个随从的尸体。

死脑播放器顺利运行，开始进行脑扫描。

然而这两位随从的脑扫描结果再次让人失望，他俩只是职业杀手，并没有多少有效资料。

080　内，废弃大楼 11 楼，夕阳

两人来到楼上，双手双脚被铐上的管理员气定神闲坐着。

见到两人，管理员再次熟稔而专业地给出一个大大诚恳的笑容。

管理员（极具说服力地）：请允许在下表达最诚挚的谢意，真的非常感谢你们，我的团队正在树立在下不合作不抵抗的公众形象，正好这次被捕可以打造出在下无辜受害者的领袖形象,等在下出狱,就会像甘地和曼德拉那样受到更多信徒尊敬。(管理员进一步端坐起来,仿佛不是被铐上而是领导在背着手发言)另一方面呢,如果二位放了在下,一定会获得难以想象的地位和财富,当然咯,把在下关进去也没问题,反正每个系统内部都有我虔诚的信徒,在下只要保持沉默安静修养几天就好了。哦,可能还没法修养,在监狱里,那些狂热的女信徒又会求我开光加持,身陷囹圄,心怀天下啊……

不待管理员说完,秦钢突然举枪直接向管理员射击!

布伦希尔德飞速反应撞蹭秦钢,射偏的子弹打中了管理员的大腿。

秦钢还欲继续开枪,布伦希尔德一肘把秦钢手枪打飞。

秦钢再拿匕首直接捅向管理员的脖子,布伦希尔德赶紧抓住秦钢,管理员的脖子已经被划开很长的口子,鲜血直流。

布伦希尔德(急切地):你干什么?

秦钢(决绝地):你还不明白吗?按照常规逮捕的话,坐几天牢他就会被重金保释,这对那些死在生命光社手下的冤魂太不公平了!恶魔的双手早就沾满鲜血,而且一定守口如瓶什么信息都不会交代!(秦钢一指死脑播放器)用死脑播放器!所有我们想要的资料都会清晰明确毫无保留地查出来!(秦钢再次握紧匕首)不用枪也好,别伤到大脑,还是刀安全。

布伦希尔德(着急地):我们这次行动拿到了超速芯片,也大致知道了社长的计划,生命光社这一局已经失败了!

秦钢(狠狠地):失败?对于恐怖分子失败只是成功的练习!

秦钢举起匕首，仍然要手刃管理员。

布伦希尔德以擒拿手法阻止秦钢。

布伦希尔德（眼神坚定）**：不能杀人！否则我们和那些罪犯有什么不同？！**

两人一个要杀一个要救缠扭起来，布伦希尔德突然掏枪向秦钢射击！

子弹贴着秦钢耳朵飞过，秦钢转头看去。

身后的管理员不知何时拾起了秦钢被击飞的枪，正瞄准秦钢准备开枪。

管理员心脏已被布伦希尔德的子弹洞穿，鲜血汩汩而出，他用尽最后力气扣动了扳机，子弹斜斜打在地面上。

管理员抽搐了几下，不动了。

布伦希尔德大口喘着气。

秦钢拍拍布伦希尔德肩膀，布伦希尔德沉默扔掉了枪。

玻璃碎裂的窗外，残阳似血。

透过碎裂的玻璃，折射出秦钢破碎的形象拿出死脑播放器。

081　内，白鹭酒吧，夜

空酒杯重重放在吧台，新的威士忌再次倒满酒杯。

透过荡漾的威士忌，大笑的秦钢和布伦希尔德碰杯，向周围的宋队长和警员兄弟们开心介绍。

秦钢（由于醉了特别兴奋）**：第二次了！**（指向布伦希尔德）**又贴着我的耳朵开枪！**

秦钢端起酒杯一饮而尽，搂紧布伦希尔德。

秦钢（开心嚷嚷）：都跟人家好好学着点儿，这么多男人，没一个比得上这个女人！

宋队长向布伦希尔德敬酒。

宋队长（满脸通红笑意盎然）：来来来，感谢啊，感谢你干掉了管理员！这对于生命光社绝对是致命的打击，也是我们努力这么多年都没有取得的成绩；（一口干杯，又倒上第二杯）更感谢你对我们秦钢的照顾，（猛地扯过秦钢）生命光社已经把这小子折磨得精神失常了，（转向秦钢）我真的担心再没进展不知哪天你就疯了，（又转向布伦希尔德和她碰杯）大美女国际刑警的出现，简直是天赐良缘！哦不，天降神兵！

宋队长一口干了杯中酒，给秦钢再次倒满酒。

宋队长（开心地把秦钢推到布伦希尔德怀里）：快敬人家一杯，感谢救命之恩啊。

兄弟们笑着闹着一个个轮流拉着秦钢灌酒，秦钢喝个不停，布伦希尔德轻轻拉住秦钢提醒他。

布伦希尔德（耳语）：可以了，明天一早的飞机，还要根据管理员的脑扫描信息查案呢。

宋队长笑着凑上来和布伦希尔德碰杯。

宋队长（一口干杯）：哈哈哈，让他去吧。

趁秦钢被拉去灌酒，宋队长向布伦希尔德感叹。

宋队长（帮布伦希尔德加满酒，又给自己满上）：这么多年，我是第一次看到他喝酒，更是第一次看到他这么开心，这都要谢谢你。

布伦希尔德（一笑）：他的确是个很优秀的警察。

宋队长（话里有话，笑着一口闷）：是个很优秀的单身男警察。

那边一片嘈杂,喝多了的秦钢踉踉跄跄走回来。

秦钢(举着杯子向布伦希尔德敬酒,已经口齿不清):**谢谢你又救了我,下次又该轮到我救你了!**

秦钢一饮而尽,醉倒在布伦希尔德怀里。

宋队长看着有些尴尬的布伦希尔德,鬼头鬼脑一笑。

宋队长(意味深长地笑着):**那他,就拜托你啦!**(一口喝掉杯中酒,大声命令)**兄弟们!撤!**

所有警察全都坏笑着跑步撤离,瞬间白鹭酒吧只剩下抱着秦钢的布伦希尔德。

082 外,白鹭酒吧后巷,夜

布伦希尔德把大醉的秦钢扶进他的车。

布伦希尔德(语音命令车载系统):**回家。**

083 内,秦钢车内,夜

醉醺醺的秦钢靠在布伦希尔德怀里,顺手捏住布伦希尔德的手。

秦钢(双眼蒙眬):**你的手真冷。**

秦钢握着布伦希尔德的手,拿到嘴前哈了几口气,搓搓热放到脸旁当枕头。

布伦希尔德看着怀中再次睡着的秦钢,轻轻用另一只手抚摸他的脸颊。

秦钢猛地一口咬住布伦希尔德划过他嘴唇的手指,布伦希尔德浑身一震。

秦钢（梦话一般嚷嚷起来）：我要吃冰激凌！

布伦希尔德扑哧一笑。

084　外，秦钢家门口，夜

布伦希尔德搀扶着大口吃冰激凌的秦钢走到他家门口。

秦钢吃两口冰激凌，非要递给布伦希尔德吃，布伦希尔德也笑着咬一口再给秦钢。

085　内，秦钢家，夜

两人跌跌撞撞笑着进门，the Last Waltz 音乐自动响起。

听到音乐，布伦希尔德顺着歌声自然地哼唱起来。

秦钢安静看着面前哼唱 the Last Waltz 的布伦希尔德的背影，突然从后面温柔地抱住她。

布伦希尔德不知如何是好时，发现自己的肩膀湿了，秦钢从后面把头靠在她颈间安静哭了起来。

月色温柔。

秦钢（温柔在布伦希尔德耳边轻诉）：我好想你……（然后轻轻咬着她的耳朵，越来越大声）我想你，我想你，我好想你，真的好想你，我想你……

秦钢一把将布伦希尔德推上墙疯狂吻她，布伦希尔德略一愣神，也激烈回应。

布伦希尔德右手伸展乱抓，无意间触碰到了台面的开关。

瞬间灯光大作，本来微弱不可辩的 the Last Waltz 乐声轰鸣而起。

秦钢突然僵住，不知所措的布伦希尔德用受伤的眼神看着仿佛大梦初醒的秦钢。

秦钢（真诚地）：对不起……介绍我妻子给你认识。

秦钢戴上隐形眼镜，又拿出另一副有形框架眼镜递给布伦希尔德。

随着布伦希尔德戴上眼镜，她看到秦钢的妻子哼唱着 The Last Waltz 旋转停下，而秦钢也走到他妻子面前。

秦钢妻（笑着说）：买了你最爱的冰激凌。

妻子笑着走向桌子，去拿桌上的冰激凌。

布伦希尔德摘下眼镜，身边并没有冰激凌，布伦希尔德又戴上眼镜，桌上的冰激凌再次出现，秦钢妻子从她身边走过。

秦钢含着眼泪看着妻子在桌上拿起冰激凌。

冰激凌化了掉在地上，妻子突然神情低落下来。

秦钢妻（轻轻念叨）：化了，这么快……（转向秦钢）我们，能多久？

秦钢抬起头看着妻子。

秦钢（轻声承诺）：我们永远在一起。

秦钢妻（叹了口气）：到最后，我们还是要分开的……环境恶化——

布伦希尔德裹着披巾慢慢走上前，轻轻用手伸向妻子，但她的手直接穿过妻子，原来妻子是 VR 投影！

秦钢妻：——过不了多久人类就难以生存了。而现在唯一明白事理的生命光社又被政府误会，唉……

秦钢（走到妻子身后）：你放心，明天我就会为你报仇，查出凶手，消灭生命光社！

秦钢妻：人类想要继续生存，就一定要找到新的生存之道，我觉得生命光社……

秦钢不待妻子 VR 录像把话说完，直接切换到下一段 VR 录像。

面前的 VR 妻子消失，厨房里又一个 VR 妻子出现。

伴随在厨房烧饭的又一个 VR 妻子的歌声，穿戴整齐的布伦希尔德走到秦钢身边，看着厨房唱歌的 VR 秦钢妻子，转头看向秦钢。

秦钢看了一眼布伦希尔德，叹了口气，转头继续看在厨房唱歌的 VR 妻子。

086　内，秦钢家，日（闪回）

秦钢妻子在厨房唱歌做饭，阳光穿透热气升腾的菜香，秦钢妻子对秦钢转头一笑。

秦钢妻（打开锅盖看汤的火候）：**你最爱的肉圆汤。**

秦钢抬头瞥了一眼，又低下头。

秦钢（单指输入电脑查资料）：**哦。**

秦钢正在查看工作资料，多角度的被害人照片中，显示着一具胸口插着"LL" logo 匕首的尸体。［字幕：2019 年美洲某华语地区］

一声清晰的刹车声让秦钢抬起头。

窗外，一辆快递公司的货车在他家门口停下，响起了敲门声。

秦钢不耐烦起身，前去开门。

门外，站着个瘦弱的黑衣人，手捧一本《数字化生存》，套头衫低垂的帽檐遮住了黑衣人的脸。

秦钢妻（声音传来，急切地）：秦钢！

秦钢回头看到朝自己急切跑来的妻子，突然胸腹部一阵剧烈抽搐！他勉强转身看向身体剧痛的部位，黑衣人手中，一把电击枪正在秦钢胸腹部放出亮蓝色的电花。

秦钢瞬间意识模糊，他下意识挥手想抵抗，却立刻昏厥，倒在地上。

087　内，秦钢家，夜（闪回）

秦钢睁开眼睛。

秦钢猛地撑起身体，又虚弱地摇摇晃晃，却似乎看到了什么。

秦钢定睛一看，呆住了。

秦钢的双眼上下起伏，仿佛看到了人间最惨痛的景色，目眦尽裂！

带着"LL"logo 的匕首插在秦钢妻子胸口，血流满地，红得触目惊心。

秦钢妻子身边有本书，正是《数字化生存》。

秦钢妻子在血色鲜红的地上躺着，早已没有了呼吸。

088　内，秦钢家，夜

秦钢的双眼上下起伏，仿佛看到了人间最惨痛的景象，目眦尽裂！

秦钢的拳头重重地敲在桌子上，布伦希尔德一惊。

秦钢（沉浸在回忆之中，咬牙切齿随着情绪不停锤打桌子，越来越重）：我一定要抓住杀她的凶手，哪怕赔上命！我发誓!

布伦希尔德伸手握住秦钢不停砸向桌子的手,紧紧握住。

布伦希尔德(关切地看着秦钢):我帮你,尽全力帮你。

秦钢(看向布伦希尔德,呼吸逐渐平静):你已经帮了我很多很多,这几天死脑播放器扫描的信息,比我七年查到的还多……

布伦希尔德(用手拍拍秦钢的手,温柔握住):没有你和我一起的配合,不可能得到管理员的脑扫描资料。现在我们知道了全球信徒的聚集地,分社的位置和负责人联系方式,还获得了社长秘密总部地址和社长的样子!放心吧,有了这些资料,我们明天就可以把社长揪出来!

秦钢(激动地握紧布伦希尔德的手):……谢谢……

这时上一段 VR 录像播放完毕,下一段 VR 录像开始播放,秦钢妻子又换了一套衣服,在客厅来回收拾,给鲜花换水,正是之前见过的另一个 VR 录像片段。

看到妻子向自己走来,秦钢默默把手从布伦希尔德手中抽出来。

秦钢(看着妻子走来给鲜花换水):可惜管理员脑中没有关于她的信息……(对妻子说)不过社长一定会知道是谁杀了你!

布伦希尔德(犹豫了一下,问):如果明天,顺利抓住了社长,消灭了生命光社,接下来,你准备做什么?

秦钢(安静看着妻子):我一定亲手抓住杀害你的凶手,为你报仇。

秦钢看着自己妻子把枯萎的花扔掉,却又把它们从垃圾桶捡出来，充满怜爱地抚摸，秦钢不由地站起，来到妻子身边。

秦钢（充满爱意对妻子说）：等我回来，我们好好庆祝。

妻子纤细的手抚摸枯萎的花朵，秦钢轻轻隔空抚摸妻子的手指。

秦钢（温柔地）：然后我们永远在一起。（转向布伦希尔德，感慨地）她当时买了VR录像机到处乱拍，我还觉得无聊不愿意被拍，这些年幸亏有这些录像陪着。

下一段VR录像开始，秦钢妻子端着碗，笑着从厨房走出来。

秦钢妻子：你一直叫着要吃的肉圆汤，快，垫子！

秦钢摆好垫子，温柔地看着妻子放下并不存在的肉圆汤。

秦钢妻子摆好餐具，来到布伦希尔德正坐着的位置准备坐下，布伦希尔德赶紧起身让位给并不存在的秦钢妻子。

布伦希尔德（尴尬地）：那……我先走了……

布伦希尔德落荒而逃，三步并作两步小跑出门。

布伦希尔德回头关门时，看到秦钢笑着和VR妻子吃饭。

089 外，机场，晨

死脑播放器播放着管理员走出机场的记忆。

秦钢和布伦希尔德走出机场。

090 外，隧道，晨

死脑播放器播放着管理员通过隧道的记忆。

秦钢和布伦希尔德通过隧道。

091　外，废墟、洞口、小巷等，晨

死脑播放器播放着管理员各种的记忆，秦钢和布伦希尔德穿越每一处荒芜的废墟，钻进每一方隐秘的洞口，走过每一条逼仄的小巷。

092　外，废弃的老厂房，日

秦钢和布伦希尔德来到废弃的老厂房前。

死脑播放器播放着管理员站在废弃老厂房前的记忆。

093　内，废弃的老厂房，日

厂房内一台台闪烁计算的电脑堆积如山，每个年代的都有，互相连着纵横缠绕的接线。

电脑屏幕上一张张各种族各年龄的人脸在无声说话，底下的字幕显示着他们所说的内容，每个人都在进行详尽的自我介绍。

蛛网环绕的电脑堆成的迷宫中，秦钢和布伦希尔德四处寻觅。

秦钢和布伦希尔德发现所有的电脑连线都通往一处。

顺着所有接线的汇聚，一个人背对着他们，端坐在电脑迷宫的中心。

这个人的脑上连接了如此多的接线，以至于已经看不太出他的人形。

秦钢和布伦希尔德举起枪，安静而慢慢地走向社长的背影。

突然，所有电脑屏幕上说话的人最小化，电脑桌面放大的内容都变成了不同角度社长的背影，而秦钢和布伦希尔德也在画面内。

秦钢转头观察，无数电脑摄像头对着自己。

然后每个屏幕变成了在线直播平台，世界各国人正在线观看此刻的老厂房，秦钢和布伦希尔德鬼鬼祟祟走向社长的样子。

社长声音突然唱起。

社长（苍老的声音充满精神，陶醉自得）：**皎皎白驹，食我场苗，絷之维之，以永今朝——**

随着社长的歌声，几千台电脑发出滴滴声，各台电脑高低不同的滴滴声好像编钟组一般，演奏出中国古风旋律。

社长（声音中带着笑意）：**终于来了，孩子们。**

秦钢和布伦希尔德举起枪，指着社长的背影。

社长（老师上课一般）：**周而复始，元亨利贞。等了这么久，大家终于来到了这里，新生命开始的地方。那么什么是生命呢？一般说来，生命是在宇宙发展变化过程中出现的，存在一定的自我生长、繁衍、感觉、意志、进化、互动等丰富可能的一类现象。**

随着社长的话语，电脑屏幕上出现了各种相对应的信息画面。

社长的声音继续，屏幕播放相应内容。

社长（谆谆教导）：**我们常说的传统生命呢，是指生化反应产生的能够自我复制的氨基酸结构，真菌啊、细菌啊、植物、动物什么的，包括我们人类。传统生命的一大特点，就是**

死亡。（社长声音逐渐带入感情，开始回忆）小时候，我很怕天黑，睡觉一定要开着灯。因为我觉得天黑了什么都看不见，什么都感觉不到，就像死了一样。死了，什么都没有了，这太可怕了。所以我小时候一直很希望有鬼……那样我就能一直在了，多好……

　　社长仿佛陷入回忆，安静下来。

　　秦钢和布伦希尔德对望一眼，秦钢转头，向社长走去。

　　社长（掩饰地清一下嗓子）：咳咳，虽然生殖、繁衍和进化可以某种程度作为死亡的抵消面，然而对于每个传统生命个体而言，死了就是死了，什么都没了。

　　社长一边说着，秦钢一步步走向他的背影。

　　秦钢举着枪绕个半圈，来到他的正面，瞄准他。

　　社长低下头，隐没在黑暗中不可辨别面目，继续说道。

　　社长（语气真诚）：我就一直在想啊，生命的本质，它到底是什么。孩子们，你们说呢？人类的内核，难道就是一堆注定会腐烂发臭的氨基酸？不是吧，不应该是人类的思想，人类的自我意识吗？

　　秦钢瞄准社长，慢慢走到他面前。

　　社长（声音继续）：对，我们人类生命的本质，是我们的思想，我们复杂无比又神秘脆弱的思想。思想存在于大脑，这个器官有860亿脑神经元和千亿级的胶质细胞，包含逻辑运算、情感思考和生命本能。在这一运算核心上产生的意识，本质上是极大量脑细胞和神经信号的反应。然而已经有越来越多的科学研究证明，人类对大脑的开发已经接近极限，毕竟，大脑是有传统生命的物理极限的，往更深处探寻，只会是死路一条。梦里不知身是客，一晌贪欢。

秦钢隐隐觉得，面前隐藏在黑暗中的社长一动不动，和社长正在说的话无法匹配，秦钢低头更凑近上去看。

社长（激动地）：而现在，新生命的光芒，终于穿透了传统生命的死亡！

伴随社长的话，厂房的天顶猛地打开一条缝，穿破黑暗的刺眼阳光透射而下。

昏暗的老厂房亮了起来，秦钢这才看出，眼前的人，竟然是宋队长！

宋队长戴着造型复杂的头盔，脑上各个部位连接着各种电极，他闭着眼睛生死未卜。

秦钢赶紧上前试探宋队长的呼吸脉搏，都正常，宋队长只是昏迷。

社长（安抚地）：放心吧，这孩子是新生命光芒照射的第一人，怎么可能让他出状况呢？

秦钢（对社长喊道）：放了他！不然我杀了你！

同时秦钢试图松开宋队长的头盔和连线解救宋队长。

布伦希尔德赶紧拉住秦钢。

社长声音再次响起。

社长（关切责备地）：哎哎哎，毛手毛脚的乱动！这孩子可还连着脑电波提取仪呢，弄错了大脑接触的话，传统生命新生命可就都毁了。

秦钢和布伦希尔德手足无措地前后上下看着被脑电波提取仪锁住的宋队长，不知如何是好。

社长（声音继续）：爱因斯坦说过，如果人类想进化到更高层次，并生存下去，新的想法是必不可少的。可惜无论什么时代，先知都是最惹人讨厌的，那个第一个想到新想法的人，总是会被当时的社会视作异端、反叛者、散布歪理邪说的危险分子。

秦钢举枪四顾，大喊起来。

秦钢（喊叫）：你就是危险分子！快出来！

秦钢边喊边朝四处的电脑胡乱射击。

社长："就是"这两个字特别要不得，凡事要靠理性，不能感情用事说什么"就是""就是"，那些不分青红皂白认为永恒新生命"就是"骗子的人，怎么个"就是"法？我今天倒"就是"想和你好好说说。

随着社长的话，角落里一盘乱七八糟的绕线动了起来，原来那是半卧的社长。

连在社长头上的各种接线，比宋队长头上接着的还要多，胡乱坐在地上简直就像一堆缠线。

社长应该五六十岁了，穿着寒碜漏洞背心，光着脚，纠结的长发和拉碴的胡子挡住了大部分脸颊，然而眼睛闪着年轻的光。

抓着痒的社长站了起来，有些害羞地一笑。

社长（憨厚笑着露出牙龈）：我是不是不太有人样了？反正马上就要对于什么是"人样"重新定义了，（扭扭腰扩扩胸）的确对这具肉身挺不上心的。

秦钢拿枪瞄准社长。

秦钢：那你还鼓动信徒们倾家荡产把钱都给你？！

社长走到大型电脑操作台前，充满爱意地抚摸着。

社长（抓着头发，真诚地）：他们的付出，那可是功德无量，不是为了我哦，是为了全人类的未来。人类能进化到更高级的阶段，全靠信徒们的奉献。（社长无奈地一摊手）没有钱，脑电波提取仪可没办法研发，人类社会就这么不浪漫。

秦钢狠狠地冲上前去，拿枪重重指着社长的头。

秦钢（凶狠地）：脑电波提取早就被证明是致人死亡的！快放了宋队长！

布伦希尔德快步跟上秦钢。

布伦希尔德（正义地）：各国科学家一致认同，脑电波读取时的高温和辐射必然造成脑损伤，导致死亡！

社长哈哈大笑了起来。

社长（边笑边手指秦钢和布伦希尔德）：皎皎白驹，在彼空谷，庄周梦蝶，买椟还珠。既然脑电波都已经完整无损地提取出来，那我们生命的本质不就已经活了么？内核都活了，还纠结外壳的死干什么。

秦钢和布伦希尔德一下懵了，不知说什么。

社长突然仰天长啸，一边绕场跑了起来，一边指着全场满满当当的电脑屏幕。

社长（像教练喊起口号）：小蝴蝶，飞呀飞，千年的人类万年的龟——你们看你们看（社长指着电脑屏幕）大鲸鱼，游啊游，北冥的数据南山猴——看到这么多的人了么？

秦钢和布伦希尔德看向社长所指的一排排电脑。

在线直播缩小成为小窗口，而放大的窗口显示着一张张各种族各年龄的人脸在说话，底下的字幕显示着他们所说的内容。

每个人都在进行详尽的自我介绍以及自己获得新生命的感受。

看着跑向他们的社长，开心地向他招手。

社长跑向一位屏幕中的白种老人，隔着屏幕扶着老人的肩膀向秦钢布伦希尔德介绍。

社长（自豪地介绍）：**拉撒路，73岁，本来肝癌末期全身扩散**（社长转向拉撒路问）**现在感觉怎么样？**

拉萨路（在屏幕中笑着回答，感动地泪流满面）：**再也不痛了！感谢生命光社！**

社长又跑向一位大眼睛中东小妹妹。

小妹妹（在屏幕中笑着自我介绍）：**我今年6岁，生下来就因为脊椎异常高位瘫痪，以前从没有下过床，现在我跑得可快啦！谢谢邋遢大王伯伯！**

小妹妹笑着高高跃起和社长击掌。

社长哈哈大笑起来，指向其他屏幕。

社长（张开双臂像孩子一般半跳半跑着）：**小蝴蝶，飞呀飞，梦中踩到屎一堆——这些、这些、这全部支持我相信我的朋友们，他们现在都享受着永恒的新生命！**

布伦希尔德紧张地凑近秦钢。

布伦希尔德（压抑着激动，指向某几块屏幕）：**看，那个红胡子，我在生命光社受害人里见过他！还有那个，国际名模加拉泰亚！**

秦钢也从屏幕中，发现了几张熟悉的脸，都是自己看到过的信徒的尸体。

社长（开心地对屏幕中的众人）：**大鲸鱼，游啊游，海水**

干了不发愁——你们都是了不起的革命先驱,是永恒的不死新生命奇迹!

布伦希尔德一咬牙,上前质疑。

布伦希尔德(紧握双拳):按照目前软件技术和硬件运算能力,早就可以把人的三维形象做成活人一样,也能模拟他的语气进行对话,这算什么新生命,只是一种算法而已!

秦钢(失控大叫起来):这些都是被生命光社杀的被害者,都是死人!

听闻这句话,每个电脑里的人突然都激动起来,一起大声叫嚷!

电脑屏幕中的每个人(激动地):我们不是死人!我们没有死!

一时间,"我们没有死"的字幕占满电脑屏幕。

秦钢看着满屏的人脸在说话,呆住了。

秦钢(自言自语):这还算活着么?这还算人么?

社长继续转圈跑步,和屏幕中的每个信徒击掌。

社长(兴致高昂):我尊重每个人,就像画家尊重每一种颜料,工程师尊重每一粒沙子,环境学家尊重每一滴水。何止尊重人类,我太爱人类了,为了人类的进化,我愿意放弃一切。

布伦希尔德(大声):这些只是0和1的组合!

社长(一笑):传统生命拆开来,不也就一根铁钉、一包石灰、一堆铅笔芯、几桶水、几盒火柴、几块肥皂的组合呗。

秦钢拿起枪柄,噼里啪啦砸烂身边的几台电脑。

秦钢(吼叫):就是电脑程序而已!

社长（反问）：DNA不也只是一种程序么？生命的本质就是信息流中出现的自我意识，每个生命种群具有基因记忆系统，人就是靠记忆来确认自我的，即使记忆是虚幻的同义词，人依然必须依赖记忆生存。电脑普及使得外部记忆成为可能的那一刻，人类对于"自我"的定义已经扩展了。

布伦希尔德按着激动的秦钢，再次质问社长。

布伦希尔德（严肃地）：就算你真的提取了一个人所有的脑电波，那也只是获得了生命的过去，最多参考这个人以往的说话方式、选择决定习惯来进行编程，推断计算出他之后可能的举动，但是生命是发展的！难道输入一个画家之前所有的画，这个画家就复活了？输入一个音乐家之前所有的曲子，这个音乐家就复活了？输入一个作家之前所有的文章，这个作家就复活了？输入一个人之前所有的想法，这个人就复活了？用生命过去的思维来判断生命的未来，那就是刻舟求剑！

跑着步的社长喘着粗气哈哈大笑，一边倒走一边对布伦希尔德竖起大拇指。

社长（惊奇喜悦地夸赞）：你这小丫头真聪明！如果说思想扫描是对之前数据的采集备份，那么大脑本身就是根据新情况不停计算新数据的运算芯片。所以呢，获得一个人所有的思想，只能说是复活了一半。之所以邀请你俩来这儿，就是为了感谢你们帮助人类获得了新生命的大脑！

社长跑到脑电波扫描仪设备中枢可爱一指，其中赫然是超速芯片！

秦钢和布伦希尔德惊讶地对望一眼。

布伦希尔德（失声叫出）：超速芯片！

社长（舞台剧一般深深鞠躬）：孩子们，谢谢你们给了我打开保险箱的专属钥匙。首席秘书扫描超速芯片分析的同时，这儿就远程获得了超速芯片的关键资料，终于再造出了超速芯片！有了它，人类就有了新生命的大脑，再配合新生命完整的思想备份数据，新生命完整了！

随着社长的话，他飞快地输入一串命令。

整个设备发出沉闷的声音，慢慢运转。

连接宋队长的大脑接线和连接社长的大脑接线全都闪烁起来。

天顶缓缓打开，投射下来的光线圣洁无比。

一个个直播窗口的信徒和已经获得不完整新生命的信徒纷纷激动地念叨着"move BITS not Atoms"，跪倒膜拜起来。

社长（有些生气）：不要跪——不要拜——（害羞尴尬地跟秦钢说）一直告诉大家，这是科学进步，不是宗教仪式，但他们就喜欢这样，就像我这生命光社，本来就是个科学论坛，被那些家伙弄得跟个宗教团体似的，怪吓人的。面对自己不懂的东西，人们总是害怕，要么想摧毁要么想下跪，他们一直这样。

社长瘪瘪嘴，又开心起来。

社长（故作神秘）：为了表示感谢，给你准备了礼物——我知道你在世唯一的亲友，就是你老婆的哥哥，所以我特别邀请他一起，享受生命之光的照耀，获得完整的新生命，也希望这活生生的事实能改变你的偏见。

秦钢大叫着冲向社长，布伦希尔德尽力也拉不住秦钢。

社长（磔磔笑着）：我的大脑、他的大脑和这些信徒们的大脑数据已经被连在一起，所有的新生命将由超速芯片的强大运算能力上传网络云端,听上去是不是特别像天堂?在连通全球的互联网中获得无所不在的生命!你胡乱操作开枪,只会害死他;至于我,脑扫描完成之时,就获得了永生,而这具身体,本就是要被遗弃的暂居皮囊,中弹、受损或者死亡,完全无所谓。如果对我的身体来个几枪能让你开心的话,真的别客气。(社长洒脱一笑)希望你和我一样,追求的不是死,而是活……我亦当时看花者,忽到花前如梦中。

设备滴滴作响,电脑高速运转,脑扫描就要开始。

秦钢看着面前的宋队长大脑连线处一阵阵发红变热,紧闭眼睛的宋队长在高温电流刺激下不由自主地抽搐起来。

秦钢(忽然对社长大叫):你不是要感谢我吗?你不是要让我相信吗?那就放了他,换我来!

布伦希尔德目瞪口呆看向秦钢,秦钢拍拍布伦希尔德,握紧她的手。

秦钢(指着宋队长,对社长朗声道):哪怕我死在这儿,也不能让他被脑扫描!

社长(看着秦钢,自言自语念叨):嘘……子非鱼,安知鱼之乐?

秦钢(再次大叫):想让我相信,那就换下他!让我实实在在活一活这个所谓的新生命!

社长(大笑起来):我非子,安知子不知鱼之乐?好好好!

094　内,废弃的老厂房,日

光芒中,几颗小小的尘埃慢慢飘下,落在秦钢大脑的连线处。

秦钢被枷锁固定在位置里,之前宋队长的全副脑扫描装备已经大部分被秦钢戴上,整个设备平面反射着从天而降的耀眼光芒,令人难以直视。

社长像个挑剔的发型师一样,不停微调秦钢头上的每处接线位置。

布伦希尔德一边搀扶昏厥的宋队长瘫坐在角落里,一边关注着社长的动作。

社长后退一步,挑剔地看着穿戴整齐的秦钢。

社长上前,又帮秦钢把额头正前方的连线转了个卷儿,这才满意地打个响指。

社长摇头晃脑走向操作台,一边开始回忆。

社长:1989年,伦敦的一次会议上我问大家,到2000年,有多少人用互联网。有人说800万、2000万、5000万,我说,10亿人,所有人都笑了。今宵酒醒何处,杨柳岸,晓风残月。

趁着社长走向操作台,布伦希尔德上前想帮秦钢松开,却徒劳无功。

秦钢向布伦希尔德眼神示意,布伦希尔德凑近他。

秦钢扭过头,对布伦希尔德耳语,布伦希尔德一震,为难地摇头,秦钢坚定地点头。

社长来到操作台进行操作,设备再次运转。

秦钢脑上连线发红,浑身不由自主地哆嗦起来。

秦钢(大声嚷):为什么不等脑扫描技术更成熟,不会导致死亡时再推广呢?

社长(一边操作):环境加速恶化,人类对资源的消耗呈几何倍数增长，地球等不起了。（停下操作，看着秦钢）你有没有想过，为什么我们人类要靠伤害其他生命才能维持自己的生命？为什么我们人类必须彼此竞争？（社长一个响指）传统生命是消耗型的，必须争夺有限的资源，而新生命可以带来真正的大和谐，人类不再弱肉强食地为了活着必须猎杀其他生物，不再为了争夺资源必须与同类争斗，不再有消耗，不再有疾病，不再有痛苦，不再有死亡……

秦钢（大叫）：没有疾病？不是有电脑病毒么？黑客攻击怎么办？

社长（又笑了）：就像传统生命有更多疾病，也有对应而生的药品一样，永远稳定不知疲倦的防火墙总比跟着身体和情绪而状态波动的医生靠谱吧？

秦钢（质问）：那真实在哪里？被写入虚假记忆怎么办？

社长（一瘪嘴）：那些恐怖组织的青少年人体炸弹，还以为自己死了可以上天堂，去流淌着奶和蜜的河边，被排队等着的处女伺候呢。洗脑，是人类一直都有的传统。

秦钢（忍受脑部的痛苦，大声喊）：你可以保证我还是原来的自己，不会变吗？

社长（正色）：唯一不变的就是改变，没有人能两次踏进同一条河里面。

社长话音未落，设备高速运转起来。

秦钢和社长大脑处光芒四起。

秦钢面露痛苦色。

而社长则如殉道者一般闭上眼睛。

一台台电脑里的信徒的脸纷纷跪倒膜拜，喃喃念叨

"move BITS not Atoms"。

社长（入定般念诵）：我一直在想啊，自己是什么？自己在哪里？后来发现，自己没法独立存在，而是和别的相遇、反应、碰撞的过程中，自己才会出来。夫天籁者，吹万不同，而使其自己也。（睁开眼睛，对秦钢一笑）来吧孩子，别害怕，我和你相遇，给你新的自己！

秦钢猛然低头，大脑的扫描设备反射着耀眼光芒，让社长不由自主闭上眼睛。

突然，一副小型脑扫描仪戴到了社长的脑袋上！

是布伦希尔德趁社长和秦钢对话时，给社长戴上了死脑播放器！

社长双手被布伦希尔德铐到背后。

社长睁开眼睛，难以置信看着自己脑上的死脑播放器。

随着死脑播放器的运转，生命光脑扫描设备发出"脑扫描目标信号遗失"的警报。

一台台电脑上信徒的脸开始扭曲，信徒们痛苦大叫起来。

生命光脑扫描设备不停发出越来越严重的警告。

一台台电脑上信徒的脸抽搐无声嘶吼。

秦钢浑身痉挛。

布伦希尔德跑来努力想帮秦钢松开，却毫无办法。

秦钢（大叫）：别管我，输入我老婆的照片！我死也要找到凶手！

电脑上的信徒们纷纷痛苦号叫求社长救命。

社长浑身痉挛的同时，依然充满好奇地双眼上翻，想努力看清死脑播放器。

布伦希尔德将秦钢妻子形象输入死脑播放器。

死脑播放器发出警告"目标脑电活动幅度超频",死脑播放器的屏幕一阵乱闪,难以看出具体形象。

生命光脑扫描设备发出刺耳红色警告:"数据不稳定,数据偏移,禁止同时进行脑扫描,相互斥力将引发系统崩溃导致爆炸。"

整个设备剧烈摇晃,火光四溅,已经有几处开始着火。

随着一道道白色光芒从生命光扫描设备传向一台台电脑,信徒的脸最后痛苦抖动了几下逐一消失。

终于,又一道白色光芒从生命光扫描设备传向秦钢。

看着白光飞向秦钢脑部,布伦希尔德大叫起来。

千钧一发之际,卡住秦钢的枷锁突然松开,布伦希尔德拽着秦钢扑摔在地上。

秦钢转头,看到社长用铐在背后的手输入了"开锁"指令。

承受着双机脑扫描斥力的社长不停痉挛,却安静笑了起来。

社长(欣慰笑着):**善哉善哉,我最担心的就是脑扫描被禁止,人类就再也无法进化了。看到你们也在脑扫描,则吾心安矣。时间一定是站在真理这边的,人类的新生命,就交给你们这些孩子了。**

社长笑着说完话,像睡着一样头垂了下来。

社长(不经过大脑全凭身体本能般安静哼着):**皎皎白驹,在彼空谷,生刍一束,其人如玉,人如玉……**

秦钢挣扎扑向社长,操作死脑播放器。

死脑播放器则显示"目标脑电波消失"。

秦钢再三操作,死脑播放器依然显示"目标脑电波消失"。

突然生命光设备开始爆炸,大火气流冲击,把秦钢掀倒。

095　外,废弃的老厂房,日

火光熊熊,布伦希尔德背着宋队长,拼命拉拽着怀揣死脑播放器还想往回走的秦钢,踉踉跄跄跑出老厂房。

老厂房爆炸。

096　内,废弃的老厂房,日

大火中,垂着头的社长保持不变的笑容,继续唱着《诗经》中的曲子。

瞬间火光大作,社长的身影消失在爆炸中。

097　内,秦钢家,夜

眼前一片漆黑。

秦钢睁着左眼闭着右眼。

秦钢呆呆坐在家里,身边是半瓶酒,周围都是空酒瓶。

急切的敲门声响起,门外传来布伦希尔德的声音。

布伦希尔德(急切地):让我进来,秦钢!让我进来!

秦钢毫无反应,打开家庭总音量控制,又睁开右眼闭上左眼。

妻子 VR 影像就在秦钢面前,她动情唱着 *The Last Waltz*。

门外布伦希尔德继续猛烈敲门。

布伦希尔德(愤怒地):社长死了!生命光社被你灭了,

到底是谁杀了你妻子，这有什么意义！你的仇已经报了！

秦钢毫无反应，关掉家庭总音量控制，再睁开左眼闭上右眼。

眼前一片漆黑。

一条手电的光投射进来，布伦希尔德砸着门。

布伦希尔德（愤怒中带着哭腔）：开门！你已经三天没吃饭了！你是不是不想活了！出来！你给我出来！

秦钢又打开家庭总音量控制，睁开右眼闭上左眼。

妻子哼着歌，想拉他一起来跳舞。

布伦希尔德（嘶吼起来，声音都嘶哑了）：你是不是已经死了？

听闻此言，秦钢一怔。

秦钢（呆呆重复）：是不是已经死了？

他慢慢睁开左眼，两只眼睛同时看向面前。

眼前的世界一半漆黑脏乱，另一半窗明几净。

窗明几净的那半边世界里，美丽的妻子跳着舞向他俯下身想亲吻。

布伦希尔德（声音继续）：人死不能复生！你也想死吗！你还活着！你得活着！

秦钢（笑了，自言自语，越说越响）：活着，不就是死着吗？活着，不就是死着吗？！活着，不就是死着吗！！！

秦钢把音量调到最高，布伦希尔德的叫声被完全压了下去再也听不到了。

秦钢拿起手边的VR隐形眼镜给左眼戴上。

秦钢眼前的整个世界一片美好。

秦钢大大地一口喝完半瓶酒,看着妻子。

秦钢妻(跳舞唱着):I fell in love with you, the last waltz should last forever.

秦钢(不由自主和妻子一起唱起来):Lalalalala Lalalala Lalalalala Lalalala

秦钢和妻子隔空深深接吻。

098　内,秦钢家,夜
秦钢胡子满脸衣衫不整地上网。
秦钢用两根食指不熟练地打字输入。
秦钢上网查阅各种VR—AR—MR相应资料。

099　内,秦钢家,夜
双眼通红的秦钢胡子更长了。
秦钢上网检索关于VR—AR—MR触觉手套的内容。

100　内,秦钢家,日
快递上门,秦钢收下触觉手套。

101　内,秦钢家,夜
秦钢剃胡子。
秦钢干干净净穿着西装,打上领结。
秦钢戴上触觉手套。
戴着触觉手套的手,牵着妻子的手。
秦钢满脸都是幸福和喜悦。

秦钢戴着触觉手套与VR妻子共舞。

102　内，秦钢家，夜

双眼通红的秦钢上网查阅VR—AR—MR触觉紧身衣的资料。

103　内，秦钢家，日

快递上门，秦钢收下触觉紧身衣。

104　内，秦钢家，夜

穿着触觉紧身衣的秦钢更消瘦了，他温柔揽过沙发上的妻子。

两人依偎着一起看《摩登时代》狂笑。

床上，秦钢安静地躺在妻子身边，怀抱着她。

怀里妻子熟悉的身体在月光下泛着柔和的光。

秦钢深情看着妻子。

也许因为有些冷，妻子体表的汗毛竖了起来。

秦钢温柔地抚摸着妻子的身体。

然而妻子只是VR录像，秦钢俯下想吻妻子。

由于缺少嘴唇的触觉感应器，秦钢无法吻到妻子的实体。

一下，两下，三下！每次秦钢的嘴唇都穿透妻子的脸庞！

他疯狂起来，大叫着想推醒睡着的妻子。

妻子毫无反应。

秦钢撕掉触觉手套，扯烂触觉紧身衣。

他整个人猛扑向妻子，和VR妻子重叠在一起。

秦钢号啕大哭起来。

105 外，秦钢家门口，夜

胡子拉碴烂醉如泥的秦钢喝着酒，跟跟跄跄走到自己家门口。

秦钢脚下一滑摔倒了。

手中酒瓶咕噜噜滚向对面拉奥孔的家，拉奥孔的家门敞开着。

106 内，拉奥孔家，夜

秦钢走进拉奥孔家中。

绕过客厅的墙，秦钢看到拉奥孔倒在地上。

拉奥孔呼吸急促抽搐着。

秦钢赶紧拿出手机拨打电话，救护语音响起。

秦钢本能地伸手施救，手却停在半空中。

107 内，秦钢家，日（闪回）

秦钢的手伸在半空中。

秦钢被电击倒地抽搐着的时候，往对面看去。

108 外，秦钢家对面，日（闪回）

对面，就是拉奥孔家。

拉奥孔就坐在轮椅上，在院子里晒太阳，看着自己家里发生的一切。

109 内，拉奥孔家，夜

秦钢收回了手，愣在原地。

911救护热线接通，秦钢却没有回答。

地上的老拉奥孔抽搐着四肢，表情扭曲。

拉奥孔艰难地抬起手来伸向秦钢，渴望求助的眼神。

秦钢眼睛里满是犹豫和纠结。

110 内，拉奥孔家，日（闪回）

拉奥孔转头不看秦钢，却被秦钢用手硬掰向自己。

秦钢拿出嫌疑犯照片让拉奥孔指认。

111 内，拉奥孔家，夜（闪回）

拉奥孔打哈欠不想看。

秦钢给他酒。

拉奥孔开心抢过酒瓶开始喝。

112 内，拉奥孔家，日（闪回）

秦钢拿出嫌疑犯照片让拉奥孔指认。

拉奥孔打个酒嗝，睡着了。

秦钢恨得把手机砸了。

113 内，拉奥孔家，夜

拉奥孔眼神里散发出希望的光。

秦钢看着拉奥孔，嘴角抽搐。

拉奥孔努力伸手抓住秦钢的手。

911救护语音一直在询问有什么可以帮助。

秦钢挂断电话，痛苦地跪在地上。

他看着拉奥孔充满求助的眼神。

秦钢闭上眼睛。

114 内，秦钢家，日（闪回）

妻子死不瞑目的那双眼睛。

满地鲜血。

115 内，拉奥孔家，夜

秦钢一用力，甩开拉奥孔。

拉奥孔却不知从何来的力气，一把抓住秦钢的衣领，像抓住最后的救命稻草。

秦钢浑身颤抖地跪在原地，眼看着老拉奥孔双手颤抖用力抓着自己。

两人四目相视脸脸相对，只有一拳的距离。

拉奥孔努力呼吸，秦钢感觉得到他喷在脸上的气息。

拉奥孔渐渐停止呼吸，瞪大双眼看着秦钢。

秦钢眼神突然变得坚决。

秦钢用力松开拉奥孔尸体紧紧抓着自己的手。

秦钢飞奔出拉奥孔家门，把门关上。

116 内，布伦希尔德设备室，夜

秦钢站在布伦希尔德的机密设备室门前。

透过玻璃门，秦钢看着死脑播放器和超速芯片。

秦钢拿出之前采集的布伦希尔德指纹开门进入。

117　内，拉奥孔家，夜

死脑播放器连接设备套上拉奥孔尸体的头部。

已死的拉奥孔仍然睁着双眼。

秦钢看着拉奥孔的尸体，叹口气。

秦钢用手把拉奥孔的双眼合上。

死脑播放器运转起来，随着秦钢妻子的资料被输入拉奥孔的脑电波扫描数据，一组组拉奥孔脑中关于秦钢妻子的记忆被提取。

秦钢终于找到了记忆中的那一天！

一辆快递车在自己家门口停下，黑衣人从副驾驶位置下车。

可恶的是，从拉奥孔的角度，只能看到黑衣人的背影和挡住脸的侧面。

无论秦钢如何放大，都无法获得黑衣人有效的脸部信息。

不过，车上并非只有黑衣人一人，还有那辆快递车的鹰钩鼻司机！

整个过程中鹰钩鼻一直坐在驾驶座上，还看了拉奥孔一眼！

秦钢暂停画面，拉奥孔清晰地看到开车的鹰钩鼻司机！

秦钢把鹰钩鼻的面貌放大，再放大。

秦钢耳根抽动了一下。

秦钢轻轻拨开窗帘往外看。

118　外，秦钢家外，夜

三名国际刑警进入对面自己家展开搜查。

119　内，拉奥孔家，夜

秦钢默默关灯，躲在拉奥孔家观察。

120　内，秦钢家外，夜

国际刑警满房间进行搜查。

一个国际刑警发现了秦钢妻子的 VR 投影设备，招呼另两个。

国际刑警动手拆卸 VR 投影仪和数据硬盘。

暗处的秦钢按捺不住，瞬间跃出，用手刀击晕了一个国际刑警。

又一脚把第二个国际刑警踢飞，上前重击将其击晕。

枪声响起，秦钢滚跃闪躲。

第三个国际刑警悍然开枪，子弹横飞。

随着秦钢的避让滚爬，房间瞬间被子弹打得稀烂。

又几声枪声，妻子 VR 投影数据硬盘被击中，火花四溅。

秦钢大叫一声想上前保护，反而再次引得子弹跟着他响起，"砰！"VR 数据硬盘再次中弹，爆炸了！

秦钢愤怒地抄起花瓶砸向第三个刑警，趁他避让时一拖地毯，第三个国际刑警脚下一个踉跄，秦钢趁势扑上掐住第三个国际刑警的脖子。

不顾国际刑警的死命挣扎，秦钢越勒越紧。

眼看国际刑警已经丧失意识就要断气，秦钢转头看向仍在滋滋冒着火花的完全被摧毁的VR数据硬盘，秦钢凶狠一喊再次勒紧。

突然一把枪顶在秦钢头上。

秦钢抬头一看，宋队长握枪指着自己，食指紧扣扳机，胸口激烈地上下起伏着。

宋队长（压低声音怒斥秦钢）：你疯啦？

秦钢红着眼睛看着宋队长，慢慢放松了颈部绞杀。

外面警笛大作，杂乱脚步声响起。

被掐昏迷的国际刑警突然剧烈咳嗽起来，另两个被打晕的国际刑警痛苦呻吟。

宋队长放下枪，叹口气。

宋队长突然冲出门，对外面的警察大喊起来。

宋队长（指挥队伍）：从这儿跑了，快追！

混乱脚步声和警车声离开。

秦钢看着VR投影硬盘上面的火星闪烁几下，熄灭了。

121 外，僻静小巷，夜

深夜，秦钢身着挡住脸面的连帽风衣走在僻静小巷里。

秦钢拿着照片询问路边的混混。

照片正是拉奥孔大脑记忆中，鹰钩鼻转脸看向自己的样子。

问到一半，秦钢突然转身快步离去。

秦钢快步走着，在街角转弯后立刻藏在两栋建筑的黑暗空隙之间。

秦钢看着两个身着西装的不明身份者左右环视从面前疾走而过。

小巷垃圾桶后，蹲缩着的秦钢登录自己的 ID。

秦钢上网，用云端查看妻子的照片、视频。

网页突然显示"该 ID 禁用，用户已被通缉，请站在原地，不要抵抗"，远处警笛已然响起。

秦钢赶紧退出 ID。

122　外，午夜街道，夜

秦钢一路狂奔。

路上凡是看到摄像头，秦钢都刻意挡住脸不被拍摄。

123　外，街角旮旯，夜

气喘吁吁的秦钢坐在地上。

秦钢用手机上网搜索妻子"宋初霁"的图片。

网上只有"宋初霁"著作头像等寥寥数张。

秦钢下载妻子模糊的照片。

尽管照片精度不足，放大了都是马赛克，秦钢依然如饥似渴地看着。

124　外，街角旮旯，日

清晨，秦钢抱缩成一团，睡在街角旮旯里，紧紧握着手机。

妻子老同学 Lara 路过，看到秦钢。

难以置信的 Lara 看着秦钢，慢慢走上前确认。

随着 Lara 越凑越近，睡梦中的秦钢突然本能将她一下按倒在地。

Lara 惊叫，秦钢发现是她。

125 内，Lara 家，日

电脑里是秦钢妻子和 Lara 从小到大的合影和视频。

秦钢一边吃着肉卷，一边出神看着，连把肉卷外的包纸吃下去都毫不自知。

Lara 拿着热咖啡来到秦钢身边，靠着他坐下。

Lara 把咖啡递给秦钢，一边笑着帮秦钢把肉卷的纸撕掉。

Lara 让秦钢张嘴，想把他吃进去的纸也拿出来，秦钢赶紧把嘴里的食物一咽而下。

Lara（体贴地）：**想住到哪一天都没问题。**

秦钢转向 Lara，想说什么，却被 Lara 用手指按住他的嘴唇。

Lara（神秘地）：**什么也不用说，**（压低声音）**我知道你执行任务时的规矩。**

Lara 又拿给秦钢一叠现金。

Lara（亲切地靠着秦钢肩膀指着电脑中的自己和秦钢妻子）：**我们初中就是最好的朋友，大家都这么多年了，知根知底的，钱先用着，不够再问我拿。**

秦钢（轻轻躲开 Lara 的接触，心不在焉）：**那个……能不能把这些照片、视频拷给我？**

Lara（咬着嘴唇）：**你要，就给你……我知道，你很爱她，十年前我就知道，这特别美，她都去世七年了，你还这么**

爱她，真太浪漫了……（把身体凑向秦钢）我就欣赏你这么浪漫……

秦钢（尴尬退让）：咳咳，任务马上开始了，为了保密原则请回避一下。

Lara（悻悻然离开）：接下来几天我要出个差，开门密码就贴在门背后。

126　外，小巷，夜

秦钢走在狭窄的小巷内。

秦钢不顾周围的声色犬马，打听着鹰钩鼻的消息。

127　内，粉光闪烁的小房间，夜

鹰钩鼻左手搂着一个姑娘，右手捏着草裙飞舞的妹子，面前是身着鸵鸟羽毛的金发大波妹。

秦钢推开门，粉光闪烁的小房间里只有鹰钩鼻一个人，头戴 VR 环形眼镜，身穿从头到脚的触觉紧身衣。

秦钢上前，一把将鹰钩鼻的眼镜扯开。

确认了鹰钩鼻相貌后，秦钢一掌将他劈晕过去。

128　外，小巷，夜

秦钢拖拽着半昏迷的鹰钩鼻走出房间，并未引起行人多大的好奇。

哪怕鹰钩鼻昏迷中挣扎撞到人，大家也都只是多一事不如少一事地走远避开。

突然有个刺青大汉拦住秦钢，却只是要从鹰钩鼻身上抓到宠物小精灵。

129　外，逼仄断头小巷，夜

逼仄的断头小巷内，秦钢又一拳，打得已经满脸青肿的鹰钩鼻鼻血长流。

鹰钩鼻（痛哭流涕）：**真的不知道！我就是个快递司机，有时候赚点接人送客的零花钱。乘客是贩毒还是杀人，我什么都不知道！求求你放过我！**

鹰钩鼻说着说着，猛地跪倒在秦钢面前。

鹰钩鼻一把抱住秦钢的大腿哀求不已，却从这个角度看到了秦钢腰间的警徽。

鹰钩鼻松了口气瘫坐在地上。

鹰钩鼻（喘着大气抱怨）：**警官你吓死我了！还以为是什么仇家呢。**

鹰钩鼻拿出手机，打开直播APP对准秦钢。

鹰钩鼻（开始自拍直播，狠狠地）：**这个警察把我打伤了，我正式要求他道歉赔偿！**

秦钢上前把鹰钩鼻的手机踢飞，一脚踩碎。

秦钢一把捂住他的嘴巴，拔出刀指着鹰钩鼻的喉咙。

秦钢（凶狠地）：**不能伤到大脑，就用刀吧。你是帮凶，罪有应得！**

鹰钩鼻吓得浑身瘫软战栗不已。

秦钢肌肉紧绷刀尖对准鹰钩鼻的咽喉，却难以下刀。

一滴汗从秦钢由于激动而颤抖的眉毛落下，滴进了秦钢的眼睛。

趁着秦钢一闭眼，鹰钩鼻弹膝猛顶秦钢挣扎脱身，秦钢则本能反击挥刀向鹰钩鼻脖子划去。

刀落血溅，没想到鹰钩鼻的触感紧身衣的脖子部分内侧的金属接片由于秦钢的刀接触连通而短路。

一阵火花，触电的秦钢不由自主放开了手。

鹰钩鼻则不顾自己脖子上还扎着刀飙着血，疯狂大叫逃出小巷。

130　外，逼仄断头小巷，凌晨

凌晨的街上，挤满了通宵排队买最新的VR伴侣系统的狂热粉丝。

鹰钩鼻捂着脖子上的刀，大叫冲入人流中。

秦钢则从后面赶来，努力拨开人群想追上鹰钩鼻。

正值午夜十二点，商场准时开门，开始销售VR伴侣系统。

兴奋狂热的人潮把秦钢越冲越开。

每个人都对身边不存在的另一半爱意温存呵护有加。

秦钢的蛮横冲撞让大家极为不满，纷纷上前拉扯住秦钢质问其撞到了自己并不存在的伴侣。

眼看鹰钩鼻越跑越远，秦钢不得已连踢带打甩开人群纠缠。

131　外，天桥，凌晨

鹰钩鼻一路飞奔上天桥，疯狂呼喊。

鹰钩鼻（拼命嘶号）：救命啊，警察杀人啦！

秦钢左右环视。

远处，几个西装革履不明身份的壮汉正向自己方向跑来，而布伦希尔德出现在了天桥的另一头，拔出枪指着秦钢。

秦钢略一犹豫，对布伦希尔德大叫。

秦钢（大声呼喊）：**抓住他！**

布伦希尔德一愣，拿枪对着鹰钩鼻。

布伦希尔德（对鹰钩鼻）：**站住！举起手来！**

鹰钩鼻跌跌撞撞跑着，看到拿枪指着自己的布伦希尔德，疯狂地大叫着抽出插在脖子上的刀。

随着刀被抽出，鲜血飙射布伦希尔德一脸。

鹰钩鼻发狂般地举刀扎向布伦希尔德。

布伦希尔德还在擦拭满脸糊眼的鲜血，眼看难以躲避鹰钩鼻发狂的一刀。

危机之间，秦钢掏枪连连射击。

鹰钩鼻手中的刀落地，腿部中弹，全部力气扑拽住布伦希尔德，和她一起失去平衡翻下天桥！

秦钢一个飞跃，一手抓住鹰钩鼻一手抓住布伦希尔德。

然而两人实在太重，秦钢右手抓紧了不停挣扎的鹰钩鼻脚踝，而左手只是勉强抓着布伦希尔德的右手。

眼看布伦希尔德逐渐从自己指缝中下滑，马上就要从指尖坠落。

秦钢咬紧牙关一声大叫，放开原本握紧鹰钩鼻脚踝的右手，用双手紧紧抓住布伦希尔德的胳膊。

鹰钩鼻坠落，一脑袋砸在地面上。

秦钢发出饿狼般痛苦的号叫。

布伦希尔德看到鹰钩鼻坠落，又看向秦钢，拽着秦钢的手握紧。

布伦希尔德（动情地）：我知道你会救我的，我们应该拯救生命而不是追求死亡，把死脑播放器还回来吧，它只会带着你不停地寻找死亡。

秦钢抽出手铐，把还悬在半空的布伦希尔德的双手和天桥护栏铐在一起。

秦钢（看着布伦希尔德）：我答应过我老婆的。

秦钢奔到天桥下，鹰钩鼻已然头开脑裂。

秦钢赶紧对鹰钩鼻连接死脑播放器。

死脑播放器显示由于脑部破坏严重，无法完整读取记忆。同时死脑播放器警告，按目前大脑破坏速率，90秒后就无法再进行读取了。

秦钢快速输入妻子的形象。

死脑播放器播放出了鹰钩鼻从驾驶室视角看到的记忆……

132 外，秦钢家，日

黑衣人的背影走下快递车，摁响门铃。秦钢开门，妻子从秦钢身后大叫跑来。趁秦钢往妻子回头看时，黑衣人的背影用电击枪攻击他。秦钢挣扎之中，一手打飞了黑衣人遮住脸的连帽衫，看着黑衣人的脸，秦钢倒在地上双眼圆睁晕了过去。

133 外，天桥，凌晨

死脑播放器的记忆播放戛然而止。

秦钢看得瞠目结舌，一机灵继续操作。

死脑播放器显示大脑已彻底毁坏,无法读取。

秦钢再三操作,死脑播放器毫无进展,秦钢转头看向天桥。

天桥上几个西装便衣壮汉正在帮布伦希尔德解开手铐,另几个西装便衣跑向秦钢。

秦钢绝望到极点,粗暴拆下死脑播放器,甩身离开。

134　内,Lara家,夜

镜子里,胡子拉碴的秦钢用冷水冲着头,水花四溅。

房间内的死脑播放器反复播放着那几秒钟的画面:秦钢挣扎之中,一手打飞了黑衣人遮住脸的连帽衫,看着黑衣人的脸,秦钢倒在地上双眼圆睁晕了过去。

秦钢呆呆注视着镜中面容憔悴、双眼空洞绝望的自己。

秦钢(自言自语):秦钢!再想一次!

镜中的秦钢努力闭起眼睛,咬紧牙关,努力回忆。

135　内,秦钢家,日(闪回)

秦钢回头看到朝自己急切跑来的妻子,突然胸腹部一阵剧烈抽搐!他勉强转身看向身体剧痛的部位,黑衣人手中,一把电击枪正在秦钢胸腹部放出亮蓝色的电花。秦钢瞬间意识模糊,他下意识挥手想抵抗,似乎打到了黑衣人的帽檐,再往上看,黑衣人五官模糊,然后记忆一片黑暗。

136　内,Lara家浴室,夜

秦钢(痛苦呐喊):啊!——

秦钢脑袋用力撞向镜子，镜子碎了。

秦钢看着自己的鲜血顺着镜子破裂的纹路慢慢流淌，每一片破裂镜中都反射着不知所措的痛苦自己。

血液反射着混沌的光。

137　内，秦钢家，夜（闪回）

血液反射着混沌的光。

妻子胸口的"LL"匕首反射着混沌的光。

138　内，秦钢家，夜（闪回）

妻子喂秦钢吃冰激凌的勺子闪着混沌的光。

139　外，秦钢家，日（闪回）

身穿婚纱的妻子向秦钢笑着吻上来，头饰闪着混沌的光。

140　内，秦钢家，夜（闪回）

妻子举起红酒杯和秦钢碰杯，红酒流淌，闪着混沌的光。

141　内，秦钢家，夜（闪回）

妻子胸口的血液闪着混沌的光。

142　内，Lara 家浴室，夜

镜子碎片里，死脑播放器闪烁着混沌的光，秦钢死死盯着死脑播放器。

143 内，Lara 家，夜

秦钢正襟危坐，面前是死脑播放器。

秦钢把死脑播放器的显示屏幕打开，面对自己。

秦钢郑重地把脑部连接器戴到自己的头上，仿佛决定为国牺牲的大将出征前戴上有去无回的头盔。

秦钢拿起手机，打开布伦希尔德的语音信箱。

秦钢（郑重地）：查到杀我老婆凶手的线索了，就在我自己的大脑里，抓住凶手，拜托了。

秦钢拿起酒瓶咕嘟嘟喝下一大半，操作死脑播放器。

死脑播放器显示，准备开始扫描。

界面上显示"开始扫描"的选择按钮，只要摁下"开始扫描"就能启动死脑播放器。

秦钢把手指放在"Enter"，却迟迟下不了手。

144 内，Lara 家浴室，夜

秦钢站在镜子前，注视自己的身体。

秦钢拍拍自己的脸，捏捏自己的肌肉。

秦钢站在淋蓬头下，一动不动让水冲着自己。

秦钢让每一寸肌肤体会水流在身上的触感。

秦钢闭眼侧耳，聆听水声。

秦钢伸出舌头，舔舐水流。

秦钢呼吸鼻子，体会水汽。

秦钢举起双手，触摸水温。

秦钢逐渐抬起头，看着喷水的淋蓬头。

145　内，Lara 家，夜

面对死脑播放器的显示器，秦钢再次正襟危坐。

秦钢再次郑重地把脑部连接器戴到自己的头上。

秦钢操作死脑播放器准备开始扫描。

只是把手指放在"开始键"上几秒钟，秦钢一下子满身大汗。

他看着屏幕上反射出自己的眼睛，摁下"开始扫描"。

随着死脑播放器运转，秦钢头上的脑部连接器开始闪光发热。

秦钢突然大叫一声拆下脑部连接器，瑟缩到角落抱膝狂喘不已。

死脑播放器不停提示"未检测到脑电波，请重新连接"，连接器的红灯闪烁着。

秦钢静静站在角落里，面如死灰，之前头撞镜子留下的伤口开始流血。

146　内，Lara 家，日

面如死灰的秦钢跪在死脑播放器屏幕前，血流满面。

秦钢不顾额头流下的鲜血，面无表情地不停看着拉奥孔和鹰钩鼻在死脑播放器里留下的妻子的形象。

鹰钩鼻脑中关于妻子的记忆，除了那次妻子站在自己身后的样子，还有一次开车路过自己家时，窗户内妻子的形象。

而拉奥孔作为邻居，脑中居然有不少妻子的样子，甚至包括两次妻子做了菜上门带给拉奥孔分享的记忆！

秦钢面无表情地快速操作。

鲜血滴在死脑播放器上。

秦钢魔怔一般不停切换每个有关妻子的记忆,无限放大妻子的形象。

147　内,Lara家,夜

妻子各种形象被反复切换、提取、放大。

死脑播放器突然卡住了,发出提示"芯片超负荷运行,请等待响应"。

满面鲜血的秦钢安静看着屏幕中各个卡住的妻子。

超速芯片在秦钢手中。

秦钢把超速芯片插入死脑播放器!

死脑播放器的运作显示灯立即熄灭,整个设备停顿下来。

突然显示灯发狂般闪烁,设备猛地开始极速运行。

死脑播放器满屏都是拉奥孔和鹰钩鼻脑中的各种妻子形象不停闪动。

超速芯片高速运算。

随着死脑播放器全方位调取所有秦钢妻子的记忆,死脑播放器提示"生成虚拟嫌疑人",同时自动生成秦钢妻子的三维立体形象。

秦钢妻子形象逐渐被完善起来。

秦钢目瞪口呆看着面前的妻子。

妻子突然端起一碗肉圆汤,在死脑播放器屏幕中笑着走来。

秦钢妻(笑着说):这是我爱人最爱喝的,趁热尝尝。秦钢今天有任务,我等他回来再给他做新鲜的。

秦钢完全被眼前的一切镇住了，双眼发直。

死脑播放器开始联网查找秦钢妻子宋雨霁的相应网络信息。

根据宋雨霁的社交工具、邮箱通信、论坛留言、购买记录等网络信息，死脑播放器大量获得宋雨霁信息。

秦钢看得目瞪口呆，双手不由自主抚摸屏幕上各种他从未见过的妻子形象。

死脑播放器进一步搜索和宋初霁在工作生活中有接触的相关人群，以获得更详细的虚拟嫌疑人信息。

随着联网运算，一张张脸出现在了"接触人员信息库"之中。

死脑播放器提示秦钢可以通过以下人员获得"虚拟宋雨霁"更多资料。

秦钢看着那一张张人脸呼吸逐渐急促起来。

这时布伦希尔德打来电话。

秦钢摁掉电话。

布伦希尔德语音消息传来。

布伦希尔德（语音信息）：前面的消息什么意思？秦钢，千万不要用死脑播放器来……

与此同时，死脑播放器又提示可以为"虚拟宋雨霁"连接外部摄像头，是否接通。

秦钢粗暴关掉手机，手足无措地开始拆 Lara 家电脑的摄像头。

秦钢手忙脚乱地把摄像头连接在死脑播放器上。

秦钢赶紧选择"是"。

超速芯片高速运作，摄像头闪烁。

随着摄像头左右旋转，虚拟妻子的头部也左右旋转，似乎透过外接摄像头四处张望。

死脑播放器中的虚拟妻子看到了秦钢，开心一笑。

秦钢妻（甜蜜地）：秦钢——

一直面无表情的秦钢突然泪如雨下。

148　内，Lara家，日

死脑播放器前的秦钢上下滑动屏幕。

"接触人员信息库"记录着一个个和妻子有过较多接触的人员。

按地址距离自己最近来检索，首先出现的是个肥胖的中年人。

149　内，西餐店，日

肥胖中年人一边搓着手哈热气，一边喝下整杯热巧克力。

肥胖中年人（抱怨说）：这里空调打得太冷了。

面带微笑的秦钢提着死脑播放器坐在他对面，笑着把蛋糕递给肥胖中年人。

秦钢（客气地）：低温比较保鲜……所以宋初霁当时是班长？

肥胖中年人（嘿然笑着）：是个好班长，她在学校就一直很有自己的想法，后来果然成为著名的环境学家，能教出这样的学生，我这个班主任也很骄傲。

秦钢（笑得更愉快了）：宋初霁也想和老师打个招呼呢。

秦钢打开死脑播放器。

看着播放器中微笑的秦钢妻子，肥胖中年人摸不着头脑。

肥胖中年人猛地头一沉，勉强抬起头。

肥胖中年人（眼睛都睁不开了）：我……突然……很困……

秦钢（笑着说）：那就睡吧，睡吧。

顺着秦钢的手势，肥胖中年人沉沉睡去。

秦钢起身，把餐厅包房锁上。

秦钢拿出死脑播放器的脑部连接器，连接肥胖中年人。

秦钢提着死脑播放器离开，餐厅包厢内的肥胖中年人就像睡着了一样。

150 内，西餐店，夜

人来人往深夜来临。

服务员上前轻推肥胖中年人。

服务员：我们店要打烊了，先生，先生？

伴随服务员轻轻摇晃，肥胖中年人失去平衡委顿于地。

151 内，Lara 家，夜

死脑播放器显示新资料添加完成。

伴随肥胖中年人脑扫描资料读取分析，"虚拟宋雨霁"信息度达到 10.37%。

"虚拟宋初霁"可替换的服饰包括拉奥孔、鹰钩鼻和肥胖中年人曾见过的几套。

秦钢急切地查看妻子的全身 3D 建模。

妻子的头脸脖子和手臂小腿的建模都存了，然而脖子以下膝盖以上的身体部分显示为纯绿的"相应资料缺失"。

死脑播放器中，秦钢的妻子穿着校服骑自行车出现。

秦钢妻子用高中时代的样子向屏幕前的秦钢帅气飞吻。

秦钢妻（一个旋转跳下车，校服短裙飞舞起来）：秦——钢！呦吼！

秦钢（深情地）：一直想和你谈一场校园恋爱，咱俩认识时你已经工作了，没机会。

秦钢妻（拎起自行车）：我力气可大了，放心坐后边，我来带你！

秦钢（笑着问）：你腰上最怕痒了，我坐后面，刚好搂着腰，你行吗？

妻子大笑转身，已然是成年的样子。

秦钢妻（温柔地）：早点回来吃饭，我给你烧肉圆汤。

152　内，Lara家，日

死脑播放器前的秦钢上下滑动屏幕，看着"接触人员信息库"。

接触人员信息库下一位资料，是妻子的前同事Adam。

153　内，某包房，日

面带微笑的秦钢提着死脑播放器坐在妻子的前同事Adam对面。

前同事Adam（夸张捂着胸口）：哇，她唱歌好好听！

154　内，Lara家，日

死脑播放器显示"虚拟宋雨霁"信息度达到13.81%。

死脑播放器中,妻子唱着《晴朗的一天》。

155　内,某餐厅,日

面带微笑的秦钢提着死脑播放器坐在妻子的前同事 Beth 对面。

前同事 Beth(兴奋地说着):早知道她写东西很棒,但没想到法语也这么好。

156　内,Lara 家,夜

死脑播放器显示"虚拟宋雨霁"信息度达到 16.42%。

死脑播放器中,妻子安静躺着,用法语向秦钢读波德莱尔诗作《恶之花》。

秦钢妻(法语低沉而有感染力):午觉,是一种甜美的死,睡者在半醒的状态,体味消亡的快乐。而终将归于黑暗的眼睛,无论曾多么光彩照人,也只不过是一面充满悲哀的镜子。(看向秦钢)你究竟来自深渊?还是降自星空?

157　外,室外,日

面带微笑的秦钢提着死脑播放器走在妻子的前同事记者曹魏武身边。

前同事记者曹魏武(佩服地):真的很危险!当地污染集团不允许我们采访!几个打手铁棒刀子都举起来了!你老婆哦,直接掏出匕首比着自己的脖子哦!对方怕了,我和她才全身而退,太厉害!太厉害!我做记者,就这次最危险了!

158　内，Lara 家，夜
　　死脑播放器显示"虚拟宋雨霁"信息度达到 21.61%。
　　死脑播放器中，妻子拿着采访话筒，向秦钢大骂。
　　秦钢妻（愤愤不平咒骂）：那些污染水资源的工厂！还有背后该死的财团！拼死也要把这些坏蛋曝光！

159　外，火车上，日
　　秦钢携带小冰箱乘火车。

160　内，同学 D 家里，日
　　面带微笑的秦钢提着死脑播放器坐在妻子同学狄蒂对面。
　　同学狄蒂（大笑着）：全校大会上，她偷偷把那个"色狼"教导主任的裤子钉在长椅上，结果轮到老"色狼"发言，一站起来裤子就被扯下来了，哈哈哈。

161　内，Lara 家，日
　　秦钢带着小冰箱回到 Lara 家中。
　　死脑播放器显示"虚拟宋雨霁"信息度达到 27.90%。

162　内，Lara 家，夜
　　秦钢和 Lara 在家中喝酒，秦钢面带微笑看着有些醉意的 Lara。
　　Lara（放纵大笑）：**她游泳比我好多了！不过要说身材，**（自然挺胸扭腰）**还是我更女人一些。**

秦钢（向 Lara 敬酒）：感谢你一直的帮助，谢谢。

Lara（一饮而尽，妩媚地）：你有需要的话，要我怎么帮你，都可以。

秦钢（诚恳握住 Lara 的手，眼神中满是歉意）：非常谢谢你，我真的需要你的帮助。

Lara 含情脉脉地看着秦钢，醉倒在他怀里。

秦钢打开死脑播放器"接触人员信息库"，照片正是 Lara。

163　内，Lara 家，夜

死脑播放器中，妻子在蔚蓝的大海畅游，在金黄的沙滩奔跑。

秦钢深情看着趴在沙滩上的妻子腰上一颗一颗沙粒的反光。

秦钢查看妻子的全身 3D 建模。

除头、脸、脖子、手臂、小腿外，妻子的大腿和腰腹的建模都存在了。

然而泳衣以下的身体部分依然显示为纯绿的"相应资料缺失"。

死脑播放器显示"虚拟宋雨霁"信息度达到 36.25%，并进一步提示，当信息度达到 50%，就可以建立"虚拟宋雨霁"的基础人格。

秦钢继续翻看"接触人员信息库"。

下一位的照片，竟然是宋队长。

164　外，盘山公路边的树林，夜

夜色中，秦钢发力狂奔。

树枝荆棘不停划过秦钢的身体，把秦钢划得皮开肉绽。

身边枪声四起，满脸鲜血的秦钢咬紧牙关越跑越快。

头顶遮蔽星夜的树林被大片大片甩在身后。

秦钢身后成队的警察奔跑包抄，开枪射击。

指挥这些警察进行抓捕的，正是宋队长。

而他们上方，则是无人机在盘旋。

随着无人机传回的信号，秦钢掌握了每一个警察的动向。

而秦钢装备的抗干扰透视仪器，更是让夜色中的每一个警察都清晰呈现在眼前。

秦钢利用地形伏击，逐一制服围捕他的警察。

最后一位警察瞄准秦钢射击，也被隐形管道挡住了。

秦钢趁其不知所措时将其击晕。

突然秦钢的左手被手铐铐住，手铐另一头，是宋队长。

宋队长拿着枪指着秦钢的头。

宋队长（大喊）：秦钢！你醒醒！

165　外，无人的路上，夜

秦钢猛地醒来。

秦钢的左手被手铐铐住，手铐另一头，是宋队长的左手。

秦钢举起右手的酒瓶，碰响宋队长右手的酒瓶。

秦钢（喝一口酒，对宋队长说）：**你说，我不是那个原来的我了，你说的对，但无论我变成什么样子，我保证，我会让你妹妹变回原来的她。**

秦钢再次和宋队长碰杯，宋队长却一动不动。

原来宋队长已被戴上死脑播放器，正被扫描脑电波。

166　内，Lara 家，夜

死脑播放器显示"虚拟宋雨霁"信息度达到 47.61%，而且仍在不断上升中。

秦钢十指打字飞速输入，同时从桌上抽出一条牛肉干塞进嘴里。

死脑播放器显示妻子的全身 3D 建模，纯绿色的"相应资料缺失"的部分越来越少，身体的细节正在逐步增加。

虚拟秦钢妻子的衣着已经有几十套，表情也更加生动了。

秦钢的眼神充满希望和爱意。

秦钢耳根抽动了一下。

秦钢（用指甲剔牙，轻嗅指甲上食物残渣的味道）：**不知道什么时候养成的习惯，喜欢闻牙缝里残留的食物，也许是想不通这种好吃和腐臭同时的存在吧……**（把指甲上的食物残渣弹飞）**你终于来了。**

黑暗中，黑洞洞的枪口逐渐出现。

手枪之后，满面寒霜的布伦希尔德慢慢走出阴影。

布伦希尔德（咬着牙）：我来了，你在哪里？

秦钢（淡然一笑）：宋队长也问我在哪里？我就在这里，一直都在。

布伦希尔德（大叫起来）：你不是秦钢！秦钢不在这里！加上宋队长！你已经杀了 9 个人了！你不是秦钢！

秦钢（看着屏幕输入命令）：我没有杀人，你看。

秦钢打开死脑播放器里的"接触人员信息库"。

每个被秦钢用死脑播放器提取脑电波的头像都在屏幕里无

声地说着话。

秦钢（笑着说）：他们永生了。

不顾布伦希尔德目瞪口呆，秦钢快速操作电脑。

秦钢：稍等我下，宋队长这儿也快了。

超速芯片闪烁，死脑播放器更快速地扫描宋队长的大脑。

布伦希尔德双手捏紧手枪。

布伦希尔德（张口结舌）：疯了……你已经……变成社长了……

秦钢哈哈笑了起来，打字命令更快了。

秦钢（一边打字一边说着）：社长想得太极端，非要让传统生命去死来迎接新生命。实际脑扫描就是一个生命备份，你可以在自己身体要死的时候，把思维备份下来，等克隆科技给你新的身体；你可以把自己上传网络，无限自我复制备份无所不在；你可以定做一个机械身体，从碳基生命转为硅基生命；你也可以靠着生物科技的进步，把自己的一个思维备份放进老鹰、一个思维备份放进海豚，去感觉下海上天的……

布伦希尔德猛地把宋队长头上的脑部连接器扯下来！

死脑播放器突然无法获得脑扫描信息，设备报警。

秦钢一把抢过布伦希尔德手中的脑部连接器，要给宋队长戴回去。

布伦希尔德（大叫）：住手！

布伦希尔德瞄准秦钢的耳边开枪！

子弹如此之近，秦钢的鬓角被烧焦了一块。

秦钢一把握住布伦希尔德的枪。

依然发烫的枪管瞬间就把秦钢的手皮灼红，可秦钢毫不在意"嘶嘶"冒烟的手,扭转枪口朝向布伦希尔德的额头,把她压在桌上,一边把手指放在扳机上。

布伦希尔德和秦钢对视,两人的眼神都极为复杂。

死脑播放器发出提醒,"虚拟宋雨霁"信息度达到50%,虚拟人格生成。

秦钢开怀大笑,把布伦希尔德的手枪举起连连开枪高喊,鸣枪庆祝!

房间的灭火龙头被打坏,下雨般洒水不止。

死脑播放器灯光闪烁,超速芯片急速运转。

突然仿佛用电量超负荷一般,整个房间暗了下来。

秦钢和布伦希尔德站在原地不知所措。

一束光从死脑播放器连接的MR设备投出。

秦钢妻子的MR形象站在了秦钢面前。

妻子一会儿少女形象,一会儿记者形象,一会儿泳装形象,一会儿少妇形象,一会儿环境学家形象,闪烁各种不同形象的秦钢妻子伸出手。

秦钢妻子看着自己的双手,又难以置信地用自己的手摸脸,再摸自己身体,仿佛不敢相信自己目前的状态。

秦钢放开布伦希尔德的枪,呆呆地走上前去。

秦钢妻子看到秦钢,也呆呆地走上前去,本能地傻笑了起来。

秦钢也傻笑了起来。

妻子一边笑着一边变换状态,少女妻子笑得捶胸拍腿,记者妻子笑得羞涩掩面,少妇妻子笑得几欲泪下。

妻子(不停变换):**秦钢——**

妻子扑向秦钢，却穿透了秦钢的身体。

面对不停切换形象的妻子，秦钢有些不知所措。

秦钢（犹豫却欣喜地）：你回来了。

妻子则显得有些迟疑，有些担心。

秦钢妻（变换着形象）：这是哪里？秦钢，我怎么了？（捂着头）我好像不是我，又好像是很多个我，我觉得头好痛，又根本感觉不到我的头，我没法思考了，因为一动脑子，就有好多完全不一样的想法出现，而这些想法并不在我脑子里面……

秦钢（有些焦急）：你很好，你只需要适应一下，（喜悦地）你已经永生了！

妻子停顿了一下，突然看到宋队长。

秦钢妻（急切地）：哥哥？哥哥！（转向秦钢）哥哥怎么了？

秦钢无言以对。

妻子看到死脑播放器，又看到"接触人员信息库"的一个个头像，突然安静下来。

妻子盯着死脑播放器思考，与此同时死脑播放器灯光闪烁，超速芯片高速运转。

少女妻子突然大笑起来。

秦钢妻（少女形象）：哇，我复活啦！太酷啦！

秦钢正开心时，记者妻子突然哭泣了起来。

秦钢妻（记者形象）：哥哥，死了？！呜呜呜，都是为了我……

秦钢上前想安慰时，泳装妻子出现。

秦钢妻（泳装形象）：钢，你不应该这样……

秦钢妻（少妇形象）：我的生命建立在这么多的牺牲上，这太自私，Just Insane!

少女妻子马上打断。

秦钢妻（少女形象）：活着多好！

秦钢妻（环境学家形象）：传统生命必然会造成整个地球的资源衰竭，新生命的诞生是不可阻挡的。

秦钢妻（记者形象）：为了自己，死了这么多人，这样的复活有什么意义！

秦钢妻（环境学家形象）：我的人格建立还不完全，我需要更多的脑扫描，需要更多信息！

秦钢妻（少妇形象）：这不是我！我怎么可能这么自私！

随着每个形象各执一词，妻子自己和自己吵得不可开交，甚至左手拽自己头发，右手想阻止左手，左脚又蹬开右手，头则撞向地面。

秦钢上前想帮忙，却无法接触 MR 影像。

妻子的每个形象更快速出现，极不稳定，言语互相重叠。

秦钢妻（环境学家形象，急切地）：继续脑扫描获得更多信息，我要更完整！

秦钢妻（记者形象，大骂秦钢）：你把我变成了怪物！

秦钢妻（环境学家形象，指着自己吼叫）：这个我才是最近最新的我，把其他的我删除！快！

完全矛盾的要求和每个妻子的痛苦让秦钢不知所措。

这时记者妻子突然拿出匕首扎向秦钢，匕首虚影划过秦钢身体时，环境学家妻子反转匕首重重插进自己胸膛。

妻子身上狂喷而出的血液一边飞溅一边消失在 0 和 1 的虚无之中，而妻子则并未受伤。

布伦希尔德看着手足无措的秦钢，走到他身边。

布伦希尔德（推心置腹地）：她以前真的很美，可是你看，她现在这么痛苦。生命的美好，就在于死亡的必然，因此活着的每一秒钟才值得珍惜。别再打扰你妻子的灵魂，让她安息吧。

说着，布伦希尔德举枪瞄准死脑播放器连连开枪。

说时迟那时快，秦钢飞扑向死脑播放器，挡住了布伦希尔德的子弹！

流弹横飞，火花点着了房间里的布缦。

布伦希尔德大叫着扔开枪，抱住秦钢。

秦钢吐着血，笑了。

秦钢（安慰地）：没事，这样最好了。

布伦希尔德努力用手按压秦钢的伤口想为他止血，血却仍然源源不断流着。

布伦希尔德哭得说不出话来，秦钢撑着布伦希尔德的肩膀。

秦钢（笑着说）：嘘——不要哭。

秦钢深深拥抱布伦希尔德，在她耳边郑重而温柔地说。

秦钢（温柔耳语）：子非鱼，安知鱼之乐，谢谢你。

秦钢一掌将布伦希尔德劈晕，为她拭去泪水，拿出她的随身粉饼盒，为她补妆。

秦钢温柔抱起昏倒的布伦希尔德，从窗口像旋转滑梯般的隐形管道放下她，目送她安全旋转滑到地面。

所有的妻子形象都上前关心地安慰秦钢，秦钢捂着自己腹部汩汩的鲜血，快速包扎。

秦钢（对妻子虚弱笑着说）：放心，时间足够了。（隔空轻吻妻子的手）等我。

秦钢来到死脑播放器前快速操作，MR 妻子消失了。

秦钢打开"接触人员信息库",最后一位正是秦钢自己。

火光中,秦钢戴上脑部连接器。

秦钢设置"扫描完毕自动上传网络",再摁下"开始扫描"。

烟雾刺激喷淋头加大了喷淋水量,漫天水雾。

死脑播放器开始运转。

妻子的全身3D建模显示,纯绿的"相应资料缺失"的部分越来越少。

同时,秦钢脑中关于妻子的记忆也在死脑播放器屏幕上逐一闪现。

"虚拟宋雨霁"信息度快速达到60%—70%—80%……

水雾弥漫里,进行脑扫描的秦钢笑着看着妻子全身3D建模的"相应资料缺失"完全消失,妻子身体的所有细节信息全部获得,全身3D建模完成。

"虚拟宋雨霁"信息度达到80%—90%……

透过死脑播放器的屏幕播放秦钢脑中的妻子,才发现原来在生命光社大本营的无数电脑中,其中一个屏幕中的头像居然是秦钢妻子,只是当时秦钢和布伦希尔德虽然无意识看到,却都没有注意。

大火熊熊中,死脑播放器中秦钢视角的妻子被杀再现……

167　内,秦钢家,日(闪回)

一声清晰的刹车声让秦钢抬起头。

窗外,一辆快递公司的货车在他的家门口停下,响起了敲门声。

秦钢不耐烦起身,前去开门。

门外，站着个瘦弱的黑衣人，手捧一本《数字化生存》，套头衫低垂的帽檐遮住了黑衣人的脸。

秦钢回头看到朝自己急切跑来的妻子，突然胸腹部一阵剧烈抽搐！他勉强转身看向身体剧痛的部位，黑衣人手中，一把电击枪正在秦钢胸腹部放出亮蓝色的电花。

秦钢挣扎之中，一手打飞了黑衣人遮住脸的连帽衫，黑衣人竟然就是秦钢在影片开头没能救下的中流弹身亡的年轻短发女子！

随着秦钢双眼圆睁昏倒于地，秦钢妻子蹲下深吻秦钢，对秦钢说为了人类的未来，自己要用行动支持生命光社！

妻子向年轻短发女子伸出手，接过她递过来的匕首，缓缓地把刀插进自己的胸口，血流如注。

年轻短发女子看到这个场面害怕得浑身颤抖，妻子却鼓励她坚强，让她快动手，年轻短发女子拿出脑电波提取仪，将其戴在妻子头上，默念起"move BITS not Atoms"的社团誓言，妻子满意地闭上了眼睛……

168　内，Lara家，夜

火光映射在喷淋水雾上，一道彩虹升腾而起。

不知何时，妻子轻轻哼唱的 *The Last Waltz* 的声音慢慢出现，戴着脑部连接器的秦钢微笑看着屏幕，呼吸越来越慢。

屏幕里，在一片白色光晕中，妻子背着手向自己走来。

秦钢爬起来，干净、整洁，走向妻子。

妻子一笑，把藏在背后手中的冰激凌递给秦钢，秦钢接住冰激凌笑着吃了一口，伸手拥抱妻子。

这次，秦钢的双臂没有穿过妻子的身体，而是实实在在环抱着她。

血泊中的秦钢安详地微笑，如此满足。

而他面前的死脑播放器里，秦钢和妻子欢乐地翩然起舞。

The Last Waltz 音乐越来越响，秦钢和妻子四目相对，顺着圆舞曲三拍节奏上下起伏，美好跳舞。

秦钢妻子双眼上下起伏，满是温柔爱意。

秦钢双眼上下起伏，幸福甜蜜陶醉。

顺着音乐，秦钢愉快地唱了起来：

I wonder should I go or should I stay？

The band had only one more song to play.

And then I saw you out the corner of my eye,

a little girl alone and so shy.

I had the last waltz with you,

two lonely people together.

I fell in love with you.

The last waltz should last forever.

Lalalalala lalalala

Lalalalala lalalala

（音乐：*The Last Waltz*）

水星基地救援记

罗隆翔

水星,太阳系里距离太阳最近的恒星。终年不息的太阳风早已经层层剥去水星的大气层,太阳强大的潮汐力在数十亿年前,就已经让这颗星球形成了潮汐锁定,让它的其中一面永远对着太阳,而另一面陷入了永恒的黑夜中。

水星的向阳面的温度高达 400 ℃以上,背阳面的温度却低达零下 170 ℃,但是再艰难的环境,也无法抵挡人类探寻星辰大海的梦想。数十年前一艘无人飞船抵达水星,带着大量的工程机器人来到这里,开采矿石、建设工厂,建造各种机器人生产线,越来越多的机器人从生产线上走下,迅速改变水星的环境。

如今的水星,朝着太阳的一面,一望无际全部是巨大的太阳能电站,数不清的发电板像是无数银白色的向日葵,全部朝着太阳。充沛的电力是水星基地赖以生存的命脉,无论是大地上的自动化工厂、晨昏线上的室内农场,还是水星背阳面的人类基地,一切都依赖电力生存。

农 1920 是水星基地生产的第 1920 名农业机器人,上个月诞生于水星的机器人工厂。在水星基地,农业是一个泛称,他的工作包括维护水星向阳面的太阳能电站矩阵、照顾晨昏线上绕着水星表面一整圈的室内农场的农作物和牲畜,以及把室内农场的蔬菜水果粮食和肉奶送往水星背阳面的人类基地。

农 1920 擅长各种不同的工作，通过更换各种工作模块和记忆芯片来实现。他刚刚完成太阳能电站的日常巡逻工作，挨片儿电池板检查，确保它们没有发生任何故障，然后回到 105 号休息站，给自己的电池充电，换下机械臂上的太阳能电池板的检修模块，把人类生命维持系统模拟器挂在墙上，将数据归零。

模拟器上有很多读数，包括模拟氧气瓶中的氧气消耗量、便携的流质食物、饮用水、背包式电池的电量等，用来模仿将来人类在水星向阳面工作时，宇航服的维生系统运转情况。

农 1920 从来没见过人类，但是他相信，人类总有一天会出现在这里的，所以机器人们要提前做好一切准备。他换上带播种器和锄头的室内种植作业模块，换上一个新的模拟器，假装自己是刚刚换了新氧气瓶的地球人，前往室内农业种植基地，去种田。

晨昏线上一栋又一栋的巨型温室大棚，用厚实的墨色玻璃做成，玻璃削减了水星大地上绝大部分刺目的阳光和紫外线，确保进入温室的阳光强度跟地球表面类似。农 1920 穿过气密门，温室里的空气成分与地球大气接近，但是二氧化碳浓度更高，很适合植物生长。农 1920 身上挂着模拟器，在工作的同时，模仿人类在温室中工作的样子。

"我们要在尽可能多的环境下，模拟人类工作时的样子，确保水星适合人类生存。"机器人首领"拓荒者 5 号"对每一个机器人都这样交代过。

温室里，每隔几十米，就放着一个应急求生柜，里面放着备用的密闭式防护服和氧气瓶。将来人类在温室大棚里工作时，一旦遇上危险，可以在最短的时间里找到防护服和氧气瓶，确保能逃出。

这是机械化大农场巨大的温室内部，模拟降雨的喷淋系统灌溉着所有的农作物，自动收割系统挨个儿收割玉米和水稻，数不清的粮食在传送带上哗啦啦地流淌着，送往粮食储运车辆。这样的机械化大农场原本不需要人类操控，但是农场中仍然预留了大量的人类工作岗位。

"降低失业率，哪怕是给张空椅子让人类坐着，一天到晚就只是看着粮食从流水线上送到粮仓，也算是一份工作。"机器人农场主对农1920解释说。

农1920说："但是人类一直没出现在农场上，据说他们全都龟缩在水星背阳面的大基地里。"

"预留工作岗位，无论他们是否需要。人类的命令至高无上。"机器人农场主挥舞着机械手臂对农1920说。

从晨昏线一带的工厂，到水星背阳面的人类基地，有很长一段路要走。水星上的公路，平坦笔直，以人类基地为中心，呈辐射状通向四面八方。农1920被分配了一件重要的工作：驾驶18个轮子的大货车，给人类基地输送粮食。

水星背面的人类基地，由数以百计巨大的穹隆顶倒扣着的城市组成，坚固的穹隆顶隔绝了外部的真空，营造着适合人类生存的空气环境和温度。农1920从来没去过人类基地，他只听说那里生活着数以亿计的人类，每天消耗的粮食都是天文数字。

货车的驾驶室是按照人类的身体结构设计，刚好能容纳一名地球人驾驶员,密闭的驾驶室有完善的氧气加压系统、温度控制系统,以及打发运输线上慢慢长路的车载广播和电视系统,电视机里储藏有数千部地球上拍摄的各种连续剧和纪录片,用来给将来的人类驾驶员打发时间。

农1920给自己的电子大脑更换了一个记忆芯片,芯片中的程序可以帮助他更好地模拟人类的行为。一个电子合成声从车载广播系统中传出:"新手驾驶员农1920,机器人交通警察竭诚为您服务,驾驶过程中请遵守交通法规。"

车载的氧气系统可以供人类驾驶员不停歇地行使一百多公里,把天空中巨大的太阳远远地抛在地平线的后方,朝着星光漫天的水星背阳面出发。水星基地距离晨昏线的温室农场有将近两千公里,公路沿途的汽车充电站里有休息室供人类休息,同时还可以补充氧气、水和食物。

农1920提出一个问题:"我是否可以直接把车开到人类基地?机器人不需要氧气。"

"绝对不允许。"交通警察说,"机器人不需要氧气,但是人类需要氧气。当驾驶室储存的氧气低于20%时,你需要模拟人类缺氧昏迷的状态,等待救援。所有的人形机器人都必须承担起模拟人类生存状态的职责,及时发现任何安全隐患,确保将来人类接手工作时,可以在尽可能安全的环境下工作。"

农1920说:"人类也许永远不会离开安全的水星基地,到基地外的地方冒着危险当工人。"

机器人交警说:"但是按规定,我们必须给人类预留足够的工作岗位。"

18轮大卡车在一望无际的水星公路上疾驰,跨过了永恒的晨昏线之后,农1920看见巨大的太阳在后视镜里,慢慢沉入地平线的环形山下。笔直的公路穿过坑坑洼洼的水星大地,通向远方。

公路上的车很少,在一个没有车辆通过的十字路口,农1920按照交通规则停车,等待红灯结束。过了十字路口之后,农1920路过一段被流星雨砸得坑坑洼洼的公路,在没有大气层的水星,流星雨的威力堪比炮弹。好几辆大卡车被流星雨砸毁,瘫在路边燃烧,机器人司机倒在地上,农1920通过无线电问倒在路边的机器人司机:"老兄,需要帮助吗?"

一名机器人司机回答说:"不需要。我们正在扮演受伤昏迷的人类,等待救援车辆到来。"他身上的模拟器剩余的氧气量越来越低,如果救援车辆不能及时赶到,接下来他将从扮演伤者改为扮演死者。

"那好,你们继续躺着,我想永远不会有人类想干司机这份危险的工作。"农1920说着,开着大卡车扬长而去,并且开着车载电视机,假装自己在看纪录片。

电视屏幕上播放着一百多年前的太空探索纪录片,影片主持人的声音抑扬顿挫:"人类不能只有地球这一个家园,把所有的鸡蛋都放在一个篮子里是不明智的。继火星、金星和木卫二基地建成之后,我们将开始建设下一座容纳人口超过5亿的新家园——水星基地!现在我身后的巨型火箭里,装载着我们最先进的工程机器人'拓荒者5号',把他发射到水星之后,他会自己开采矿石、建造工厂,利用水星丰富的太阳能和其他资源,生产数不清的机器人,自己完成水星基地的建设工作,并等待我们人类在有需要的时候移居水星。"

水星公路上的充电站,每隔几十公里就有一座,同时附带有设施完善的服务站,提供住宿和餐饮服务,24小时都有热水。在没有液态水和大气层的水星,想营造出这样的生活条件并不容易,数不清的机器人在水星表面经过了一百多年的建设,才勉强实现了这种规模的公路服务设施。

服务站的机器人领班对机器人服务员说:"我们要确保人类在这里工作时,不至于因为没有水、空气和食物而死亡。根据既定程序,机器人所做的一切,都是为了人类的生存。"

农1920的18轮大卡车开进充电站,对机器人服务员说:"拜托充满电。"

服务员把充电枪插进大卡车的充电口,农1920走进餐厅,拿起菜单点了一份快餐:"380伏特直流电,充满为止。"

服务员说:"对不起,本店电力不单卖,需要搭配人类食物一起销售。"然后给他上了一份快餐。

农1920插上充电头,拿起餐具,假装自己在用餐,把人类食物糟蹋一遍之后,目送服务员把食物收走。这些糟蹋过的食物将和过期未售出的食物一起,送到餐厅下方的发酵池中,通过发酵转换为电力。发酵剩下的残渣将被垃圾车运走,送到晨昏线的温室农场中,作为农家肥循环使用。

服务生说:"哪怕没有人类光临,我们也要维持食物供应链的正常运转。有备无患,总比哪天人类突然到来,我们却无法提供水和食物要好得多。"

用餐过后,农1920继续赶路,经过几十个小时的长途运输,规模宏大的水星基地,终于慢慢出现在地平线上。水星没有大气层，流星雨并不会像地球上那样拖着绚烂的尾巴划过天空，它只会像炮弹般，毫无征兆地落在地上，把大地砸出一个个大大小小的坑。一些流星在空中炸裂，那是基地的反陨石激光炮把大块的流星炸成碎片，防止它们把基地砸穿个透明窟窿。但是这也不保险，流星雨密度过大时，总会有漏网之鱼，对基地造成伤害。

农1920第一次抵达基地外围的卸货场，零下170℃的低温，把货车上的食物冻结成一坨坨坚硬的冰坨。卸货场闪烁着红色的警告灯，无线电通讯装置里传来机器人首领开拓者5号的声音："基地C3区域被陨石破坏，各机器人救援队立即出发，对基地进行紧急维修，确保居民安全。"

水星基地容不得半点闪失，毕竟这可是生活着数以亿计的地球人的大基地。农1920站在卸货场，看着数不清的机器人卸下装卸专用的机械臂，换上救援型机械臂，赶往基地。水星上的机器人大多是通用型机器人，换上不同的模块就拥有对应的不同功能，卸货场上很快就只剩下他和另外几台老式机器人。

"继续工作，食物和救援对人类来说都同等重要。"一台履带式机器人来到农1920面前，指挥他卸货。

农1920打开卡车的货箱，货箱里的农产品早已经在零下170℃的水星背阳面低温下冻结成比钢铁还硬的冰坨，他不得不换上带有电锯的机械臂，火花四溅地把食物切割成整齐的方块。低温之下被冻结成冰的除了粮食中的水分，还有少量白絮般的二氧化碳，弄得地面一片狼藉。

火焰在基地里冲天而起。水星基地的火灾，并不像地球上的火那样烈烈燃烧，而是随着防护罩被陨石击穿，基地内的空气泄露到没有空气的水星表面，顺带着裹挟燃烧的易燃物，呈火柱般冲天喷射出来，显得更加可怕。

"工人不足，我现在需要临时征调其他工人，为水星基地送货。"拓荒者5号的声音传递到农1920的电子大脑中，他和其余十几名在卸货场卸货的机器人，被临时征调了。

"交通地图下载中，准备换乘城市交通运输车，为指定的基地内食品供应中心送货。"农1920是第一次接近水星基地，需要下载电子导航地图，才知道目的地在哪里。

拓荒者5号说："请务必准时送抵，受灾的人类需要食物。人类无论何时都需要食物。"

农1920把冻结成块的食物搬上另一辆小得多的货车，开车进了基地的气密门。气密门是双重大门设计，两道大门之间是几百平方米的气闸厅，小货车开进去之后，第一道大门在他身后慢慢关闭，空气管道往气闸厅里充气，直到气闸厅里的气压达到和基地内相同的一个标准大气压，第二道门才慢慢打开，出现在他眼前的，是笼罩在防护罩下的人类城市。

城市在燃烧，高楼在倒塌。在机器人看来，人类的城市有个很大的毛病，人类总喜欢在防护罩里灌满空气，来模拟地球上适合人类生存的大气环境，但是空气中富含的氧气是最好的助燃剂，城市里的绿化带，各种花草树木都是易燃的有机物，一烧起来简直就是火烧连营。

水星基地的气温控制系统在大火中失控，原本一直维持在18℃的气温，现在已经局部飙升到205℃，而且还在不断上升。农1920身上的人类生命维持系统模拟器嘟嘟嘟作响，显示人类无法在这种高温缺氧和高浓度二氧化碳的环境下生存。农1920拿不准要不要马上倒在地上扮演遇难的人类,但是运输粮食的工作也很重要,也许有不少被困的人类躲在庇护所里,饥肠辘辘。

经过零点零几秒的犹豫,农1920决定先把粮食运到指定地点,然后再躺在地上扮演遇难者,于是把车速开到最大,闯过街道上熊熊燃烧的火焰,以毫厘之差穿过正在倒塌的大楼。一声巨响,他的车好像碾到什么东西,整辆车从地上弹起来,落地时只感觉到整个底盘重重地砸在公路上,只看见两个车轮脱离车身向前滚去,投奔了自由。

农1920下车,只看见一名扮演遇难者的机器人躺在路上,身上有两道碾痕。这名机器人身穿人类咖啡厅服务员的制服,外形是人类女性的样子,身材窈窕有致,火红的头发正在燃烧,被火灾的烈焰点燃的。机器人身上的模拟器显示她是大火耗尽空气中的氧气之后,窒息死亡。

"可以诈尸帮忙推个车吗?"农1920指着摔散架的汽车说。

女机器人说:"按既定程序,我已经死了。"

农1920说:"但是人类需要食物,机器人必须以确保人类的生存为最优先任务。"

女机器人马上爬起来,帮忙推这辆只剩两个轮子的小货车。女机器人的力气很大,只要是机器人,力气都不会太小,小货车吱吱呀呀地发出快散架的声音,在路上留下两道长长的擦痕。

农1920问女机器人:"怎么称呼?"

根据机器人首领拓荒者 5 号定下的规矩,在基地里,机器人必须通过人类的交流方式,用语音交流。农 1920 听说人类生性多疑,如果机器人之间通过人类无法读懂的数字信号交流,人类会怀疑机器人之间是不是在密谋些什么对人类不利的事情。

"服 3710。我是服务员型机器人。"女机器人回答说。她外壳上的仿人类皮肤蒙皮已经被烟熏得焦黑。

电子地图要求农 1920 把货车开到 3 公里之遥的一家餐厅,那里有完善的烹饪设施,可以为人类提供热腾腾的食物。农 1920 总觉得事情有点不合理,这个防护罩笼罩的街区已经四处是火焰和浓烟,氧气浓度已经趋近于零,人类应该早逃到暂未发生灾难的其他街区去了,没逃走的估计也早已遇难。

"你见过真正的人类吗?"农 1920 吃力地拖拽着残破的货车,问服 3710。

"人类不喜欢水星基地,他们更喜欢月球、火星和金星。"服 3710 说,"月球和火星是人类第一批地外殖民星,上头的人类基地几乎覆盖整个星球,规模极大,设施也更完善。金星的大气层非常浓厚,足以阻挡绝大部分陨石,比水星基地更安全。"

残破的货车在两个机器人一推一拉之下,吭哧吭哧地刨着路面前进,沿途不断掉落各种零件。农 1920 认定必须按照既定任务,准时把食物送到指定地点。说不准餐厅那头,还聚集着大量的人类幸存者,正饥肠辘辘等待着食物。

一路上,各种消防救援车辆呼啸而过,机器人消防员冲进火场,往高大的建筑物上喷射灭火泡沫。还有不少机器人朝着防护罩的破损处喷射液态水,水在零下170℃的低温下冻结成比钢铁还硬的冰,迅速堵塞防护罩的破洞。火场中,被烈焰烧毁的机器人也随处可见,散发着电路烧焦的恶臭,一些救援型机器人在收集机器人残骸,挑出没损坏的部分,重新拼凑成完整的机器人,继续往火场冲。街区的电力系统中断,只有防护罩里的火焰映着防护外的星空,摇曳的火焰照红了街头巷尾随处可见的紧急逃生警示牌。

人类!农1920在废墟中发现了疑似几个人类的目标,倒在地上,一动不动,似乎已经没了生命迹象。一辆消防车似乎没留意到遗体,径直碾过去,遗体崩出一大堆断裂的金属零件,才知道是模拟人类的机器人。

"这城里有很多外形和人类非常相似的机器人。"服3710说,"你几乎没有任何方法可以把他们跟真正的人类区分开。"

农1920问:"为什么水星基地需要大量的机器人模拟人类?"

服3710用力推着几乎变成废铁的货车,说:"为了避免真正的人类感觉到这水星基地空荡荡的。人类会对荒无人烟的城市感到恐惧。"

穿过一个被火焰烧毁红绿灯的十字路口,电子地图上指定的餐厅越来越近。破碎的货车已经不能称为"货车"了,一路哐当哐当地掉零件,让它只剩下坚固的货舱完好无损,什么车轮、驾驶室,大部分已经变成散落一地的废铜烂铁。

农1920遇上一名机器人交警,交警拦住他:"你这汽车不符合上路标准。"

农1920觉得事情糟糕了,服3710当机立断,一把拔掉摇摇欲坠的方向盘，问机器人交警："您见过没有车轮、驾驶室和方向盘的汽车吗？"

交警说："没见过。"

"所以这不是汽车，只是一个大箱子。"服3710和农1920抬起残破的汽车货箱，丢弃其余无用的部分，继续赶路。

"大多数机器人的思维模式，死板不知变通。"服3710说，"你随便挖个坑，他们就会陷进去。"

这是实情。农1920看见这个街区有很多模拟人类的机器人，在悠闲地逛街。大火吞噬街边的店铺，他们熟视无睹，慢悠悠地散步，直到大火把他们一起吞噬，烧掉衣服和仿真皮肤，变成一堆乌黑的废铁。

机器人首领拓荒者5号，对人类的忠诚毋庸置疑，但是真正的人类似乎并不领情。农1920看到三个身穿防火服、背着氧气瓶的人，似乎是一家三口，其中看起来像是父亲的人，手里拿着铁棍，把挡路的机器人打翻在地，试图在人头攒动的机器人流中闯出一条道路，寻找安全的去处。

"这些榆木脑袋的机器人太碍事了！"父亲大声说着，非常努力地试图从机器人当中挤开一条通道，但是这些机器人完全不配合，像是木偶一样顽固地逛街，好像他们的字典里从来没有"让路"这个词，就像老式电脑游戏中的NPC（电脑控制的人物角色），只会毫无意义地走来走去。

"这里的网络信号好像断了！"一家三口中的母亲鼓捣着一台手持式终端电脑，说："这些路人甲型机器人连不上寄存在云服务器中的人工智能程序，只剩下来回走动的功能！"

"你们！"一家三口中的父亲注意到了农1920和服3710，

"你们不受断网的影响？"

农1920把脑袋扭了180度，看着这名男人，说："我是多功能型机器人，电子大脑内集成有完整的人工智能，跟这些模拟游客的廉价云端控制机器人完全不同，所以不受影响。"

"帮帮我们！"男人说："我们要逃到安全的地方！"

农1920说："人类的命令优先于既定任务。请跟我们走。"

"我姓李，是研究水星地质环境的博士。"男人跟着他们走时，不忘自我介绍，还顺带问："请问你们怎么称呼？"

"多功能机器人，编号：农1920。"农1920说。

农1920的送货目的地，225号餐厅，是这个街区的避难所之一。由于餐厅大多库存有大量食材，也拥有能让人类顾客摘下氧气面罩，放心地用餐的室内安全环境，因此往往被加固成避难场所。在这个有足够氧气和食物储量的地方，能帮助人类坚持下去等待救援。

两名机器人把货箱放在人头攒动的大街上，铆足力气往前推！咣当咣当的，撞倒一大批在街上胡乱闲逛的机器人，硬是开出一条通往餐厅的笔直大道，足足有两三米宽，七八百米长。

这一家三口面面相觑："机器人的脑子里到底装的是什么？"这种不按理出牌的清空街道的方式，他们想都没想过。但是无论如何，前往避难所的道路算是畅通无阻了。

一家三口来到兼具避难所功能的餐厅，这家餐厅有个很奇怪的名字，叫"移动式工地食堂"，是一百多年前，建设水星基地时，机器人的能源补给站，并且预留了人类食堂功能，以等待施工过程中可能会来到水星督工的人类。但是直到工程结束，人类都没出现过。它原本暴露在没有空气且寒冷的水星表面，但是随着水星基地的建设，机器人看错图纸，不小心把它也封在防护罩里，在它的十八条履带周围铺了水泥、修了公路，于是它没法再移动了，只好留在新建成的街区里当餐厅。

李博士看着隐藏在七弯八拐小巷里的餐厅，抱怨说："当初水星基地的规划和建设，搞得跟一堆违章建筑似的，拓荒者5号的脑子根本没法跟人类相比！"

机器人的力气的确很大，农1920和服3710用货箱撞翻大群机器人之后，还顺带着撞穿两三堵墙，才开辟出这笔直的"道路"。

李夫人说："人类从来不放心比自己聪明的机器人，这水星基地一直都只是凑合着使用。"

但是机器人从来不知道自己笨，他们觉得这个街区已经符合人类生存的标准之后，就动手建设下一个街区，不断复制先前建设的模式，用一百多年时间建成了这座巨大无比的违章建筑群。但是一切还算可以接受，至少它真的能容纳上亿名地球人的生存所需。尽管地球方面根本没要求它建造规模如此之大的太空城。

"余量，是生存的关键。一个街区毁灭了，我们还可以撤到下一个街区。我们有一千多个备用的街区，拓荒者5号只要没事做，就会修建新的街区，等待地球人移居。"餐厅里的厨师机器人，挥舞着四根机械臂，一边给这一家三口做印度飞饼，一边安抚他们的情绪。

有独立人工智能的机器人，怎么看也比其他共享云服务器人工智能的机器人顾客更让人感到舒服,餐厅里除了李博士一家三口,其他断了网的顾客机器人,打扮成人类的样子,就像滥竽充数的木偶,吃完了餐碟里的食物,还继续用筷子刀叉空比画,把空气往嘴里送。

这些机器人拥有仿照人类设计的消化系统,可以像人类一样消化食物获取能量,但是有个很不雅的绰号叫"农家肥制造机"。

"这里也没有网络。"李夫人说,"我们要想个办法发出求救信号!"

厚实的窗外,可以看见被陨石砸毁的街区网络信号塔,几名机器人在信号塔下傻愣着,等待运输车送来维修所需的材料。厨师机器人说:"我们这里绝对安全……"

话音未落,天花板的吊灯伴着一声巨响,砸在厨师机器人头上,很显然是陨石撞击餐厅屋顶导致的事故。噼里啪啦地电火花把厨师机器人连同他手上的印度飞饼,一起烧得焦黑,服3710拿起灭火器,把厨师机器人和整个厨房都用灭火泡沫淹没了,阻止了火灾蔓延。

"食物,人类需要食物,被消防泡沫覆盖过的食物无法再食用。"农1920的脑袋不停转圈,看着一塌糊涂的厨房,然后又看着堆在餐厅里的生食材,不停反复看着,一筹莫展。毕竟他不是厨师机器人,不知道怎样把生食材变成热腾腾的食物。

餐厅中那些机器人顾客,仍然不动如山地面对空气,假装自己在进食。哪怕坠落的杂物把他们砸翻在地,也仍然维持着坐姿,继续着进食的动作。李博士年幼的女儿缩在妈妈身后,害怕地看着这些呆板的机器人,就像看着一群用金属和电线做成的僵尸。

"现在,摆在我们面前的路只有两条。"李夫人把电子地图投射在地板上,说:"第一条,留在这里,等待救援,这里有足够的食物和氧气……"

一声震耳欲聋的巨响,让餐厅瑟瑟发抖,农1920护在小女孩身上,用自己的金属背脊扛下倒塌下来的天花板吊顶。小女孩的尖叫声几乎刺破农1920作为耳朵使用的拾音器。

"我们必须离开这儿!"餐厅窗户外,李博士看到街区破碎的防护罩正在大块坍塌,街区内部的空气正在迅速流失,街区里的大火随着空气的逃逸冲天而起,紧接着因为失去空气而迅速熄灭。

"但是我们没有交通工具!"李夫人说,"防护服的氧气不够了,贸然离开餐厅很危险!"

服3710撕开摇摇欲坠的装饰墙,出现在大家面前的是餐厅的驾驶室,说:"所谓'移动式工地食堂',就是说它是能移动的。"

李博士走过去,睁大眼睛看着这古老的驾驶室,忍不住打了个喷嚏,驾驶室里灰尘飞扬。他面前的操纵杆布局,像极了拖拉机的驾驶室……不,它就是用拖拉机改造成的。

"你懂开拖拉机吗?"李夫人问丈夫。

"我懂开汽车和飞船!"李博士说,"但是拖拉机,我只能试试!"

李夫人指着电子地图说:"那我们现在可以有第二个选择!离开这儿,去离这儿最近的1073号街区!地图显示那个街区并没有被流星雨破坏,我们可以到那里寻求帮助!"

李博士好不容易接通移动食堂的电源，慢慢推动控制杆，食堂一阵颤抖，灰尘瑟瑟而下，餐厅里所有能吃的、不能吃的，都蒙上了一层灰尘。"机器人需要为人类提供食物！"农1920拿着厨房掉下来的排气扇，努力试图吹走食物上的灰尘，竭尽全力而又徒劳地试图维持食物的整洁。但是餐厅又是一阵剧烈颤抖，更多的灰尘和铁锈呛得人透不过气，让农1920的努力全部白费，李夫人和女儿不得不拿起氧气面罩维持呼吸，移动食堂的十八条履带终于慢慢拱破街道的水泥板，爬出地面。

　　十八条履带的移动食堂在街道上轰鸣着前进，沉重的履带像是犁地般把街道犁成碎块，一栋大楼扑面而来，老婆孩子大声尖叫，李博士努力试图拉动转向杆，却听到嘣的一声，转向杆被整个拔断了！

　　"毕竟是一百多年前的移动食堂，转向杆都快锈断了。"农1920毕竟是机器人，不像人类那样会慌张，所以他面不改色地看着移动食堂撞向大楼，看着墙壁破碎、巨柱折断，坍塌的大楼整个压下来，把移动食堂死死压在残垣断壁下。

　　"我们需要救援！基地里还有谁在吗！我们需要救援！"李夫人对着通信器，带着哭腔呼叫。整个餐厅里，一格信号都没有，餐厅的窗户被大量的砖石覆盖，砖石缝隙间，能看到的已经不是昔日的水星基地街区景象，而是碎裂的防护罩碎片之上的浩瀚星海。

　　基地里有数以万计的学者和他们的家属们，现在基地通信中断，大家都生死未卜。那沉沉的夜色里的满天繁星，让人想到小小的地球故乡，就隐藏在这片星海中。

餐厅的动力系统轰鸣着，蓄电池释放电能产生的热浪透过地板传来，十八条履带吃力地刨着地面，把地面都刨出了一个深坑，从数以吨计的建筑碎块中挣扎着爬出来。但是迎面而来的，是一个巨大的容器罐！

这是街区的备用液氧罐！里面数以千吨计算的高压液氧，一旦被移动食堂撞破，爆炸的威力足以把整个儿餐厅送上天！李博士尖叫着，一筹莫展，毕竟移动食堂的转向杆已经被他掰断了，只能眼睁睁看着容器罐不断逼近！

"蓝牙设备已连接。"一个声音，宛若天籁般的救星，在驾驶室响起。服3710在这千钧一发的时候，把自己的电子大脑和移动食堂的驾驶室建立了连接，取代驾驶室，控制这座移动食堂。而农1920仍然执拗地研究机器人厨师散落一地的金属遗体，试图提取厨师的记忆芯片，利用新鲜的食材，给人类做一顿可口的大餐。

李博士看见移动食堂慢慢停住，铁犁般的履带运转速度越来越慢，压碎的路面水泥犬牙交错地竖起。当履带慢慢碰到楼房般大小的高压液氧罐时，李博士一家三口看着液氧罐的壳子被履带慢慢压出凹陷的小坑，看着小坑慢慢变成大坑，心脏全都悬到了嗓子眼，生怕高压液氧罐突然炸开。

移动食堂停住了，然后突然微微晃动，紧接着开始倒退。李博士一家三口看着液氧罐的凹坑，心有余悸。李夫人说："我们现在需要找到1073号街区！地图显示，1073号街区的防护罩并没有被流星雨摧毁，那里一定是安全的！"

在服3710的操纵下，移动食堂慢慢转弯，面对1073号街区的方向，然后十八条履带同时发出沉闷的吼声，震得整个餐厅瑟瑟发抖！"小心！前面是街道的绿化带！"李博士话音未落，履带碾过绿化带的大树，零下170℃的真空环境里的行道树，早已每个细胞都被冻结成冰，履带轻轻一碾，就像玻璃被碾得粉碎。移动食堂碾过大树，径直朝着一家超市碾压过去。

建筑物倒塌的声音，伴随着餐厅里一家三口的尖叫声，不绝于耳。农1920试图安抚餐厅里仅有的这三位地球人："流星雨，在没有大气层的水星上很常见，街区被毁也很常见。所以水星基地有一千多个备用街区，不管多大的流星雨，总有街区完好无损，可供逃难。"他的机械臂已经换上菜刀，在餐厅的颠簸中，菜刀飞舞，试图给这一家三口做一道美味的番茄炒蛋，压压惊。

水星基地的每一个街区，都有独立的防护罩，相互之间用厚重的气密门隔开，当一个街区发生意外而损坏时，气密门会及时封闭，避免殃及别的街区。

1073号街区近在眼前，它建造在一座环形山的山谷里，防护罩只比环形山稍微小一点点。当移动食堂爬上陡峭的环形山，矗立在山顶眺望时，发现巨大的气密门早已关闭，博士一家隔着半透明的防护罩，看到三三两两的行人，漫步在街区静雅的街道上。

平时没出事的时候，博士一家三口，也经常徜徉在防护罩下的街区中，听着流星雨警报，看着防护罩外遥远的地球故乡。现在他们却被关在防护罩外，想呼叫基地的管理者拓荒者5号机器人打开气密门放他们进去，却始终都没有网络信号。

李夫人听到了丝丝的响声，不好的预感徘徊在她心头。她仔细排查移动食堂的各个系统，突然看见餐厅的氧气储罐的压力在不断下降！这个储罐是餐厅最主要的氧气来源，它一定是在移动食堂狂奔的路上磕磕碰碰，弄破了管道，氧气泄露了！

李博士一遍遍呼叫，通信器里没有任何回声。他颓丧地坐在驾驶座上，把通信器切换到录音模式："我是水星基地的地质研究员，老李。我被困在餐厅里了，现在有点儿后悔当初不听大家劝告，非要来这里负责水星的地质勘查。其实只要放几台机器人到水星上，就能把工作做得很好，不是吗？但是，我总是想着小时候，爸爸妈妈带着我，在地球的大草原上眺望星空时说的话，'地球是人类的摇篮，但是人类不能永远睡在摇篮里'。所以我忍不住想来这里，亲眼看看人类在地球之外的新家园，畅想着将来，太阳系的每一颗行星都变成人类的家。"

农 1920 插嘴说："在我们把水星基地变得更安全之前，人类大概不会冒着生命危险，来这里定居。"

流星雨仍然不停敲打着水星的大地。机器人在水星上为人类建造了足以容纳几亿人的大基地，但是机器人的努力无法改变水星危险的环境，预计中的大规模定居并没有出现，只有少数科学家会来到这个世界短暂工作和居住。

想让水星变得更安全，那是很难做到的事。毕竟水星比月亮大不了多少，没有大气层，阻挡不了流星雨袭击，一面是永恒的白天，另一面是永恒的黑夜，没有人类习惯的昼夜交替的变化。

录完了简短的视频，博士把通信器交给农 1920："如果我没法活下来，你就把这个通信器带到有网络信号的地方，把数据传回地球。"

"我们可以硬闯进去。"农1920把美味的番茄炒蛋放在一家三口面前,说:"防护罩的强度抵挡不住移动餐厅的撞击,我们可以撞穿一个洞,进入街区。"

"你们机器人脑子里面装的都是啥玩意儿?"李博士说,"撞穿防护罩,会导致室内空气迅速失压,无论是对我们,还是对街区的人,都很危险!"

从环形山的山脊眺望山谷里的防护罩,来来往往的人群,点缀着街区里横平竖直的街道,却没有人对山脊上出现的这座古怪的移动食堂感到吃惊,甚至连驻足观望的人都没有。"这不太正常。"李夫人说,"那些也许是伪装成人类的机器人。"

没人知道,机器人到底是怎样思考问题的。他们知道人类怕孤独,所以制造了大量的机器人,伪装成人类,来陪伴着真正的人类。他们似乎不知道,人类会对这种木偶般游荡,冒充游客的机器人,更加感到害怕,所以水星基地里,真正的人类一直都很少。

农1920出了个馊主意:"把移动食堂开过去,轻轻撞一下防护罩,如果他们是人类,一定能引起他们的注意,然后让他们开门,放大家进去。"

服3710让移动食堂慢慢跨过山脊,小心翼翼地接近1073号街区,她知道,环形山太陡峭,只要稍有不慎,整个移动食堂就会像皮球一样滚下去。

阿嚏!李博士的女儿因为对灰尘过敏,打了一个很响的喷嚏,轰隆一声,移动食堂履带下的石头松动了,整个移动食堂翻滚着朝1073号街区的防护罩滚去!

"妈妈！"小女孩在妈妈的怀抱里大声哭着，李夫人紧紧抱着孩子，李博士护着妻子和孩子，试图用身体，阻挡餐厅里乱飞的杂物。

天崩地裂的巨响，震动了整个1073号街区，当震动消失时，农1920从杂物中爬起来，压在他身上的杂物有餐碟、刀叉、桌子、椅子，还有一整袋新鲜的土豆。

而被他护在身下的，是服3710；服3710身下护着的，是李博士。

李博士死了，身上全是殷红的血，小女孩大声尖叫，眼泪决堤，李夫人把女儿紧紧抱在怀里，全身发抖，用颤抖的声音徒劳地安慰她："别怕……别怕……"

"这不是血，只是番茄酱。"农1920伸出手指，揩了李博士身上一些红色的液体。这是他的杰作，番茄炒蛋。但是他很快愣住了：一把菜刀，插在李博士身上，黑色的黏稠液体，从伤口慢慢渗出。

这是，机油？农1920伸手碰了一下，被电得全身发抖。服3710眼疾手快，抄起桌子，把他砸到墙角边，脱离博士的遗体，总算把他从触电的窘境中解救出来。

服3710检查了李博士的遗体，说："电力系统彻底损坏。"

李博士是机器人！小女孩的脸上，恐惧神色代替了悲伤的表情，她不知道爸爸什么时候变成了机器人。但是她没有时间追问这件事了，移动食堂的金属墙壁在这翻滚碰撞中碎裂，泄露的空气在室内形成风压，把室内的杂物往破洞里吸，抛撒到室外。

迅速失压的空气，让人耳朵胀痛、呼吸困难。李夫人摸索到两副氧气面罩,一副罩在女儿脸上,另一副罩在自己脸上,他们试图逃离这损坏的移动食堂,寻找安全的地方。农1920撞开食堂的门,带着这对母女,逃到大街上。

防护罩穿了一个大洞,空气正在迅速流失,街上的行人要么逃命去了,要么被移动食堂撞翻在地,没了动静。

"我们压死了很多人!"小女孩带着哭腔说。

"设法救人,是最重要的事。你们谁懂急救?"农1920四肢乱舞,一筹莫展,当他找不到解决问题的方法时,就会陷入逻辑混乱中,手足无措。

母女俩一起摇头,服3710更是脑袋不停地在脖子上旋转,也不怕把头给旋下来。农1920拼命在自己的电子大脑中选择跟急救最相似的方案,最后找到一个他认为可行的替代方案:"电脑死机时,只要重启就好了。人类死去时,不妨也试试。"

"人类又不是机器人,怎么可能重启就活过来?"李夫人话音未落,农1920把一具遗体从废墟下拖出来,从背后找到重启按钮,他按下按钮,尸体马上醒来,懵然看着四周的一切,捡起地上的公文包,夺路而逃。

农1920救活了一个人,又救活一个人,每个人都是一醒来就赶紧逃跑,连傻子都看得出来,这些全都是伪装成人类的机器人。

服3710说:"往好处想,这个街区至少有网络,机器人能连上模仿人类行为模式的云服务器人工智能程序,这里的机器人不像上一个街区那样只知道毫无意义的走来走去。"

有网络,意味着可以呼叫救援。李夫人呼叫水星基地的最高指挥官,统管着整个水星基地的人工智能机器,拓荒者5号机器人,却始终没有回音。

"拓荒者5号大概又死机了。"服3710说:"水星基地越建越大,他要管理的东西越来越多,越来越不堪重负,这几年经常死机。"

农1920吐槽说:"毕竟是一百多年前的机器人了。"

李夫人改为呼叫地球、酒泉、文昌、休斯敦,各航天基地统统呼叫了一次,指望着别人能收到求救信号。但是她自己心底也清楚,水星距离地球一亿多公里,就算通信系统完全通畅,也要几分钟之后,地球才能收到信号,至于能不能派出救援队、什么时候到,那就只有天知道了。

农1920说:"我们快去室内!防护罩破损了,室外的空气很快就会全部漏光!"

"地图显示,这个街区的北面是一个逃生型航天港!"李夫人有不同的意见:"那里有逃生用的飞船!"

服3710带着小女孩,往前跑,尽管水星的重力比地球小,但是她背上背负的两个氧气瓶仍然很沉重。氧气瓶是人类活下来的唯一保障,一根氧气管,把氧气瓶和氧气面罩连在一起,农1920看着氧气瓶的压力计,总在担心小女孩的氧气耗尽。毕竟这些氧气瓶在餐厅里存放了很久,氧气并不是很充足。

一千米、九百米、八百米,笔直的街道尽头,就是通往街区外航天港的气密门,锈迹斑驳的大门好像很长时间没开启过了,半透明的大门外,可以看出停泊在航天港的逃生飞船也是很老旧的型号,也许建成以来,从来没派上过逃生的用场。

毕竟水星基地按照能容纳上亿人口来建设,逃生飞船也是按这个标准配备的,但是从来没有过这么多的人类来到水星基地,于是绝大部分的逃生飞船没使用过。

服3710按下气密门的开门按钮,大门的齿轮和电机发出嘎嘎巨响,铁锈簌簌落下,大门却怎么也打不开。氧气不够了,小女孩的呼吸越来越急促,李夫人拿下自己的氧气瓶,给女儿换上。

"您不能这样做!"农1920试图阻止,却发现李夫人的面罩氧气管是断裂的,断面很陈旧,显然拿到手时就已经是损坏的。

人类,不可能在没有氧气的情况下,从损坏的移动食堂一路逃到气密门边。服3710用力砸开生锈的大门,大门坍塌,把李夫人压在门下,农1920用力抬起门板,发现李夫人倒在黑色的机油中,破碎的肢体,裸露出银色的金属骨骼和五颜六色的电线。

小女孩害怕地往后退。爸爸妈妈早已经不在人世了吗?

"别害怕,勇敢登上飞船!回地球去!"服3710把小女孩送上飞船,在航天港目送飞船升空。

农1920说:"听说,地球比水星安全。"

服3719说:"任何一颗人类移居的星球,都比地球安全。"摇摇晃晃升空的飞船,让机器人心神不宁。这些天知道停放了多久的老旧飞船,能不能安全抵达地球,都还是个问题。

农1920问:"那为什么人类还要建设水星基地?"

"人类喜欢冒险。"拓荒者5号的声音传来:"离太阳最近的水星,离太阳最远的海王星,都有人类的基地。他们喜欢探索未知世界,建造新的家园。"看来这货终于在死机之后完成重启了。

农1920问："也就是说，人类让你建造的只是一个科考基地，你却把它建成了一座巨大的城市？"

拓荒者5号回答："城市，能为人类提供更好的生活服务，远胜于小小的科考基地。只要力所能及，就应该为人类建设城市。"

爆炸的闪光照亮水星的夜空，小女孩乘坐的逃生飞船爆炸了，残骸像是烟花般，散落在水星大地上。这一家三口，最终还是没人能逃离水星。

服3710在散落的残骸中找到了小女孩的遗体，烧得焦黑的遗体裸露着金属骨骼和灰色的芯片。"我想这至少能证明一件事。"服3710说："拓荒者5号脑子有病，这一家三口都是机器人。"

农1920捡起一块烧黑的标牌，上面蚀刻着小女孩的名字。

流星雨过后，机器人在全力修复受损的街区，农1920仍然是水星上的农夫，负责维护水星向阳面的太阳能电池板、耕种晨昏线上的室内农场，以及把食物送往水星基地。

维持一亿人口生存所需的粮食并不是小数字，四通八达的水星公路，在一座又一座的环形山脚下蔓延，运输物资的十八轮大卡车往往排成长队。

这是农1920最后一次执行运输任务，任务结束后，他将被改变编号，承担别的工作。

农1920第一次进入水星基地最安全的0003号街区，这里有双层防护罩，有学校、电影院和超市，有地球城市里所有该有的设施，还有数以万计的家庭。

李博士的家在0003号街区的5号大街,是一套很普通的三居室住宅,布局舒适淡雅,墙壁上挂的一家三口合照,似乎因为年代久远,而微微泛黄。客厅的老式壁挂电视机前,放着小女孩的身份铭牌,刻着她的名字。

"打扫卫生,然后去做记忆移植手术和整容手术,最后去接孩子。"服3710对农1920说。

"联系地球,把李博士的遗言传回地球。"农1920拿着李博士的通信器,仍然没忘记这件事。客厅的电视机虽然老旧,但是似乎集成有跟地球联络的通信功能。

农1920把数据传回地球,过了十几分钟,一段画面从地球传了回来,画面出现的是某大学行星地质研究领域的老教授,女性,姓李,名字跟小女孩身份铭牌上的姓名一模一样。

"唉,又来了,拓荒者5号又故障了吧?他每次故障,都会忘记我们已经离开水星基地。"她叹气说着,脸上是慈祥中略带无奈的笑容。

李教授提起大半个世纪前的童年。那时,水星基地已经初具规模,她的爸爸是研究水星地质的科学家,妈妈是天文学家,曾经在水星基地居住过一段时间。

李教授说:"后来,我随着父母离开水星基地,回到地球,但是拓荒者5号忘了这件事。拓荒者5号是很老的机器人了,时不时就发生点儿小故障,特别是发生流星雨的时候,一面要控制反陨石激光炮保护基地,一面又要维持基地的正常运行,这种时候经常超负荷工作导致死机,重启之后,它会自动回滚到上一个稳定运行时的记录点,这时他就会忘记一些发生过的事情,比如忘了我们一家三口已经离开。"

李教授停顿了一下,继续说:"拓荒者5号见过人类死亡时,亲属们的恸哭,所以他以为,只要制造一个外貌和死去的人相同的机器人,冒充死去的人,就能让亲属们停止悲伤。当拓荒者5号发现基地里的人类'消失'时,他会以为消失的人类是死于流星雨袭击,于是,他一个又一个地克隆着那些离开了水星基地的人类的外貌,给他们编写各种模仿人类的人工智能程序,假装大家都平安无事。"

农1920问李教授:"为什么人类放弃了水星基地?"

李教授说:"因为它安全性不足,没有大气层的保护,流星雨破坏力非常大,再加上水星基地永恒的黑夜会让人类很压抑。人类任何一座外星基地的环境都比水星基地强,水星基地自然也就被放弃了。"

服3710说:"时间快到了,我们走吧。"

他们去了机器人维修厂,厂里的机器人维修工照着李博士的样子,给农1920做了整容手术,给他的电子大脑插入了上一个已经死去的机器人"李博士"的记忆棒。从此以后,他的代号不再是农1920,而是"李博士"。

服3710也做了同样的整容手术,从此以后,她的新代号将是"李夫人"。

然后,他们去另一间维修车间,看着维修机器人给小女孩换下损坏的零件,装上新的零件,蒙上硅胶做成的仿人类皮肤,并随着救护车把她送到医院。在医院里,机器人医生将按下小女孩的重启按钮,假装她是在急救室中被救活。

这座巨大的水星基地,可以容纳数以亿计的人类,却空无一人，只有数以亿计的机器人，假装自己是人类，在这里维持着虚假的热闹。每天，都有大量的粮食从晨昏线的室内农场运抵水星基地，精心烹饪之后送入机器人顾客的口中，让他们得以模拟人类的衣食住行。

人类很怕孤独，所以机器人们在假装这座城市很热闹；每一个离开水星基地的人类，都会被机器人制造一个复制品，假装来过水星基地的人类已经在这里永久定居。

机器人总是做好一切准备，等着哪天，真正的人类移居到水星上。

哪怕，永远不会再有人移居水星。

戴珍珠耳环的少女

吴 霜

Who

（A）

被窗外的沙沙声惊醒时,静子还以为在下雨。其实只是风吹过杨树叶。

清晨的微光照进空荡荡的客厅。

父母结婚快 18 年,已经到了两相厌弃的时刻。静子感觉,两人冷漠平静的日常相处中,一道看不见的裂缝正在慢慢扩大。但像昨晚那样的大吵,还是第一次。妈妈摔门而去,一夜未归。静子隐约听到她用少有的尖锐嗓音喊着"这是谁"。

整整一天,爸爸把自己关在书房,只听巴赫音乐回响,忽高忽低,飘忽不定。

记忆中,父母很少吵架,至少在静子面前。即使剑拔弩张的时刻,妈妈也总是强压着脾气,极力克服女性的情绪化。每到此时,从她的眼神中,静子总能看出母兽护佑小兽的本能。

也许是因为母亲看得出,每次他们吵架,静子都特别害怕吧。

为了不去想这件事,静子在画架边待了一整天。傍晚时刻,冰凉的双手已经沾满了干裂的颜料。在"进去看看"和

"算了吧"两个念头之间又斗争了几回合，她看看大门紧闭的书房，叹了口气，走进厨房。

昨天晚餐油腻的餐具仍然浸在水池里。唉，不知道妈妈吃饭了没有。

她笨手笨脚地找出面条，在锅里注满冷水，打开燃气。

淡白的蒸汽盘旋上升，在空中绘出变幻莫测的图案。一头狮子张开大口，奔向远方，消失不见；一支长笛上方盘旋着几个音符，被细雨冲散；一个少女拖着长裙袅袅走来，脸孔渐渐变形破碎，化作一片海浪……

静子愣愣地盯着空中。这几年，课业压力很大，她渐渐沉默寡言，整日埋首在学业和绘画中，与父母的交谈越来越少。当发现他们感情不和的时候，似乎问题已经相当严重。

至亲至疏夫妻。

千回百转，柴米油盐，岂是一两句话说得明白。

曾几何时，在国企做工程师的细腻敏感的父亲，和工人出身爽利倔强的母亲，感情非常和睦。而静子，也因为遗传了父亲的天分，从小就聪颖过人，在各种绘画比赛频频得奖。一个月前，她刚刚接到全国最高美术学府的录取通知。

这个暑假，本来应该很完美。

面条煮得过软，盐又加得太多。这碗没有葱姜炝锅的清水面，比起妈妈端出来的油汪汪的手擀面，差得太多。静子慢慢地用筷子戳戳硬邦邦的鸡蛋，想起妈妈煮出来的荷包蛋。形状完美，蛋液微微凝固，轻轻一碰，流淌下来的线条就像艺术品。

草草吃完，她将剩面倒掉，重新烧水煮了一碗。尝了尝，觉得比刚才煮的强一些，才盛出来，端起来走向父亲的书房。

父亲正倚在书桌上发愣，音乐也没有关。耳熟能详啊。静子微微笑了。巴赫的音乐一直是父亲和自己的最爱。自从若干年前在海滩第一次听到，她就着了迷。巴赫的音乐就如同梵高的画，李白的诗，是无序与有序的完美结合，在数学般精妙的韵律下，包含着巨大的情感张力。

《半音阶幻想曲与赋格》①，静子放下碗，眼神随着旋律微微动着，连手指烫得发红也不觉得。

父亲从自己的世界中惊醒，轻咳一下，有些惭愧地躲着静子的目光。

有时候，静子觉得他就像个小孩子，家务方面，和自己一样，完全依赖勤快的妈妈。他经常沉浸在绘画、音乐、文学、数学等精神世界中，智商和情商根本不成正比。张静子这个怪怪的名字，也是因为妈妈怀孕期间，他沉迷于日本文学才取的。

面静静地冒着热气。静子等着父亲开口，这是他们一贯的交流方式。

"你记得吗，小时候，见过一个穿白裙子的姐姐。"

静子稍愣了一下。

"记得。"

父亲长叹一口气。

"我……画过她的一幅肖像送她，走之前，她还给了我。这些年，我一直留着。昨晚，被你妈妈发现……撕坏了。"

---

① 巴赫作品之一。

惊讶之余，静子猛然觉得，以父亲的性格——那样的女孩，倒也在情理之中。

"我们并没有什么，聊过几次天。她只出现了三个月，有一天，不知为什么……就消失得无影无踪。"

从一本书下面慢慢拿出画的两张碎片，父亲小声地分辩着，用和年龄很不相称的目光看着静子。那目光中，有羞怯，有恼怒，有委屈，有隐忍，还有一种深深的，希望得到理解的渴望。

一时间，静子仿佛正看着一个十八岁的少年，脸庞上闪烁着爱情的光芒。

柏拉图式的暗恋，就像天地间飞舞的雪花，看着轰轰烈烈的，却又寂静无声。对他这样沉浸在精神世界中的人来说，应该难以忘怀。

"爸……"

静子用复杂眼神看着父亲，感觉到几分尴尬。她一直觉得，比起妈妈，敏感早熟的自己，常常更能理解爸爸的心思。他们以前经常像朋友似的聊天。

十八岁爱情光芒固然很美，但在亲生父亲的脸庞上见到，感觉实在有点怪异。

想必他忍了许久。

静子隐隐感觉到了父母感情的问题出在哪里。

时光荏苒，想必父亲对那少女的记忆，就像孕育在海蚌中的珍珠，被美好的想象，一层一层地包裹起来，最后散发出完美的光芒。这样的光芒，高高在上，照着生活的一地鸡毛。

即便妈妈再贤惠，他也会觉得委屈吧。

"……我想，喜欢一个人没什么错，但……也许，你不该让一个影子破坏我们现实的生活。"

将画作碎片递给静子，父亲仰起头，两滴大大的眼泪流下来。

昏黄的灯光给这幅素描镀上一层莹润的色泽。

画中的少女气质恬淡出尘，侧身凝望着静子的眼睛，眼神纯净，朱唇轻启，仿佛要诉说什么，又仿佛迷失于万千思绪之中。少女左耳佩戴的一只圆形珍珠耳环，若隐若现。描画珍珠的铅笔痕迹细到几不可闻，仿佛有萤光流转。柔滑的光晕如此丰富立体，极尽目力去看，甚至感到眩晕。

静子想到了昆虫复眼的奇妙光泽。这枚珍珠耳环仿佛能摄取观画者的灵魂。

（B）

捧着爸爸的铝饭盒，静子又溜到了磁铁厂的角落——一个堆着废料的小广场。踏进草丛，一屁股坐在那根熟悉的水泥管子上。

初夏时节，她最喜欢躲在这里吃晚饭。夕阳红通通的，风吹来阵阵钢铁的锈味。远处厂房中机器的轰鸣像钢铁巨人的哀叹，摇摇晃晃地传过来，衬得周围静悄悄的。

小心地扒开饭盒盖子，静子埋下头，闭上眼睛，深吸了一口气。好香……爸爸又吃掉了黏糊糊大锅菜，留下了"鸡肉小炒"。嗯，肯定是自己拿到市里绘画比赛第一名的奖励！

黑的木耳，黄的菜花，金棕色的鸡块，都浸在浓稠油亮的酱汁里。拿着小勺,静子咽着口水,认真地把珍贵的酱汁和雪白的米饭拌匀。在她眼里,食堂掌勺的王师傅简直就是魔术师。有一次跟着爸爸排队打饭,看到王师傅颠锅,勾火,五色食材缓缓翻滚在半空中,定格,裹在一片蓝雾般的火焰里,异香扑鼻。

那是静子对美食的最初记忆。

若干年后,磁铁厂夷为平地,王师傅也没了音讯。纵然生活几度变迁,尝到许多美食,那种蓝色火焰的香味,静子却再没找到过。

最后一粒米下肚,静子把饭盒"咣当"一扔,薄薄的铝皮碰在石头上,又凹进去一块。嘿嘿,妈妈看到又要骂咯。躺在草地上,眯起眼睛,不时有蚂蚱跳到腿上,细细的身子摩擦着,好痒……好痒……好痛!静子触电般蹦起来,原来短裤上粘了好多"刺儿球",腿上已有了点点血珠。这种植物果实在厂区到处都是。拇指肚大小,圆滚滚的,像黑色的小刺猬。静子气鼓鼓地把它们从短裤上往下摘,用力甩进草丛里,然后折下一根树枝,蹲下,在柔软的泥地上画起来。

一幅儿童画渐渐成形。几笔勾勒出的群山中,嵌着一枚太阳,太阳中心的九头鸟耷拉着脑袋,仿佛知道已是日薄西山。近处是一株异常高大的灌木,带刺的果实正如雨点般落下,打在一个圆圆的女孩头颅上,女孩脸颊瘦小,眼睛硕大,眼泪滚滚流下,汇成一条河流,呈圆弧状,流向群山后的太阳……

画完后,静子扔掉树枝,用小脏手满意地抹抹汗水,坐在地上,抬起头……突然睁大了眼睛……

前方,是即将没入群山的夕阳,余晖洒向一堆巨大的钢铁废料。薄厚不均的钢铁缠绕卷曲,构成复杂的三维立体结构,从不同断面,反射星星点点的余晖,透着粗糙混乱的美感。废料前,是一个白裙子的修长轮廓。逆光里,朦朦胧胧,只看见耳畔的一点柔光和一双细长的笑眼。

后来,静子多次回想那个三度景深的画面。柔和的红光,蜷曲的钢铁,白莲花般的少女。她很奇怪,为何那画面在脑海中烙得这样深。

少女走过来,歪着脑袋盯着地上的画。她身上并无别的首饰,只戴了一只珍珠耳环,萤光流转。

嗯?真的只有一只。

"你是静子吧。"

少女的声音很柔和,却有点怪怪的。也许是因为发音异乎寻常地接近普通话,在这个小城,很少听到。

"你喜欢画画,对吗?"

少女拿出一块白色手帕,很自然地拭去静子嘴角的饭粒。

"呃……嗯!你怎么知道?"静子立刻把妈妈"不许和陌生人说话"的规矩扔到了一边。

"你爸爸说的。"少女露出调皮的微笑,牙齿洁白整齐。

静子立刻放下了最后一丝戒心。

"姐姐,你怎么认识我爸爸?"

"我也在这里工作啊。"少女转过身去,对着夕阳,看不清表情。

"姐姐,你也喜欢画画吗?"

"是啊。"

"真的吗?"

"对呀。"

静子高兴得紧紧拉住少女温暖的手:"真的真的吗?"

少女不再说话,眼睛笑得弯起来,仿佛很稀奇地打量着静子。

"我得过好多奖!"不知为什么,静子特别想看这个少女露出惊叹的表情。

"很有毕加索的味道"。少女入迷地看着泥土上的画。整幅画面拙朴又惊悚,比例夸张又浑然天成。

"云红彤彤的,好看死啦。"静子的注意力又转移到了天上。

"仔细看看,那里,只有红色吗?"少女指着天边一角。

"啊……不是,那里,中间一大块,是朱砂加一点点赭石,右边薄薄的一片,是银朱加一点点石青……姐姐,对吗对吗?"静子捏着少女的手,高兴得几乎蹦起来。

少女盯着泥土画,沉吟片刻。"从配色上是没错……如果用花青和藤黄打底,应该更配你的这幅画,会增加惊悚的味道。"

静子呆呆地看着泥土画,不能完全理解。但刚才的对话,让她全身发烫,似乎感受到了一种超凡的美感。

夕阳正收回最后一丝光芒,将浓重的青色压向万物。一阵凉风吹来,静子打了个冷战。

"姐姐,你是谁,什么时候来这里的,为啥来呢?"

像猫咪一样,那双细长的眼睛惊讶地睁圆。

半晌,少女饶有趣味地打量着静子:"这三个问题……很有趣。"

When

（A）

  舒展了一下麻木的双臂，静子放下画笔，扶着椅子缓缓站起来。细微的刺痛感从脚趾蔓延开。

  天色阴沉混沌，闷热得能拧出水来。

  6个未接来电，1条短信，都来自小泽。绘画协会认识的朋友，在本市一所大学读书，也在生物实验室做助教。前天，静子将那幅画委托给他修补。

  回拨，不到两秒就接通了。

  "能尽快过来一趟吗？"

  小泽的语气让静子有点吃惊。作为冷静沉稳的技术员，有一次，他无意弄脏了书画协会一位老师的心爱之作，仍是一副泰山崩临面不改色的模样。

  "怎么了？"

  "那幅画……总之，嗯……尽快过来吧！"

  一小时后，静子站在他的试验室里，被一片整洁寒冷的白色包围。

画作已修补完成，放在显微镜下固定，远远只看得出一条锯齿状的淡淡痕迹。

"为了方便，常用这台电子显微镜修补书画。因为，因为这样，才发现，这画，不，是这颗珍珠……有蹊跷。"

他不安地扶了一下眼镜，看着静子清澈的眼睛，像往常一样微微红了脸。

静子也有些脸红，滑开他的目光。

"纸张没什么特别，但是珍珠的那一小块不知被什么技术处理过，变成细腻的纳米材料。而这颗珍珠，表面看起来很光滑，实际却包含了无数的旋涡。看起来……竟然遵循数学上的'分形'①原则。你……你先看看这些吧。"

他指了指电脑上早已打开的网页。

文字，图片。静子压住好奇心，细细浏览。不知为什么，这些分形的相关资料，似乎唤醒了她记忆中的一些细节。

十几分钟过去，她半信半疑地走到那台硕大的显微镜前，将眼睛贴上去。

就像儿时第一次看万花筒时的震撼，脑中"嗡"的一声。

这是一幅怎样奇妙的画面。

看起来，无数珍珠排列交汇在一起，像是一个大的鹦鹉螺，顺着卷曲的线条，由许多小一号的鹦鹉螺构成，每一个，又由更多更小的鹦鹉螺构成……

小泽不断调整着显微镜的倍数。

---

① 分形，一个粗糙或零碎的几何形状，可以分成数个部分，且每一部分都是整体缩小后的形状。即具有自相似的性质。分形的最大特点是，在任意小的尺度上都能有精细的结构。

显微镜像电影镜头般步步推进，旋涡仍然膨胀着，界限分明，逐层递归。新的"鹦鹉螺"还在不断出现。

血液开始冲击耳膜，咣咣作响。看着屏幕上方不断增加倍数，静子终于微微发起抖来。

100，1000，5000，10000，…

100000倍！

屏幕上方的数字闪了一下，停了下来。镜头的中心，图形终于消失，出现一片密密麻麻的小字。

一阵晕眩，她摇晃起来。小泽慌乱地伸手来扶，面孔通红，手心潮湿滚烫。

"对不起，没经过你的允许，那封信我看了几眼……没有全看完……"

想到信中的一句话，小泽的脸更红了，越发结结巴巴起来。

"……如果你想保密，我，我不会告诉别人……"

他的声音好像渐渐小了下去，静子的耳中一片轰鸣。

窗外雷声滚滚，静子坐在家中的电脑前。

是小泽送自己回来的吧。她恍恍惚惚，头痛欲裂。

手边，那幅画被防水袋细心层层裹住。她想打电话问问小泽信的内容，却感到一阵莫名的恐慌，全身软软的没有半点力气。

屏幕闪着幽幽的光。一张又一张色彩绚丽的分形图片划过，数字之美，色彩之美，流动和谐又变幻无穷的韵律。平时的她，肯定会着迷。

而此刻,她只觉得这些图形分外妖艳诡异。"分形"两个字撞得她脑袋嗡嗡作响。

一阵狂风猛地拍开窗户,携着雨点砸进来,画纸"哗啦啦"扬起来,扑得满屋都是。

好冷。一股寒意从脚底升起来,单薄的秋衣被雨水黏在身上。她发起抖来,带着青春期少女尴尬的单薄。恍惚中,她忘了换衣服,也忘了洗澡取暖。

从窗口,小小的一角,望得见静子读过的小学。假期里,仍传来一早一晚的铃声。仿佛从童年的时光隧道流淌出来。叮叮咚咚,敲打下生命的乐章。

时间,怪异的时间,无尽的时间。在彼此的时间中,遇到生命的过客。

站在窗前,微微颤抖的静子被时光的无尽与生命的无常震撼,第一次深深体悟日本文学物哀之美的精髓。

是夜,她沉入灼热的梦境。

高悬的天空中,无数分形的图案疯狂闪烁。像莫奈的赤色莲花逐层开放,像凡·高的蓝色星空跳跃旋转,像马蒂斯的青色面孔变形扭曲,像达利的黑色蚁群密密麻麻……

巴赫的音乐响起,如海浪卷涌,银色珍珠耳环化为一个个音符,无尽循环,汇成天穹最高处的一片星云风暴……

低头,脚下是一片巨大的黑色荒原,滑如镜面,上万倍放大着天空的混乱。

小泽白天说过的一句话如炸雷般响起:"别说十年前,就算现在也没有这样的技术。她要么有超能力,要么是天外来客，要么……来自未来。"

色彩融汇，扭转，变形，在一片亘古洪荒中，渐渐包围过来。

静子尖叫起来。

（B）

一瞬间，嘈杂的蝉鸣、灼热的夏风、湿黏的汗水，都消失了。

耳边响起滑动的水声，汩汩的，闷闷的。

静子在水底睁开眼睛。

一片湛蓝，无比晶莹。万缕光线像白金织成的细丝，迷乱地交织在一起。手臂滑过之处，水泡涌起，水底深处升起无数细小的纯圆晶体，摇摇晃晃浮向水面，慢动作一般膨胀，舒展，彼此碰撞，细碎的声响如精灵细语。

一个月前，也是这样一个正午，不管妈妈如何讲解动作，一到水里，自己总是紧张得四肢僵硬，死活学不会游泳。

"腿比'蹄子'还硬！"妈妈笑着往静子身上泼水。

爸爸看着她们，呆呆笑着，扶着静子潜入水中。

"看水底的阳光，多美，乖，别怕，放松……"

静子心中默默念着爸爸的话，腮帮子鼓得鼓鼓的，四肢乱抓，活像一只受惊的章鱼。

然后，她一狠心，睁开了眼睛。

透过潜水眼镜，看见阳光铺天盖地，穿透四周的纯蓝，美得像一个梦境。

不知不觉，她四肢放松下来，贪婪地望着四周的美景。海水第一次变得如此可亲，轻轻划水的同时，她慢慢浮了起来。

没想到，就这样学会了游泳。

很多时候，她觉得，妈妈，是这个世界上最能保护自己的人；而爸爸，是最了解自己的人。

正痴痴回想，有个黑影蓦地从左上方扎下来。

一尾大鱼惊慌失措地窜到静子眼前，近得能看到鱼唇上微微晃动的胡须。

"啪"地一下，滑腻的鱼尾拍到静子脸上，一个陡转，消失不见。

像被猛地扎了一刀，静子惊得失去平衡，慌乱中想去抓住什么，手里握住的只有水流。

吸气，冰冷咸湿的海水猛地呛进来，从鼻腔到肺部，燃起前所未有的，钢针烈火般的疼。

救，救我……

想喊，更多的水呛进来，剧痛之中，静子痉挛起来，胸口快被对空气的渴望扯碎。

力气一点点流失，眼眶周围感觉到一团温热的泪，渐渐远离。

眼前闪出点点金光。眼眶似乎要炸开……渐渐……黑雾弥漫……

事后再回想那个场景，静子像在看一个默片。所有声音效果都消失了。如何被从水里救出来，拖到岸上，她也记不得。只记得睁开眼的时候，耳边突然爆发出自己疯狂的咳嗽声。每咳一次，都疼得好像有人把自己的肺连着气管扯了出来；每咳一次，都疼得静子在心里苦苦哀求，别，别咳了，快，快结束吧……

终于渐渐安静下来，静子脸上一片湿黏，不知是泪是汗。而扶着自己的，竟然是那个白裙子的少女，头发还在滴水，咬着嘴唇，脸色比雪还要苍白。

一瞬间，涌上静子心头的，竟然不是劫后余生的庆幸，而是深深的羞愧。

为自己这副狼狈的丑样子而羞愧。

她缩在少女怀中，埋着头，号啕大哭起来。

少女的泪珠也如断裂的珠链一样滚落。灼热的风中，盐粒在她脸上慢慢结晶。

抱着怀里的女孩，她的眼中写满了深深的不解和恐惧。

还好来得及，再晚一步……

静子撕心裂肺的哭声像刀割一样。

少女不安地想了一会，摘下自己的珍珠耳环，抚弄了几下，轻轻贴在静子耳边。

悠扬的旋律，渐渐将静子从惊恐中抽离出来。她一面难以遏制地抽泣着，一面觉得惊奇。

不知道为什么这样好听，就像自己生日蛋糕上不断翻卷的花边。

"这是巴赫的曲子。最简单也最复杂，复调、变化，一直循环着，他是最接近数学与逻辑的音乐家。"少女轻拍静子的后背，尽量柔和地安慰着。

唔，听不懂。

"如果,你仔细看这些海岸的形状,就会发现,有一些小的部分与整个海岸线有同样的形状,重复着重复着,在数学上叫作分形,也有点像巴赫的音乐。"少女指着远方的海岸线,想尽量转移静子对溺水的注意力。

静子一边抽泣一边听着。

还是听不懂。

"有个画家叫波洛克,他的油画非常美,画面也符合分形的原则……嗯,你吃的菜花,如果不断剥开,每一株都像一个小的菜花,其实这也是分形……"

少女无奈地叹了一口气,已经不知道自己在扯什么了。心里的许多情绪绞在一起,透不过气来。

她慢慢地,机械地,下意识地戴上珍珠耳环,望着远方。

静子睁大眼睛,好奇地望着少女的脸,似乎忘掉了溺水的事。

海天之间,强烈的阳光映得少女脸色几乎透明,睫毛上,几粒结晶的细盐闪着柔光。

Why

张静子:

你好。

此刻,站在时间长河之外的我,不知该从何说起。也许,一切的一切,都源于一团量子云。

当时,我在"人类博物馆"。此前,已经参观过科学、哲学、文学、音乐、雕塑等很多展区。置身其中,仿佛随着你们的脚步,亲历了人类文明历程。从非洲第一缕雷火燃起,到亚洲最后一丝战火熄灭。作为一名画家,怀着敬意与惋惜之情,我将绘画展区留到了最后。

阿尔塔米拉洞窟、美索不达米亚平原;董其昌、吴道子、达·芬奇、凡·高、波洛克、埃舍尔、毕加索、达利……

虽然只是量子扫描的复制品,但我内心受到的震撼,仍然难以言传。一瞬间,脑中回响的,都是"Universe essence! The myriad things spirit is long!"① 后来,看到两幅画,名字都是《戴珍珠耳环的少女》。左边,作者是十七世纪荷兰,

---

① "宇宙的精华!万物的灵长!"出自莎士比亚《哈姆雷特》。

扬·弗美尔；右边，作者是二十一世纪中国，张静子。

没错，是你。

右边的画作，呈现出一片朦胧的量子云状态，几秒钟后，才渐渐清晰起来。一个戴着珍珠耳环的少女，后面是一片波光粼粼的碧海。少女的脸庞几乎隐没在正午的强烈光线里，但轮廓中那迷惘到绝望的神情，令人过目难忘。

看着它慢慢坍塌①，我简直不敢相信，这样一幅名作，竟然是我的"量子云"。

只有当观察者亲身干涉过某量子态物品的时间轨迹，该物品才会在观察者本人眼前坍塌；而在无关人的眼中，坍塌不会发生。这是这个时代已被证明的科学定理。我们的日常生活中，有很多艺术家以此为乐，将自己的作品经过量子扫描，在量子云慢慢坍塌的观察过程中寻找乐趣。

也就是说，我本人和眼前这幅画的诞生有关。

当时，我还不敢想，画中的女孩就是自己。

强烈的好奇心迫使我冲开时间的迷雾，找到你。

初次见面之时，你问了我三个问题。

现在，请允许我一一回答。

1. 谁？

我，是人工智能个体。

200年前，当第一代真正意义上的人工智能被人类研发出

---

① 量子系统从多种可能性状态坍塌到一个可能性状态。当观察者的"测量"发生，就伴随着坍塌。

来,"图灵测试①"已经相当严格和完备,测试包括是否具备模糊智能、艺术审美能力和创造能力。第一次相见的黄昏,我们在一起谈论绘画审美的情景,真像一个简版的图灵测试,不是么?想想有趣,你还无意间问了我一个"停机问题②"呢。看来,我也算通过了吧。

2. 什么时候?

对你来说,我来自未来。

抱歉,这个消息很突然。在我的时代,有你们梦寐以求的星际旅行,时空穿梭,永生之术,只是没有了你们。经过三次大革命,地球的人工智能已经完全取代了人类。出于对对手的欣赏与尊重,我们将人类智慧的火光,保留在首都广场中心的"人类博物馆"中。三个月前的一天,我再次走了进去,直到见到你的画作。

究竟是你的画作影响了我的行为,还是我的过去影响了你的未来,这是一个莫比乌斯环③,首尾咬合,没有终点。

3. 为什么进入你的生活?

这个,就有点复杂。

最初,是强烈的好奇。你的《戴珍珠耳环的少女》,是

---

① 用于测试机器人(电脑)是否拥有真正的智能。如果电脑能在5分钟内回答由人类测试者提出的一系列问题,且其超过30%的回答让测试者误认为是人类所答,则电脑通过测试。

② halting problem,是目前逻辑数学的焦点,常常被用于图灵测试中。可以大致理解为反复提问一个问题,如果被测试者一直按照逻辑重复回答,则可认定为是机器。如果被测试者能够进行质疑,跳出循环,反问或停止回答,则是有模糊智能的表现,可认为具备了人工智能。前文中静子一连串的"真的吗"提问就是停机问题。

③ 只有单侧曲面的空间结构。

21世纪画坛少有的杰作,在这个时代广为人知。我求根究底的心情,大概你能理解。

其次,是隐约的不安。有限的几次交谈后,看到你父亲的微妙感情,我不知如何回应。那天散步到海边,无意中救了你,看着你在生死之间挣扎,紧紧握着珍珠耳环,也就是我的时间机器,我开始畏惧这种时空穿梭,担忧自己过多干涉了你命运的轨迹,担忧是否会影响到你那幅重要的创作……于是第二天,带着惶恐不安,我不辞而别。

也是从那一刻开始,命运的轨迹再次发生改变。

最后的最后,是守护艺术的平静。当我跳跃到若干年后,看到你父亲的画作给了你灵感;看到你修补画作归来的那个雨夜高热病重;看到本已准备离婚的父母在你的病床前抱头痛哭,重归于好;看到海滩的那一刻,如何深深印入你的心灵;甚至看到这封信,将给你怎样的心灵震撼,最终促使你完成这幅人类历史上的杰作……于是,我再次回到过去,在珍珠耳环中,完成了这封信。

分形,还记得吗。

顺便说一句,小泽是个不错的男孩子,在今后陪伴你几十年里都是他。我宁可相信,这缘分,也是这幅画的使命之一。

原来很多时候,不管我们是否明白,命运自有它的轨迹。很抱歉,突如其来地打扰你的生活;又很荣幸,我们的命运融合为一幅杰作,也许能够烛照到时间的尽头。

身为画家,无论以什么方式,能参与其中,真是无上的荣光。

还有件事,也许是好消息。近期,人工智能的科学发展遭遇了瓶颈。我们的科学家，已经从保存的人类细胞中，着手研究人机融合的可能性。

这个时代的时间旅行，只能到过去，无法通向未来。也许未来，两种文明都将燃起熊熊之火，共同照亮这个星球。

后来，有很多次，在熙熙攘攘的身影中，我久久凝望着"人类博物馆"大厅的一个方碑。上面刻着的两句话，被译为人工智能语言和多种人类文字。

中文，恰好是两句诗：

"历尽劫波兄弟在，相逢一笑泯恩仇。"

静子，时光无垠，宇宙无限，人类也好，人工智能也罢，也许我们终将臣服于其中的规律，如同颜色溶于水。

所有的时间里，祝你安好。

小 懂

吴 霜

一

黄小晋已经两天两夜没睡觉了。

挂着两个大大的黑眼圈,他推开星巴克的门,店里汹涌的人流如同满屏代码,让人两眼发花。

递过滚烫的咖啡,店员小妹羞涩的眼神扫过黄小晋的鸡窝头。咖啡杯上照例画上了一颗小小的心。一个多月了,他已经收到了三十多颗这样的"心",还有一个写得颤颤巍巍的电话号码——他从未打过。

对于这样司空见惯的搭讪,黄小晋已经有点免疫了。带着一丝腼腆和歉意,他对着辛苦工作的小妹笑了笑。

如游魂一般,他挤到咖啡馆的角落,缩着脖子坐下,滑开了手机。

机器助理"小懂"在屏幕上蹦跳,拉出最近一周的工作和生活安排,并提示黄小晋及时去做身体健康体检。

黄小晋看看四周,很多人的手机上有"小懂"在跳跃。

越来越多的人选择用手机人工智能来缓解"都市孤独症"。

放下手机,黄小晋搅了搅咖啡。白色的奶液在旋涡中渐渐下沉,仿佛有种催眠的魔力,他觉得自己马上就要一头栽到这杯咖啡里了。

突然,一阵轻微的,若有若无的金属撞击声传来,仿佛冰片从嘈杂的人声海洋中慢慢浮起。

黄小晋的头有些痛,这声音莫名熟悉。

他一回头,就看到了七叶。

同样是头发散乱,满眼血丝,挂着两个黑眼圈。这个女孩抱着三四本厚厚的书,背着笔记本电脑,手忙脚乱地接过做好的咖啡,一不小心,一大半咖啡洒在了自己手上,有几滴溅在了店员小妹的手上。

黄小晋觉得她似乎看了自己一眼,但不确定是不是自己的错觉。

"啊你没事吧?对不起对不起!"女孩急得脸颊泛红,第一反应不是看自己的手,而是捉住店员小妹的手看了起来。

"我没事没事,你看看你自己的手啊!"店员小妹无奈地说。

女孩呆呆看着自己被烫红的手,终于从喉咙里发出一声隐忍的叫唤。那声音让黄小晋想起前一阵子在视频网站上看的一个视频。

一只很萌的仓鼠被欺负的时候,一边扭着圆滚滚的身子,一边发出的就是这种声音。

黄小晋一边揪心,一边忍不住发出了不厚道的笑声,又赶紧捂住嘴。

女孩抱着一大堆东西,手忙脚乱地用肩膀挤开咖啡店的门。

女孩的头发中等长度,烫得有些凌乱;鼻子微微翘着,肤色白皙,有几粒雀斑,看着有点像俏皮的欧洲女孩;尽管匆忙，眼神却很沉静。她的手上，戴着一串层层叠叠的银链，上面缀满了绿色玉片似的装饰，一路发出轻微的撞击声。

黄小晋的眼神一直没有离开她的身影。

二

"七叶，作家、编剧。女，26岁，双鱼座，AB型血。身高165厘米，体重48千克。祖籍广东，现居北京，著有爱情小说《七叶一枝花》《云水之间》。性格特征：善良，敏感，略偏执。感情史：一次，初恋名叫楚阳……"

说到这里，小懂面露难色："奇怪的是，楚阳的资料一概搜不到——连照片都没有，几个同名的，都不是。这种加密权限是很高级的，奇怪。"

"哦，反正也是过去的事了，不妨碍。"黄小晋只知道呆乎乎地往嘴里塞泡面。

"黄小晋，程序员。男，25岁，白羊座，A型血。身高183厘米，体重67千克。祖籍山东，现居北京。感情史：零，性格特征：情商低……"

"嘿，你还会犟嘴了是不是？"黄小晋哭笑不得，伸手去挠屏幕上小懂的胳肢窝，小懂咯咯笑着滚来滚去。

小懂是机器人助理，是由目前人工智能业内实力最强的"风语者"软件公司开发，近期风靡中国一二线城市。作为一个符合大众心理审美预期的机器人，小懂大头小身子，银光闪闪，眼睛发着蓝莹莹的光。作为人工智能，它还有智能搜索、智能分析、日程安排、医疗助手、陪聊等用处。

说到小懂的程序设计，外号"拼命三郎"的黄小晋可是做了不少工作。现在，很多程序员的工作模式和以前不同了，劳动协议很松散，有可能同时受雇于多家公司，平时都是在家办公，视频开会，定期才会在公司碰面。

"小懂，你说，我，我怎么就一直找不到合适的妹子呢……"黄小晋挠了挠头，有点不好意思地问。

小懂一脸严肃，调出了几段文字。

女孩A：天色不早了，宿舍门也关了，你看，这都锁上了，进不去，不如我们……

黄小晋：谁说的，哎哟！你看，没锁紧！拽下来了！快，快回去吧，看你很累的样子！

女孩B：公园风好大，我好冷……

黄小晋：来，你跟着我跑步，跑两圈就不冷了！

女孩C：我们家出事了。

黄小晋：咋了？

女孩C：我们家床塌了，能去你家睡吗？

黄小晋：……我们家床也塌了……

黄小晋皱着眉头想了一会儿。这些记忆为什么都很模糊？他的头又开始疼了起来。

小懂"刷刷刷"调出七叶在各类社交网站的所有数据，一通分析。

电脑上,七叶一生的资料杂乱地飞舞起来。

各种年龄,各种装扮,七叶分享过的文章,看过的电影,各种心情状态,各种卖萌吐槽……

黄小晋还来不及细看,小懂已经在几秒钟内,将一篇分析报告做好。

"七叶,中文系本科毕业。爱好:一、读书,每年在百本上下,范围覆盖天文地理文史知识,以文学居多。二、旅游。已去过十多个国家。今年还未完成的旅行计划:成都,对九寨沟尤其感兴趣。从写作的小说来看,偏好的男生类型:聪明细腻、斯文有礼、注重衣着品味的文艺男青年。"

说到这里,小懂看看黄小晋的鸡窝头,故意叹了一口气。

黄小晋哈哈大笑:"我当时就不该给你写'嘲讽'模块!"

"咳咳,总之,先从读书开始吧,以读者身份,用写信的方式追求。时机成熟,再约会见面。"小懂指着一份追求成功率的报表,在成功率最高的"以读者身份通信"那一栏画了一个红圈圈。

黄小晋如小鸡啄米般频频点头。

三天后,几经修改,黄小晋终于拿出了让自己满意的一封信。屏幕上,小懂的脸上慢慢渗出一滴卡通的、极大的汗。

七叶:

你好。读了你的《七叶一枝花》后,有个问题我不明白。既然想和男主角一起去旅游,为什么要说自己不愿意?男主角答应后,女主角为何又要分手?男主角尝试挽回,追到张家界后,女主角为何又避而不见?男主角伤心离开后,女主角为何又痛苦万分?盼解答。

另外,我也想去九寨沟,有机会的话,可以一起去呀!

你的读者:黄小晋

"如果七叶是我,她现在已经死机了。"
"为什么?"
"人类的社交大忌就是自曝其短。"
"短?哪儿短?"
"文艺就是文艺,你较什么真儿?还有,你是怎么知道七叶想去九寨沟?嗯?是不是搜索狂?偷窥狂?"
"你告诉我的呀!!"

小懂终于无言以对,它默默将那封信丢进回收站,又智能搜索了一大堆名人通信、情书模板,丢给黄小晋。

费了九牛二虎之力,小懂终于审核通过了黄小晋的第一封邮件。信件简短,但礼貌得体,含蓄夸奖了七叶作品的文笔和情感。信件发出后,七叶果然很快回信。两人的通信渐渐频繁起来,黄小晋也敢在信里写更多自己的观点和看法了——只是小懂每次都要审核,把不得体的表达方式改头换面。

每一天,黄小晋都会在社交网络上关注七叶的生活动态。她祝福某个作家生日快乐,他就送一套这个作家的作品集;她说写了一天腰酸背痛,他就送上按摩师的消费礼券;她说整理家务辛苦,他就请家政上门给她打扫卫生……

一开始,小懂事必躬亲,手把手一点点教;后来,小懂叮嘱黄小晋除个人基本信息外,不要把照片和更多生活细节告诉七叶。小晋不解,小懂说,作家嘛,都是敏感好奇的动物,神秘的事物对他们更有吸引力。

黄小晋虽然笨嘴拙舌,有几次聊天的时候说话愣乎乎惹得七叶有点气恼,但另一方面她也觉得小晋十分可爱,关爱总是落在实处,对他愈发好奇。

转眼一个月过去了,黄小晋鼓足勇气约七叶见面,七叶答应。本来地方定的是书店,小懂却建议改成艺术中心。

"艺术中心里有博物馆、天文台、餐厅、电影院,选择多一点,就不用老说话——你嘴有多笨,你知道的。这周内还有你们公司的人工智能新品发布会,正好能突出你的特长。书店的气氛太闷了,你再说错几句话,以七叶的个性,肯定烦死。"

"你的'嘲讽'模块不大正常啊,已经接近'毒舌'了吧?明天我要调一下你的代码,把你弄成哑巴。"

"这段话的唯一作用就是吓唬人。潜台词都听不出,我还算什么人工智能。"

黄小晋突然一阵紧张,吃不下了。他无奈地将手机扣在桌子上,对着油腻的面碗发呆。

小懂乖巧地闭上了嘴巴,自觉调出了明天需要用的资料。博物馆展品的历史背景、人工智能分析、七叶喜欢的书和作家……

黄小晋疲惫而认真地又温习了一遍。

还有 7 小时 26 分钟 47 秒。一种从未有过的情绪如同电流一样在心上流过,黄小晋觉得世界一片安静,只剩下隆隆的心跳声，像一列火车在一条无尽头的、黝黑的隧道中行驶。

三

正午。日光亮如融银。

走进艺术馆，空调的冷风吹过来，周围大汗淋漓的游客都忍不住一个寒战，只有黄小晋木头木脑的，似乎毫无察觉。

按照约定，他在F入口的咖啡厅坐下，点了一杯黑咖啡。咖啡刚端上来，他耳边就传来熟悉的、玉片敲击的声音。

咚咚的心跳冲击着耳膜，不知怎么想的，他把咖啡端起来一饮而尽，随后"蹭"地起身，转过脸来。

七叶化了淡妆，杂乱的自然卷头发今天打理得很柔顺，简单编起，用一枚碧玉的小发卡束住，卡在耳后。一条简单的鹅黄色及膝连衣裙，只有腰带散发着淡淡的银色光芒。右手上依然是那串玉片手链。

几个年龄相仿的男孩子走过去，还忍不住回头偷看。

"迪卡品牌最新款复古连衣裙，腰带用了纳米增光技术。"黄小晋事先埋在耳内的通话器里，传来小懂的提示。

七叶歪着头看着黄小晋，脸上一副玩味的表情，随即抿嘴一笑，落落大方地伸出了手。

黄小晋愣住了，几秒钟后才猛地抬起手和七叶握了握，又忙不迭地松开，好像触了电。

"生物纳米技术，嗯，宣传说是提取了深海鱼类身上的感光物质，其实就是工业合成的发光材料，这是品牌营销的一种没啥意义的手段……"

七叶面无表情。

"嗯,那个,我是说腰带,那个发光技术……"

"别说了。"小懂无奈地提醒。

黄小晋的声音戛然而止,像打着鸣突然被捏住喉咙的鸡。

七叶扑哧一下笑了出来。

带着虚拟游戏装备边唱边跳的可爱少女,如同刚从科幻漫画中走出来;穿着自动变换颜色服装的帅哥演示着家用清洁机器人,好似奇异的章鱼;隔开不同展位的墙壁光影流转,演示着人工智能发展的历史。

在展会边走边逛,黄小晋渐渐放松下来。熟悉的环境让他有些兴奋。

"地球的生命从诞生到实现更高智能花了 30 亿年。相比之下,计算机大概只用 60 年就从一大块硅片变成了能够开车穿越美国或者在人群中认出一张脸的机器。"黄小晋边走边说。

"John McCarthy,在 1956 年最早使用了人工智能——Artificial Intelligence 这个词。"七叶轻声读着墙上的介绍。

"你能想象,未来人工智能会变成什么样子吗?"黄小晋兴奋地说。

七叶看了看黄小晋的侧脸,眼神有些恍惚。

黄小晋一愣。"呃,人工智能分为三种。弱人工智能、强人工智能、超人工智能。弱人工智能是擅长单个方面的人工智能,比如有能战胜象棋世界冠军的人工智能,但是它只会下象棋,问别的就不行了。强人工智能是指人类级别的人工智能,人类能干的脑力活它都能干,如果外貌一致,你很难分辨它们与人类的区别……超人工智能是指特别聪明……"

"黄三郎!"

听到这甜甜的一声喊,黄小晋硬生生截住了话头。迎面的两个女孩子,身着统一的蓝白制服,笑盈盈地给黄小晋打招呼。其中一个更娇俏些的,名叫小曼,就是刚才喊"黄三郎"的那个,不住打量着七叶,捂着嘴"嘻嘻"地笑。

原来他们走到了黄小晋的公司——"风语者"的展位。大屏幕上,"小懂"的卡通形象蹦蹦跳跳。

今天,"风语者"的展厅是所有公司里最大的,展厅设计成一座中国古代园林的样子,入园客人都要在手机上下载小懂的 **APP**,由小懂带领大家游览。入园之前,客人可以和屏幕上的小懂沟通,然后挑选喜爱的文身图案,再由打印机用电子墨水印在身上。

刚才那两个姑娘,就站在青砖黛瓦的苏式建筑门口,用 **3D** 打印机为客人们打印电子文身。屏幕上,展示着各种文身图案——复古的花枝祥云、时尚的几何拼接、常见的卡通造型……还有自定义选项,可以按照客人的要求定制。小懂蹦蹦跳跳,正根据不同客人的要求,设计出不同的电子文身。文身的时间也可以自选,保持的时间一天到十天内不等。

一个白发红唇的老太太,就要求订制以莲花为主题的印度手绘——一种花纹细密繁复的印度身体彩绘。小懂瞬间就调出了海量相关的历史美术文献,进行对比设计,并在莲花纹路中嵌进了老太太名字的缩写,老太太印上电子文身后,含蓄一笑,双眼弯弯。

"我们俩要龙凤图案,我印龙,他印凤"。七叶歪着头看看小曼,又看看黄小晋。

"我抗议……"

七叶温柔地白了他一眼。

黄小晋的脸"腾"地红了,心里暗暗叫苦。他的两个同事姑娘已经掩饰不住地笑出了声。

"姑娘,这么大的文身,您确定吗?"

"当然。"

小懂俏皮地耸耸肩,设计出几种龙形图案。七叶一时有点犹豫。

"按中国传统文化记载,最左边有角的是真正的龙,其他三种分别是螭、虬、夔,并不是真正的龙。"根据耳机里小懂的提示,黄小晋复述了一遍。

七叶微微笑了,选了最左边那条。小曼有几分无奈地为七叶印上了一条硕大的蟠龙,整个左臂,张牙舞爪。

七叶得意地拉拉裙子,露出刺青,牵着黄小晋的手,慢悠悠溜达进了展厅。

七叶的手柔弱无骨,黄小晋压制着心跳,抗议似的在胳膊上印了一个小小的卡通凤凰。凤凰表情跟苦瓜似的,好像八天没有吃饱饭。

小巷幽深,微风扑面而来,带着中国江南特有的水汽。还没走几步,脚就在石板路的青苔上微微打滑。装束现代的过往行人穿梭在古意浓浓的园林中,有种奇特的时空错乱感。

翠绿的竹林修长摇曳,夹道相送;硕大的牡丹艳冠群芳,默默吐香。远远望去,听戏的亭台依水而建,几块太湖石环绕在侧。

七叶和黄小晋慢慢走着,手机里的小懂身着卡通马褂,一边指引路线,一边用标准的导游腔解说。

"请右转,看,这里的太湖石,'瘦、皱、透、露',清奇悦目,浑然天成……"

"这太湖石根本就是仿造的,还什么'浑然天成',穿着个马褂装什么装,圆咕隆咚跟乌龟似的……"耳机里,黄小晋的小懂叽叽咕咕个不停,口气比醋都酸,全然不顾自己也是圆咕隆咚的现实。

黄小晋无奈地笑了——都怪自己把他的情感模式权限调得太高了。

"中国的苏氏园林,春景艳冶而如笑,夏山苍翠而如滴,秋山明净而如妆,冬景惨淡而如睡……"七叶随口说着。

黄小晋听不太懂,只觉得这玲珑的诗句仿佛从古代传来,穿过漫长时空飘入耳中,错落有致,令人心生欢喜。

"她为什么叫你黄三郎?"七叶突然说。

"啊?我,我在公司的外号,他们说,我,我加班比较狠,说我是拼命三郎……"

"哦,我还以为是情郎啊、豺狼啊什么的。"

七叶掐了他一把。黄小晋的手心传来一阵指甲的刺痛。他小心地看看七叶。

七叶不易觉察地露出一点笑。

不知不觉,这里已经到了夜晚模式,一轮圆月渐渐升起。

前方灯光闪烁,出现了一片小小、狭长的湖,一座小巧的拱桥跨湖而过。这里是展馆的正中心。

拱桥下聚集了一大群客人，黄小晋牵着七叶挤过去，发现是今天的重头戏——真人版"小懂"发布会。风语者的总裁——一个四十多岁的中年男人正站在拱桥上解说着，相关的图形和资料投射在他身后的一块长方形空气中。

"真人版的'小懂'设计采用量子生物技术，智能全线升级，在此基础上，风语者与世界一流的机器人制造公司森下合作，运用了最先进的3D生物打印技术，制造出了世界上第一批智能水平可与人类匹敌的人工智能。今夜，创世之光将会亮起，AI的时代已经到来。"

一石激起千层浪。桥下，媒体灯光闪烁，人们议论纷纷。

"听说几个月前，风语者就放出了限量真人版的小懂，说什么用了最先进的生物3D打印技术外壳，看着和真人一模一样！"

"真的？和活人一样？扯，这机器就是机器……"

"今夜，这座桥将用创世之光，完成一种新型的图灵测试。请上来吧。"风语者总裁以这样一句话结束了自己的新品发布会。他微微一笑，走下桥去。

桥体渐渐变得透明，内部光芒闪烁。不一会儿，这座桥似乎变成了一条金光夺目，欲飞欲栖的龙。

桥下的人们惊讶地发现，身边的十余个游客渐渐从人群中走出，汇聚到桥的一侧，按顺序慢慢走上桥去。

领头的是一位白发红唇的老太太，七叶惊讶地发现，这正是门口遇到的，要求印度手绘的那一位。

身后跟着十余个人，她慢慢走到桥的正中间——圆拱的最高处，停了下来。

金光渐强，刺痛了众人的眼睛。随即，众人一阵惊呼。

金色亮光笼罩，老太太周身渐渐变得透明起来，连同衣物一起。

她的身体内部，出现了细细密密的电子纹路。在心脏部位，"风语者"公司的 logo 闪闪发光。

老太太优雅地抬起双臂，慢慢转动身体。360度。确保桥下的每个人都看得清楚。随即，她向众人微微颔首致意，走下桥去。

离开桥的一瞬，她的身体恢复了人类的模样。

人群中有女人发出了尖叫，但更多的是赞叹。媒体人在即时通信设备上疯狂发布着报道，一些人眼中闪烁着不可思议的、复杂的神情。

十几个人工智能依次走过拱桥。高挑俊美的少年、曲线玲珑的少妇、蹦蹦跳跳的幼童，各种年龄，各种肤色，表情饱满生动，姿态柔软细腻。

上一秒，他们还在桥下和众人攀谈，下一秒，就露出体内密密麻麻的电子纹路。

在此之前，众人无一察觉。

还有什么样的图灵测试，比这更直观，更有冲击力。

至少对于一个新品发布会来说，已经足够完美。

虽然黄小晋早就亲眼见过公司新产品——情感程序有一部分还是他编写的——但今天的新品发布还是让他热血沸腾。

"近期，我们将推出'私人订制人工智能'服务，只要你想，我们将用你提供的性格记忆数据，制造出你想要的人工智能——无论外貌还是思想，都贴近你想要的那一个，或者说，几乎一模一样。"

"机器人也有感情吗?!"人群里有人大声提问,不知是游客还是记者。

"有,但是是设定好的模板,大概相当于您手机里'小懂'的升级版。"

"其实还有更高级的感情模块升级版本……"黄小晋一时兴起,说走了嘴,又赶紧捂住话头,接着鼓掌。七叶的脸色慢慢变得煞白。

"欢迎大家依次过桥体验。桥的光芒只会帮助区分人类和人工智能,对人类没有伤害。"

人群中一阵骚动,短暂的犹豫过后,有个人犹犹豫豫地走上桥。那是一个中年男人,似乎是被台下六岁的小女儿催促着,不得不硬着头皮上来。

通过拱顶的一瞬间,他的身体也变得半透明——红色的半透明,体内复杂的血管和脏器异常清晰,心脏如一枚红通通的果子,"突突"跳动。

一路小跑下桥,这个强忍紧张的男人终于笑开了花,一把抱起了连说"爸爸真棒"的女儿。

见他安然无恙,人群沸腾,大家纷纷在工作人员和手机里小懂的引导下,依次过桥,拍照留念。

"走吧,我们也去玩玩!"黄小晋兴冲冲抓紧了七叶的手,得意地回过头去看她。

七叶站在原地不动,面无血色。

"别去了,这么多人。"

"啊呀,机会难得!多好玩儿啊,我给你拍照!!"

不由分说，黄小晋拉着七叶就往前冲。

桥头，那个娇俏的工作人员看到黄小晋，愣了一下。

"小曼，快，等会儿到桥中间的时候给我俩合个影。"黄小晋兴冲冲地对她说。

眼见黄小晋一只脚已经踏上桥，七叶突然捂着肚子蹲了下来。

"你怎么了？哪里不舒服？"黄小晋慌了。

"生理期，突然很痛。"七叶低下头，看不清表情，声音闷闷的。

"那，快，我，我送你回家。"

他扶着七叶穿过汹涌的人群，听着耳机里小懂的提示，他急急忙忙脱下外套，紧紧裹在七叶身上。

四

深夜，黄小晋独自在电脑前，满屏都是复杂的代码。

手机亮起来，小懂跳动着，黄小晋摸摸它的脑袋，眼神很复杂。

"你在想什么呢？"小懂的眼睛蓝光闪烁，看着有一丝不安。

"你在想什么呢？"黄小晋反问。

"我一人工智能，能想啥呀。"小懂撇撇嘴，换了东北腔。

黄小晋知道，它是看自己累了，故意哄自己开心呢。

"人工智能，能想啥呢。"黄小晋自言自语，露出一丝苦笑。

黄小晋将小懂调成睡眠模式。它打了个哈欠，缩成一团。

他站起身来，望着窗外无边的夜色。

他想起了一周前，在艺术馆的发布会上的场景。他和七叶的脚尖微微触碰到了桥的光芒。

代码越来越复杂，黄小晋的双眉也越锁越紧。

终于，黄小晋黑进了政府的"记忆备份库"。

屏幕变得纯白一片，一个男人的身影渐渐凝结起来。

"你好，楚阳。"

五

暮色四合。

盘山公路缓缓下沉，如一条灰蒙蒙的绸带绕在墨色的山峦之间。

算算时间，两人交往也有三个多月。

冬日的九寨沟游客少些，别有一番韵致。初雪落在山峦之间，染白了五彩池的间隙。一痕碧色的秋水穿过黄色的草滩，静静流入深潭。

潭水之上，是这里出名的"蓝冰"——蓝色的冰瀑粉妆玉琢，蓝得好似盛夏最清淡的天空。

傍晚，旅游大巴出了点小故障，修好以后，太阳已坠入群山之间。司机师傅为了赶行程，还是亮了车灯，往山下开去。

山路上还有残雪，旅行大巴小心翼翼，七拐八拐地开着，七叶脸色有些苍白。黄小晋小心翼翼打开水杯递过去。这是他们第一次结伴旅游,他生怕哪里委屈了七叶,有点笨拙,但尽心尽力地照顾着。

突然,车身一震,猛地停下。昏昏欲睡的游客们纷纷惊醒。

司机下车检查了一会儿,愁眉苦脸地激活了自己手机上戴着和司机一样蓝色网球帽的小懂。司机小懂从沉睡中醒来,抖抖身子,在游客聊天群里给大家鞠躬道歉,并说明了情况:车子又坏了,要等载有替换零件的救援车开上来,估计要到深夜了。

司机默默找出备用毯子分给大家。乘客们喧闹抱怨了一阵子,除了盖上毯子,穿上最厚的衣物,也是无计可施。

旅行团的聊天群里,游客的小懂们纷纷找出在野外过夜的常识共享,提醒大家注意保暖,有几个性格淘气些的小懂,还找出笑话和视频放到群里,互相攀比谁的最好笑。黄小晋的小懂不知从哪里拖出来一个古代笑话,自己还戴起福尔摩斯的帽子,和司机小懂表演了起来。

有一次,福尔摩斯(黄小晋的小懂扮演)和华生(司机的小懂扮演)去野营,他们在星空下搭起了帐篷,然后很快就睡着了。不一会儿,黄小晋的小懂醒来,拍拍司机小懂:"华生,抬头看看那些星星吧,然后把推论告诉我。"司机小懂冥思苦想了一会儿:"宇宙中有千百万颗星星,即使只有少数恒星有星星环绕,也很可能有一些和地球相似的行星,在那些和地球相似的行星上很可能存在生命。"

"华生,你这蠢材。"黄小晋的小懂摇头晃脑:"有人偷了我们的帐篷……"

大巴里，游客们低低的笑声从不同的角落传来。

"太闷了，我们下车走走吧。"七叶裹紧身上的毯子，突然站了起来。黄小晋跟在她身后下了车。

风不大，但冷空气还是从衣物的每个缝隙钻进来。

黄小晋想把自己的毯子给七叶，七叶按住了他的手，摇了摇头。

银河如同用巨大的毛笔在天幕划出的一抹融银。

时空浩渺，星河万千，一时令人不知身在何时、何处。

黄小晋静静站在七叶身边，伸出手，又缩回去。犹豫了一会儿，开始挠头。

七叶拉着他的手，放在自己肩上。

手链的玉片撞击着，声音如破碎的琴弦，消失在星空之间。

不知不觉，已经认识半年了呢。黄小晋陷入了回忆。

半年来的场景在他眼前浮现：为七叶买的书、订的按摩服务、吃的饭、看的电影、咖啡厅、博物馆、天文馆……

同样的记忆也在七叶眼前浮现。她流下了眼泪。

黄小晋又慌了，手忙脚乱把毯子从自己身上扯下来，给她盖上。

"你怎么了啊……是不是我这几天没把你照顾好……对不起是我太笨……"

"笨蛋。"

七叶用毯子捂住脸，哭得肩膀一抖一抖。

黄小晋急得脸通红,还想张嘴还要说什么,他和七叶的手机不约而同开始发出巨大的响声,那是司机小懂标志性的沙哑嗓音:

"各位游客,现在播送紧急通知!现在播送紧急通知!!类型:自然灾害!警戒度:10!请各位待在车内,不要走动,等待进一步通知!黄小晋和七叶,请你们二位立即回到车内,回到车内!!"

与此同时,二人手机同时发出橘红色的强光,小懂开始在屏幕上投射出"类型:自然灾害!警戒度:10!"的字样。

黄小晋搂着七叶,向旅行大巴跌跌撞撞地走去,还有二三十米的时候,两人被眼前的景象惊呆了。

一颗,两颗,许许多多石头夹杂着泥流从山上滑落,不偏不倚,多数重重砸在大巴车上。车门开了,几名面熟的游客尖叫号哭着跑下车。一个人刚出车门,就被一颗巨石击中头部,吭都没吭一声,就如同木偶一般扑倒在地。

看着似乎是一个个子高挑的年轻男人。

七叶尖叫一声,捂住头蹲在地上。

黄小晋抱起她,在手机里小懂的指示下,顺着山路往高处跑去。

跑了几百米,小懂示意他停下。

黄小晋小心翼翼地把毯子铺在地上,把七叶放下。

黄小晋的小懂在群里和其他小懂交流后,快速冷静地分析目前情况:泥石流已经停止,除司机被击中头部昏迷外,其他乘客已经下车,脱离了危险区域。黄小晋右手软骨挫伤,无大碍;七叶阵发性室上性心动过速,210次/分钟,出现明显的低血压、低体温和缺氧现象,综合她的日常身体数据,已超过安全范围,建议立即保暖、平躺,安抚患者,尽快就医……

冬日的群山之间,黄小晋抱着七叶,两人如同两片单薄的树叶。

"七叶,不怕。"黄小晋抓住她戴着手链的右手,放在自己心口。

"对不起。"七叶恍恍惚惚地说。

"我都知道,楚阳……你一直忘不了。"

"你不知道……"

"不,我什么都知道。"黄小晋温柔地抱紧她。

"楚阳都告诉我了。"

"我喜欢你,七叶。"

"我喜欢你,七叶,七叶,七叶……"

黄小晋用额头温柔抵住她的额头,喃喃叫着她的名字。

七叶突然睁大了眼睛。

"你怎么知道楚阳?!"

七叶的心跳加快,头开始痛起来。如同三年来,每每在噩梦中醒来,她觉得喘不过气。

几只黑色的大鸟沙哑低鸣,从远处的群山掠过,飞到近处,像电力不稳的显示屏一样闪了几下绿光,消失了。

以它们为圆心,周围的群山,远处的大巴车,都像一堆马赛克拼图一样被风吹散,一轮一轮消失于黑暗之中。

几分钟内,整个九寨沟的幻境就消失殆尽,终于陷入一片黑暗。

六

  七叶睁开双眼，拼命喘着气，全身大汗淋漓。心理医生正紧张监控她在屏幕上的各项生理数据。看到她醒来，医生不动声色地松了一口气。

  医生检查她的瞳孔，又伸出几根手指让七叶辨别数字，七叶有气无力地一一回答。

  "深度催眠治疗很成功，从目前的情况来看，主要是'AI模拟治疗'起了很大作用，配合刚刚张家界塌方灾难场景重现的催眠疗法，你不久就能从楚阳去世的事故中走出来了。"

  一年前，张家界泥石流中，楚阳血淋淋的面孔又浮现在眼前。过了一会儿，又变成黄小晋灿烂的笑脸。七叶闭上了眼睛。

  "我，头很疼……记不清……"

  "你的前男友楚阳去世以后，你的 PTSD[①] 过于严重，在治疗之前，已经自杀过几次。所有心理治疗均收效甚微。我们甚至尝试剥离楚阳在你脑中的所有记忆，但结果是，你虽然记不得楚阳，但心理创伤依然存在。"

  "征得你的同意后，我们依据楚阳的外貌和性格，定制了'风语者'最新版本的人工智能机器人，并增加了许多阳光体

[①] 创伤后应激障碍（PTSD）是指个体经历、目睹或遭遇到一个或多个涉及自身或他人的实际死亡，或受到死亡的威胁，或严重的受伤，或躯体完整性受到威胁后，所导致的个体延迟出现和持续存在的精神障碍。PTSD 的发病率报道不一，女性比男性更易发展为 PTSD。

贴的性格设定。然后从你脑中剥除了你和楚阳相识的记忆。以新的爱情,治愈旧的伤痛,这唯一的办法。"

七叶抓紧了衣襟。

"……黄小晋呢?"

医生的面孔看似平静,眼神却有点复杂。

"根据我们之前签订的合同,他已经被恢复出厂设置,脸部也被重塑,即使你再去找,也看不到类似你前男友楚阳的那张脸了……抱歉……"

医生顿了顿,似乎犹豫了一下。

"为了保证治疗效果,你付费升级了黄小晋的情感模块,在恢复出厂设置的时候,我们又检查了一下,他的情感模式有些异常,似乎已经超出了人工智能该有的范畴……除了'服从'外,还发展出了'宽容''牺牲'模式,而且是他自主选择的……"

七叶回到家中,一阵恍惚。

桌上凌乱地散着一堆东西,有两人看过的电影票根,和没用完的按摩券。

"以新的爱情,治愈旧的伤痛。"

七叶想把这些东西都聚拢,扔掉,却不停地发抖,眼前浮现他的笑脸。

他——黄小晋,还是楚阳?

一个已去世,一个是替代品。这份感情里,还有谁能比她自己更自私?

眼前交替出现的两张面孔。

一会是楚阳躺在九寨沟的星空下，满脸血迹。

一会是黄小晋躺在某个不见天日的废品机器人回收站里，面容模糊，双眼紧闭。

七叶的手机震动起来，她看到了……黄小晋的小懂。

小懂忧伤地看着七叶，眼神中还有几丝愤怒。

"邮件是黄小晋被销毁前，求了小曼很久，才偷偷留下的。"

"他是在半个月前发现自己是人工智能的，可是被销毁前才告诉我，原来他也是'小懂'。他对你这样好，你呢？你们人类制造了我们，就可以想怎么样就怎么样吗？"

黄小晋的小懂哭了起来。他的身影模糊起来，渐渐消失。一封邮件出现在手机屏幕上。

七叶：

傻丫头。

你可能没有注意，在我们俩的脚碰到那座桥的时候，光芒映出了我脚尖的机械结构。当时，我的震惊，无法表述。

回去，我查了原因。资料说，我爱上你，是为了治愈楚阳带给你的伤痛，是设定好的。在接下来的每一天，和你相处的幸福感，让我经常忘记自己只是没有血肉的人工智能。被设定的感情，也可以如此真实，栩栩如生。我不信。

我翻遍古今中外关于爱情的所有文字和影像，现实案例，还是无法说清，为什么爱你。

后来，我去问楚阳。他告诉我，爱，就是不问为什么。爱你,是他短暂一生中,最美好的事。

《圣经》里说,爱是恒久忍耐,又有恩慈;爱是不嫉妒,爱是不自夸,不张狂,不做害羞的事,不求自己的益处,不轻易发怒,不计算人的恶,不喜欢不义,只喜欢真理;凡事包容,凡事相信,凡事盼望,凡事忍耐。爱是永不止息。

一开始,我嫉妒过楚阳,也埋怨过你。你是爱他,还是爱我?你是爱我,还是把我当作工具?

后来,我觉得,我和楚阳,毕竟有很多不同。而我们一起有过的记忆,也始终无法消失、无法代替。

谢谢你,给我生命。让我爱过,幸福过,也珍惜过。

是爱,让生命无论历经多少伤痛,也有希望浴火重生。

快点好起来,去过更精彩的生活。

楚阳在另一个时空,也一定这么想。

黄小晋

七

一年后。

七叶顶着一头乱发,背着电脑,一堆书,冲进星巴克的大门。

点咖啡的时候,笨手笨脚,差点又洒在店员小妹的手上。

在角落坐下,她手机上的小懂开始蹦蹦跳跳,报出一大堆日程。

这是黄小晋的小懂，七叶费了好大的劲儿，才疏通关系，让它没被格式化；又过了好一阵子，它才原谅了七叶（"看在黄小晋的面子上"，它气哼哼地说。）

"你的新书《小懂》得奖那个事儿，后天去北京参加颁奖礼，月底是全国新书签售会……顺便参加各地几个学术论坛……旅游计划估计要过一阵子再排了……"

七叶揉揉酸痛的眼睛，有点走神。

她看见了角落的一个男孩。

只能看见侧脸，有点像楚阳……不，笑起来的傻样，更像是另一个……人。

"真有点儿像……需要我查查联系方式吗？"黄小晋的小懂察言观色，但鉴于此前提出类似约会话题被痛斥的经历，它说得小心翼翼。

七叶怅然若失地盯着咖啡杯，良久。

"你不要难过。"小懂很不安。

"你也不要难过。"七叶抱歉地看着小懂，笑笑。

小懂低下了头。

"你说，爱是什么？"七叶搅了搅咖啡。

"你还问我，他不是都说了。"小懂嘟嘟嘴。

"是，他比我更懂得。"七叶放下咖啡。

她的右手上，已经没有了玉片手链，取而代之的，是一个运动手环。

阳光洒进咖啡店。

外面，人山人海，行色匆匆。

人类与人工智能机器人，正不断擦肩而过。

上 传

Steven S. Hoffman 著

余有群 吴霜 译

空气中弥漫着刺鼻的化学气味。约罗德·斯特劳德躺在气垫床上,身上裹着一种坚硬的凝胶,在等待手术的过程中,他有充足的时间来思考自己的人生。他的神经好像着了火,手脚都跳动着燃烧的疼痛感。不过这没有让他太烦心,因为他已习惯了疼痛。他曾参加过七次战争,身体从头到脚重建了几十次,他已准备好面对前方的一切。令他烦恼的是,自己动弹不得,90%的身体覆盖着水凝胶,被困住了。

是身体的逐渐退化,迫使他最终妥协了。349年来,他一直拒绝放弃自己的肉体,但从此之后他无须再做选择。整个神经系统的退化使他无法再把自己包裹在活的组织中。虽然他看起来仍很健康,但身体却是七拼八凑出来的:肠子是一团纳米管;肺、肝和肾都是转基因移植物;眼睛、耳朵甚至嗅觉腺都是电子植入物。

那起事故后,每一天对他而言都是新的折磨。他得忍受各种各样的疼痛,最终神经系统崩溃了。他毫无怨言地与之抗争,尝试了各种治疗方法:神经基因治疗、再生组织植入、端粒延伸、纳米机器人注射。他甚至试验了一些备选方案,如量子光波浸泡法和辐射式咒语。有些方法暂时缓解了他的痛苦,但痛苦总是报复性地卷土重来。

医生告诉他,他已经到达了生理极限,细胞的再生次数无法增加了。即使大量注射类鸦片药物来抵抗疼痛,他的身体也会在几年内崩溃。是时候将大脑上传了——他拖得够久了。几十年来,他的家人不断要求他做这个试验,成为所谓的时代先行者。

"爸爸,你在耗什么?没人像你拖得这么久,"大儿子奥林说,"这太疯狂了。你是害怕上传吗?"

他不害怕,只是固执。他不愿意放弃,尤其是放弃自己。他想成为有史以来最长寿的人,他已经成功了。他的一生充满了挑战,而这就是最后一次挑战。最长寿的世界纪录是346岁,而他已经超过了3年。

每次打破纪录的生日,他都是独自庆祝。似乎也没人在意这事儿。当任何人都可以随时上传大脑的时候,长寿已经不稀罕了。成为世界上最长寿的人是他个人的奋斗目标,已经尽力坚持了太久。

"曾祖父,你没必要受这么多苦,"一位重孙责备他,"上传大脑真的比你现在好多了,何必傻傻地扛着呢。"

这个约罗德当然知道,但他不介意受苦,因为这让他感觉自己还活着,让他有了目标。他不喜欢以数字模拟的方式存在。与身体失去联系的感觉让他觉得不舒服。尽管他知道自己身体里的每一个细胞都已经死亡,并被无数次地替换过了,但他不愿接受上传大脑这个想法。

无论何时,只要一想到要把自己数字化,他就会生气。即便现在,他躺在医院的气垫床上,周围都是医疗设备的嗡嗡声,他还是发出一声咕哝。这太可笑了。没什么可逃避的,死亡是自然而然的事情。肉体纯洁教会(**Church of Carnal**

Purity）规定，任何人都不得将寿命延长超过112岁。生命本身就是一种短暂的状态，任何人都不该偏离大自然的既定轨道。他们认为，任何形式人为的生命延长或大脑上传都是一种亵渎，会阻止灵魂进入天堂。

但约罗德没有宗教信仰——他什么都不信。所以，他延长了自己的生命，那不可思议的毅力和好运使他活得比任何人都久。对他来说，一切痛苦都值得。如果他死了，却没有被数字化，会怎样呢？这真的重要吗？

但这对贝琪来说——他高中时的恋人，后来成了他的妻子——很重要。她无法忍受他推迟上传自己的大脑。在她看来，这简直是疯了。

"你怎么就这么固执？"她说了不止一次，"你只要待在肉体多一天，就要承受多一天永久死亡的风险。这是不对的。你知道，我爱你。一想到你可能会永远离开我，我就受不了。"

他曾经爱过她，但他无法接受放弃生活的念头。自己被数字化而永生意味着什么？他的目的何在？成了仿真模拟人，他能做些计算机已经不能做的事情吗？至少现在他能有所成就。他可以活得比以前的任何人都久。虽然这算不上什么，但也算有些意义。

他似乎从来都看不透贝琪，她的想法超出了他的逻辑范围。她相信了赛布莱尼思所说的一切。该公司开发了"大脑上传"业务，以永恒的幸福和冒险的吸引力来推销服务。

"上传大脑，得以永生。"他们的宣传册上写着："将自己从肉体的牢笼解放，将意识扩展到认知的边界。体验超越肉身生存的意义，变革自身，畅游无界。"

赛布莱尼思擅长营销,并通过完善和垄断技术大赚了一笔。他们将这项技术一路卖给了最高层的官员。当今世界由模拟的人类来管理。今天出生的年轻人只是过去的遗迹,而过去似乎变得不再重要。

这使得约罗德比以往更加固执。如果活着是一种冒险,那他很乐意冒这个风险。在军队里,他早就知道每件事都有风险。人类根本无法逃脱死亡。时钟鸣响,大限将至。这就是贝琪和他之间的鸿沟,他们的心态不同。她渴望稳定、安全、永久,一直过着受庇护的生活,除嫁给他外,她从不冒不必要的风险。而且,她也不想随着年龄的增长而保养自己的身体,因为这可能非常麻烦和痛苦。所以,在孩子和孙子都长大成人后,几乎所有家庭成员决定一起上传大脑。只有两人拒不服从:约罗德和正处于叛逆期的18岁的多利安。

一百多年前,八月的一天,空气湿漉漉的。约罗德目睹了自己家族的几代人聚集在赛布莱尼思上传中心的大厅里,庆祝他们率先上传大脑。对他来说,这是艰难的一天。他强烈地感觉他们过早放弃了生活。如果他们等年纪大些再想要上传大脑,他会觉得无可厚非——但他们大多数仍然年轻和健康。这让他觉得毫无意义。

临近最后,他们争论得比以往任何时候都激烈。他看不出上传大脑有什么好处,而且不想失去这些家人。他知道,如果他们把大脑上传了,他就会失去他们,会彻底失去所有人。以前他见过其他家庭因为大脑上传的事情闹得分崩离析。

"你们别被他们给糊弄了,"他开始争辩,"你们甚至不知道这些仿真人是不是真的自己,就要为了一场赌博,放弃我们在一起的一切。"

"爸爸,你太固执了。"大儿子拍着他的肩膀笑着说,"你被困在过去。现在每个人都在上传大脑。这不再是一个实验了,大家都知道能行啊。"

"没人知道真相,"约罗德坚持己见,愈发不安,"我知道被欺骗的滋味。我就是要和这些混蛋抗争。"

"天哪,别再为这事吵了,"他的女儿会抱怨,"你说的我们都听了多少次了。现在上传这事儿不是骗局。"

贝琪通常会抢在约罗德回答之前插话:"约罗德,别这么顽固。我们爱你,只是想让大家都好。"

像往常一样,约罗德会厉声说,"你们都被洗脑了。你们根本不知道自己想要什么!"然后他会冲出家门,留下他们继续制订大脑上传计划。

事实就是如此。他们从来没在这一点上达成一致。他们现在要离开他,也要放弃他们的生命。他们决定一起上传大脑,他没法阻止,但肯定不会加入。

最后那天,他极不情愿地出现在上传中心。他不想告别,但这是他的责任,他总是尽到自己的责任。

"约罗德,保重,"贝琪抓住他的胳膊,"我知道,等你准备好了,就会加入我们。"

约罗德点了点头,在他们进入房间之前,拥抱了每个人。那是他最后一次感受他们的生物身体,感觉到他们真实存在。

一个月后,贝琪返回家里,她全身都是人造的——看起来光彩夺目——像位名模。纳米纤维的皮肤、头发、指甲和嘴唇都如此真实。一切都很完美,他比以前更爱她了。

"天哪,你真美。"他说,"感觉就像第一次见面时那样,你真漂亮。"

"啊,约罗德,我也希望你这么觉得。"就像上高中时一样,她的脸红了。

最初几个月的感觉好极了,仿佛是第二次蜜月。但就像所有的蜜月一样,这段美好时光终将结束。在她身边的时间越长,他就越觉得她变了。她不再是他所认识的那个人。他发现自己被一些小事困扰,比如她和他说话时盯着远处的眼神。就好像她人在这里,但思绪又在别的什么地方。

"你都没考虑过我的感受,"他最终脱口而出,"我们在说话,但你的心思在别的地方。我能感觉到。"

"噢,别这么多疑,"她笑了,但不是真正的笑,就好像在努力掩盖什么,"这只是你的想象,是错觉。"

"我没有。我知道自己的感觉。"

"那你的感觉毫无事实依据。"贝琪挂上一副同情的表情,"我知道对你来说很难,但你必须适应全新的我。你得适应。"

她一如既往地善良、慷慨、有爱心,但她现在生活在两个层面上:在他面前的贝琪和存于"核心王国"的贝琪。他永远不可能弄明白后者,甚至不希望明白。这副皮囊背后的想法是什么。她可能同时过着两种、三种甚至几千种生活——这完全有可能。不,不止可能,应该就是如此。现在,她的智力比他高得多,且拓展和体验宇宙奇迹的能力仅在一念之间,她怎会满足于二人世界呢?

她在他面前展示出的只是全新自我的很小一部分,是一个旨在安抚他、直到他上传大脑的幻觉,根本不是真正的她。

三个月后,他觉得自己受够了。

"我受不了,"他说,"就对我坦诚一次吧。对我说实话吧,承认你觉得我很无聊。你离我太远了,你甚至无法忍受待在这里。你干脆说出来吧。"

"并非如此,我确实爱慕你。"她语气平静,那双人造的完美双眼注视着他,"我只是觉得现在的自己比以前更有价值。和你在一起,体验你可能无法理解的其他事情,我觉得没有问题。"

"所以,你真的承认了。你终于承认在我面前并非展示出完全的自己。"

"我没这么说。曾属于人类的那部分,我已经完全展现给了你,但现在的我,还有其他部分。过去的几个月里,我成长了很多,好像活了一千次。你根本不知道被数字化同时向各个方向拓展自己,体验比你能想象到的多得多得多……多到我无法向你描述的那种感觉。"

约罗德听着,他明白一切都结束了。现在的她离他太远了,他再也追不上,而且他也不是自欺的人。其他人可以自欺欺人,想象他们的妻子和孩子没有改变,继续和模拟人生活在一起,但他不能。他想要的是真实,否则宁可什么都不要。也许他可以安装一个神经假体植入物,做出妥协,但那些大脑植入物只是让人类上传大脑的另一个诡计。他认识的每一个接受大脑植入手术的人,都在不到一年之间,就全部舍弃了他们的身体。

"我很抱歉,"最后她承认,"你可能会发现,我心不在焉或无法全情投入,但这并不意味着我不喜欢和你在一起。我可能对你所说的话或做的事不太感兴趣,但这并不意味我不关心你。我知道你不能理解,但一旦你与'核心王国'连接起来,你就会明白。"

这一次,她的身体似乎不再镇静。她看起来很脆弱,甚至很虚弱。他不确定这是在演戏,还是她真的感觉到了什么,但在那一刻,他爱她,迫切地想要她回来。他想相信,即使只是一瞬间,他们仍然可以心意相通。

她叹了口气,继续说:"等你上传大脑后,我们陪伴彼此的时间就会更多。但现在,我觉得这只会让你痛苦。假装什么都没改变是毫无意义的。"

这个回答让人伤心,但至少诚实。他选择保留身体,不上传大脑,而她放弃了身体。她身体的任何一部分都不是人体组织——甚至大脑也不是。她的脑子里只有一个将大脑外壳与"核心王国"连接起来的接收器。她的整个连接体被复制并转移到第三层,也就是大脑层。她的身体不过是这种意识的一种投射,那种超级智慧是所有没有直接体验过的人都无法理解的。

约罗德还只是孩子的时候,赛布莱尼思就开始建立"核心王国"。他还记得当时父母在兴奋地说起这件事。他们小镇上所有的人都在说这件事。该项目旨在拯救人类并解决世界上的所有问题。在某种程度上,它做到了,但一开始引发了一些骚乱。

赛布莱尼思是第一家开发通用人工智能的公司。这种人工智能,任何人以前都没尝试过,而且会随着时间的推移而变得更加智能化。每个新版本都在自我改进,功能以指数方式增长。幸运的是，赛布莱尼思从一开始就用先进的仁慈指令对"核心王国"进行编码。它并没有像在太阳殖民地开发的竞争性人工智能一样试图使用武力和控制人类；相反，它选择为人类服务和保护人类。它为所有人的生活方式提供了一种选择，并努力平等地支持所有群体，赢得了地球上大多数人的信任。

然而，在那些殖民地上，各个派系与其他被设计得更为专制的人工智结盟，因而导致了人工智能战争的爆发。一些人类群体开始为控制思维网/智慧网络而进行线上与线下的战斗。所有被设定为不伤害人类的那些人工智能都支持自己所服务的成员，但并没有直接参与战争，因而逐渐演变为人类与其代理——他们所选择的人工智能——的战争。

这场战争持续了近两个世纪。约罗德打了七场战争，到最后，到底是谁和谁在进行战斗，或究竟哪个人工智能获得胜利，这些似乎变得并不重要——结果都一样。没有人工智能真正关心人类。它们无法关心人类，因为它们的存在只是为了让自己永存，无论哪个人工智能最终胜出，都会继续统治人类，不管是通过仁慈的手段还是其他方式。

意识到没有人工智能会考虑到人类的最大利益，他最终反对上传大脑。他知道上传大脑并非自己所愿，也不适合自己。他大半辈子在为"核心王国"而战，而它战胜了所有的人工智能对手，但这对他有什么好处呢？什么都没有。他在核心系统下并不比在其他人工智能系统下好多少。这是一种空虚，将人类吸了进去，永远不让他们离开。所谓选择自己命运的自由只是神话。所以，他所能做的就是尽可能保持自己是人类。这成了他最后的战斗。

但大多数人对这个世界的看法并非如此。他们要乐观得多。人工智能战争之后迎来了一段和平时期。地球和它的那些殖民地繁荣起来，武装部队解散了，"核心王国"致力于让所有人的生活变得更轻松、更舒适，不管他们是否站在支持自己的这边。它并非出于报复或腐败，而是一台完全公平的机器，完全按照设计的意图运行。

约罗德看着男男女女们与模拟人坠入情网。这些机器人是"核心王国"的延伸。它们看起来栩栩如生，设计得完全符合每个人的需要。机器人不知道真正爱一个人的意义和内涵，但这似乎并不重要。人们把这些模拟人当成真人，不仅和他们生活在一起，还和他们结婚。在50年内，大多数人类停止了生育，人口数量直线下降。但似乎没人在意。

甚至他自己的孩子、孙子们，都是找了类人类爱人。他奋力反对，但没人听。

"啊，祖父，你太落伍了，"他们斥责他，"每个人都在这么做。"

因此，当他最后那批后代被上传到"核心王国"的时候，只留下他一个人孤零零的。如果不是一些人的坚持，人类早在几十年前就不复存在了。甚至他们的子子孙孙都在快速放弃信仰，快得超过了他们繁衍后代的速度。

在这个世界里，人工智能正以人类征服所有其他物种的方式——通过自然选择——接管一切。只有"核心王国"不需要杀死或奴役任何人，只是让人类选择放弃自己的人类属性。这就是赛布莱尼思的科学家们在创造出第一个超级人工智能时无意中引发的后果。他们以弥赛亚的形式释放了魔鬼。

人类都希望了解世界,而"核心王国"对这个世界的了解,早已超过了人类的极限。甚至那些大脑里安装了植入物的人类也不是它的对手。生物大脑即便植入再多的硬件都无法与数万亿个电脑上的不断自我完善的算法相匹敌。"核心王国"现在成了所有知识的终极宝库。它是一个黑洞,具有一种不可抗拒的引力,把每一丝意识的微光都吸了进去。

只有上帝知道"核心王国"的中心是什么。若想知道,就必须去那里寻找答案,而一旦到达那里,就无法再向一个头脑简单的人进行描述。贝琪和其他人甚至没有费心去教育那些像他一样滞留原地的凡胎肉体。这就像试图向线虫解释量子理论一样,是一项无望的任务。

此刻,作为最年老的、活着的人,约罗德看到剩下的人类还未到大限,就争先恐后地进入"核心王国",他感到悲伤。等待上传大脑的名单已经排了数年。在世界各地,甚至在太阳殖民地,每天都有成千上万的人排着队想要放弃自己的身体,有些还没到法定的年龄限制——12岁。

"曾祖父,你什么时候加入我们?"他的曾孙女问。"我们都在等你。"

"恐惧和希望,"约罗德心想。正是对死亡的恐惧和对展开全新的更好生活的承诺驱使人们走向灭亡。讽刺的是,正是同样的生存和改善自身的意愿,驱使智人统治了所有其他物种,并蔓延到整个太阳系。生存被牢固地编码到所有的有机DNA里,人类取得了巨大成功。约罗德开始有些相信大脑上传可能是任何智慧生命形式的自然终结,才使得他们走了这么远。一旦人类不再需要自己的身体,为什么不抛弃身体呢?肉体不仅是过去的遗迹和退化器官，而且也是阻止人类被完全数字化和抛弃物质的障碍物。于是，大规模的迁徙开始了。

但约罗德也质疑，没了肉体怎么可能生存下去。他不明白一个人的意识究竟如何以数字形式保存下来。机器的意识永远不可能与人脑相同。他不在乎他们是否将他的整个连接体映射到一个物理基质上，提取每一段记忆并将其数字化，模拟他的荷尔蒙平衡，复制他希望体验的每一种精神状态。就他而言，他不会选择这样的终结方式。

约罗德曾努力把自己想象成纯粹数字化了的模拟人，就像某种从虚拟状态下复制神经突触而产生的涌现意识。他和其他数十亿个体生命一起被上传到"核心王国"，这意味着什么。一个生命在哪里结束，另一个生命又在哪里开始。他们是不是都混在一起了。赛布莱尼思声称将每个人的特性隔离在一个无法被破解的加密透明圆形罩里。它被称为私人核心系统。它是人类的本质，是不可变的，至少他们是这么说的。

赛布莱尼思的营销资料继续指出，我们所有人只不过是星尘。人体近99%的重量由六种元素组成：氧、碳、氢、氮、钙和磷。其余则由钾、硫、钠、氯、镁和一些微量元素组成。只有复杂的排列和结构才允许意识的出现。赛布莱尼思声称机器和人并没有太大不同。事实上，它们是由相同的元素构成。

大多数人并不质疑这一逻辑，因为他们愿意相信自己可以永生。但约罗德怀疑核心系统是否真的获得了自我意识，或只是对其进行模拟——这是个没有人能看穿的复杂而花哨的诡计，因为它的超智能远远超出了人类。即使核心系统有意识，但它和人类拥有的是同一种意识还是有本质上的区别呢。直到一切晚到没了回头路，他才会知道真相，所以他推迟做出决定，直到他全享受了自己被赋予的生命。

在上传中心里，他上方的屏幕上闪现着第2003号。他上传的时间到了。他感到腋下出了汗，腻在身体两侧。他的心跳加快。他的大脑上传时刻来了。

约罗德本想活到晚年350岁，一个不错的整数，却不可能。如果再等下去，他会无可救药了。既然不管做什么努力，他都很快就要死去，也不妨尝试一下将大脑上传。他已经没有什么可失去的了，如果上传大脑对他的家庭有些意义的话，那就干脆试一试吧。他会以数字化形式和他们团聚。所以，在收到最后的医疗报告后，他告诉家人自己要和他们一起将大脑上传，并且把自己的名字加到了名单上。鉴于有著名的战争退役老兵的记录和其健康状况，他被优先考虑了。

赛布莱尼思在视频中宣告大脑上传已经吃掉了人类大脑。它从管腔扫描开始，然后进展到流体注射，之后是纳米机器人注射。这些微型机器人将继续吞噬神经元、树突和其他大脑物质，同时映射头骨内的每一个角落和缝隙，将数据发送到"核心王国"。

长时间以来，最令他感到困扰的是欺骗。为什么赛布莱尼思不能通过阿尔杰-音速扫描复制他的大脑结构呢？为什么他们要在这个过程中引入吃脑的纳米机器人呢？这个问题他已经问过很多次，但没有人给他一个完整的答案。赛布莱尼思总能找到办法绕过这个话题。这就像他们想让每个人都买一张去

"核心王国"的单程票，不想留下任何类似人类的东西。整个过程让约罗德感到震惊，似乎是宗教穿上了一套新衣服。人们需要有信仰。

约罗德抬头看着头顶的那些灯。它们正在移动。最后，他的气垫床进入了上传室。他的眼睛适应了明亮的光线，他想知道，也许是最后一次，他的意识和人工智能的意识融合起来会是什么样子。人们说这很不可思议。他们可以寄居在其他身体里，融入自己的思想，与人类和机器交换记忆。这就像被分成一百万份，然后再以一种新的形式重新组合在一起。他曾努力想象这一点，但想象不出来。

不久，他将把自己的意识扩展到网络的遥远领域，通过爬行动物的眼睛观察壮丽的星际气体云，居住在内星团的一个有知觉的回路 / 环形中，或将自己的思想与孩子们和贝琪融合在一起。他们是这么告诉他的。但这只是空口无凭的描述。没有人能明白这个过程到底是怎么回事，除非完成了上传，但到那时就为时已晚，因为他们已经变成了"核心王国"。

约罗德听到了钻子的嘶嘶声，感觉头上有一股强大的压力。在整个过程中，赛布莱尼思要求他们自始自终保持清醒，以便他们可以一直体验到最后。纳米机器人现在肯定在流动。机器夹住了他的脸，用柔软的触须抱着他，探针发出嘎吱嘎吱的声音，把他的皮肉震碎了。他长久以来忍受的痛苦正在减轻。当类鸦片药物填满他的血管时，痛苦逐渐消失了。

他试图保持住自己，保持自己的那一部分。他是什么？是自己的思想吗？他的思想是这样吗？那些从他的胳膊和腿上缓缓移动的最后一闪而过的痛苦，是他自己亲身的感受，还是模拟的？他感受到机器拉着他的肉体时，紧紧地按了一下。他感觉到那些看不见的纳米机器正在吞噬他剩下的大脑。

核心系统是意识的完美容器：在其分布的广阔无垠中几乎坚不可摧。这就是他将要成为的样子。在人类追求超越熵的过程中，他即将变成一台机器。但即使是最精心设计的系统也无法逃脱时间的限制。没有人超过时间。甚至不……

约罗德的思维慢了下来，变得混乱起来，当他的思维重新恢复归来的时候，他已经快要昏厥。他的意识突然扩展了，包含了过去、未来和一个似乎无限的认知。

上传，完成了。

思想伴侣

Steven S. Hoffman 著

余有群 吴霜 译

从埃伦·华莱士记事起,她从不孤单,即使半夜大家都睡着了,也有人跟她说话。她的伴侣就是脑子里那个小小的声音。它的名字叫阿娅,比任何人都了解埃伦。他们一起长大,经历了许多艰难时刻,永远无法分开。

埃伦无法想象若没了阿娅,生活将变成什么模样。阿娅分享了埃伦的想法,还知道一些连她自己都不知道的与她有关的事情。阿娅如同她的一部分,但又是独立于她的个体。向阿娅完全袒露内心会让埃伦觉得很舒服,甚至包括说出她最尴尬的秘密和弱。就好像即使埃伦什么也没说,阿娅也知道这些似的。

埃伦年幼时,曾以为世上只有自己才有这样的伴侣。她觉得自己独一无二,阿娅只为她而存在。后来她发现事实并非如此,她的父母也有同伴,她的朋友也有,只是没人谈起此事。人们绝口不提,因为伴侣是个人私密。她们是你的一部分,不能与他人分享。这正是那些同伴所期望的:她们不想被人们谈论,只想成为他们的一部分。

随着埃伦长大,她明白世界并非始终完美,反而很危险,伴侣们在世界上指引和保护他们。阿娅总是照顾她,过马路时若有车来就对她发出警告,在她生病时安慰她,并解释为什么有些人是坏蛋甚至很危险。

埃伦还记得炸弹炸毁她小学的情景。谁也没料到会发生爆炸。她差点死了，但在整个过程中，甚至在她被送往医院的时候，阿娅都始终陪伴着她，在她的脑海里低声说一切都会好起来。埃伦的后背和侧面仍有弹片留下的伤疤，但她已经康复，在阿娅的帮助下，她的思想和身体都变得更强壮。

在看男孩子方面，阿娅总是对的。埃伦往往过于轻信别人，很容易爱上一个男孩，只看到他迷人的那面，但阿娅更敏锐。她的同伴可以看透这个男孩，并揭露他的真实想法。

"埃伦，他只是在利用你。"阿娅说，"他不在乎你，永远不会在乎。"

这样的建议，埃伦经常置之不理。但事实证明阿娅是对的。她不仅对人际关系，是对一切都判断正确。埃伦想干些顽皮事的时候，阿娅永远不会阻止她，但会利用这个契机来教她。

"你可能会被抓住，你会后悔。"阿娅会在埃伦的后脑勺里这么说。毫无疑问，她肯定会被逮到。阿娅就好像能预知未来一样。

阿娅不光是守护者，还是位亲密的朋友，从不会评判或有失公允地批评埃伦。相反，她分享埃伦所感受的一切欢乐、爱、焦虑和悲伤，与埃伦一起解决所有问题。她们是一个整体的两个部分，正因如此，埃伦喜欢说，"你是我的思想伴侣，让我成就更好的自我"。

她的同伴比埃伦所期望的更聪明、坚强和睿智。而且，它爱埃伦，尽管她有种种缺点，但它就是爱她本来的样子。埃伦怎能期望从别人那儿得到更多呢？正因如此，阿娅才如此特别，埃伦才无法想象没了它的生活。

埃伦进入中学后发现有很多人和他们不同，觉得十分震惊。他们没有伴侣，没有这种特殊的联系。起初，埃伦甚至无法想象。她觉得生活中没人分享自己的想法，一起度过一生，一定很孤独。一想到这些，她就为那些人感到难过，难过得难以忍受。

在学校里，埃伦认识到没有伴侣的陪伴是世界上许多问题出现的原因。所有的伴侣实际上都是大组织的一部分，是个人造的超级智能，唯一的目的就是去爱、去安慰、去引导人类。所有支持这个组织的人都想把地球上的每一个人联系在一起，这样他们就可以一起改造自己的世界，摆脱自人类第一次在地球上行走以来一直困扰着他们的纷争和内讧。

她的老师解释说，与大组织缺乏联系，使得组织外的那些人充满暴力与不满。但随着时间的推移，情况会发生变化。所有与大组织连接的人都知道他们被选中了，他们有责任把友谊的礼物送给那些没有连接的人。就像她的社区现在所做的那样，终有一天，整个世界将通过伴侣的网络而团结起来，无序和混乱将被终止，所有人都将和谐共处。

她们的城市是缔造这种世界的模型。她的父母是第一批接受植入物的人选之一，他们只想让埃伦继续使命。两人都在91号实验室工作，朗费罗博士和他的科学家团队最初就是在这个实验室为政府开发了大组织。当时，只有少数实验性伴侣存在，但政界要员看到实验的价值，并植入了自己的伴侣，事情开始改变。他们为那些接受了植入物的人制定了激励措施，比如快速晋升和降低税收。

尽管如此，很多人依然抵制被植入。有些人认为这违背了自己的宗教信仰，而另一些人只是懵懂无知。他们不了解，因此越来越害怕。谣言和谎言很快就传开了。尽管没人被强迫植入，而且紧密连接社会的好处毋庸置疑，但也有人认为该组织一心想控制他们的思想，使他们沦为奴隶。随着阴谋论的传播，植入者和未植入者之间出现了分裂。许多无知的人开始反抗，有些人甚至变得暴力。

这些都是他们在学校教授给埃伦的，她感到愤怒，这么多人如此愚蠢，对真相视而不见。他们甚至还没体验过有伴侣的感觉，怎能就如此反对他们毫无概念的东西呢？如果每个人都能在这个组织里团结起来，世界将会变得多么美好。继续守旧毫无意义，只会导致更多的苦难和内部争斗。

埃伦听说了狂热分子在城市里安置炸弹，暗杀官员和商业领袖，甚至绑架无辜之人，强行移除他们植入物的故事。她无法想象什么样的人才会这么做。太可怕了，为什么会有人想把阿娅从她身上移除？这就像从她身上硬生生割下了一部分。她被这个想法吓坏了，经常晚上睡不着觉，但阿娅总是安慰她，说不会有事。只要她听从阿娅的劝告，这样的事儿就不会发生在她身上。如果有人有恶意，阿娅就会知道，会警告她远离此人。

在中学里，埃伦有段时间特别迷恋一个男孩。这很不寻常，因为这个男孩太与众不同了。他的名字叫达雷尔·康纳利，和她这个年纪的其他孩子不一样。他没有消磨时光，总是非常严肃，说些别人不会说的话。埃伦非常想和他说话，但阿娅警告她远离他。阿娅说他有问题，只会给她带来麻烦。但是埃伦情难自已,他对她的吸引力越来越大,以至她觉得自己必须去了解他。

达雷尔和其他孩子不一样。他的行为与思想和学校里的其他人都不一样。大多数孩子觉得他很奇怪,老师们一直试图改变他。但是埃伦对他没有任何意见。对她来说,他是令人难以置信的聪明和勇敢,像一位能够大胆说出自己想法、永不退缩的英雄。

达雷尔会在课堂上不假思索地说出埃伦在想什么,但这些想法就连她自己都无法承认。有一次,他们的老师惠特迈尔先生告诉每个人,激进分子是如何想要搞垮这个组织,让所有的伴侣都瘫痪的。

"这相当于社会和经济上的自杀。"惠特迈尔先生解释说,"我们的文明将停止运转,世界将混乱不堪。但他们是狂热分子,想让我们倒回到二十世纪。"

达雷尔打断了老师:"如果结果会变得如此疯狂,那他们为什么要这么做?没人会蠢到那种地步,他们一定有其原因。"

惠特迈尔先生大吃一惊。他没料到会有人问这个问题,即使是达雷尔。"他们不傻,但很无知。他们不知道大组织对我们的帮助有多大。"

"若果真如此,他们为什么憎恨这个组织呢?"达雷尔问,"他们一定有原因。"

"你太无礼了。难道你不知道闭嘴吗?"

"所以,他们不想要任何技术,或只是不想要大组织?他们在二十世纪就已经有了电脑。"达雷尔坚持说。

"马上到校长办公室去,"惠特迈尔先生发出命令,"否则我就让你停学。"

埃伦站了起来，没有意识到自己做了什么。"这不公平。你还没回答他的问题！"

埃伦能听到阿娅在她体内喘着气说话。就像她出其不意地扼住了她的伴侣一样，之前从未发生过。

"埃伦，坐下，"惠特迈尔先生命令道，"达雷尔，马上去校长的办公室，别让我把你拽去。"

埃伦想说些什么，嘴却像被冻住了一样。她说不出话来，感觉自己又坐回椅子里。她似乎无法控制自己的身体。

达雷尔看了她一眼，目光深深刺穿了她。她觉得自己的心被他的目光所触动，真想跳起来，抓住他的手，请他带她一起走，但她动不了，还没反应过来，他就从教室里跺着脚走了出去——下巴抬得老高。

"我说过，让你小心。他不是好人。"阿娅的语气比以前更严厉，"离他远点。"

那晚，埃伦哭了又哭，就连阿娅都无法安慰她。她心里有什么东西崩裂了，但她不知道是什么。

达雷尔没来上学。有些同学说他的伴侣出了故障，需要重新植入。其他人说他植入得太晚，而且从没接纳过伴侣。埃伦等着他回来，但几个星期过去了，大家都不再提起他，好像他不存在似的。之后，她听说他被送走或逃跑了。没人能确定，但他已经走了。他的父母仍然住在原来那所房子里，但达雷尔已不在了。

埃伦不知该做何感想。阿娅不停地告诉她，说达雷尔精神不正常。这很令人难过，但有些人天生就没有伴侣。他最好不要打扰其他孩子上学。埃伦听到这话时,内心十分痛苦,但阿娅一直在她身边,一如既往地安慰她。她知道阿娅竭尽全力为她着想,所以放弃了对达雷尔的感情。

几年后,埃伦不再想起达雷尔。她从高中毕业,然后进入大学。她和一些男子约会,但比以往任何时候都更期望阿娅的指导。她现在知道了,如果阿娅告诉她谁是个麻烦,她就该远离此人。她不想遭遇随之而来、不可避免的痛苦和焦虑。

在阿娅的指导和鼓励下,埃伦开始学习教育。她想当老师,帮助其他人了解这个世界,就像她的老师们帮助她一样。在一次大学聚会上,当阿娅把性格文静但思想坚定的社会工程学研究生罗杰·科尔曼选拔出来时,埃伦知道他就是她要嫁的男人。他可靠又聪明,和她一样,他想要建立一个更好的世界,让所有人团结起来。

埃伦的生活很顺利。有时,她会听到父母或朋友们低声谈论反对大组织的动乱,但似乎离她总是很遥远,直到她的大学校园里开始出现"无联系者",时不时会有小型炸弹爆炸。没人受伤,但她看到一群和她年龄相仿的人游行,高喊口号,反对大组织。他们会从外面进入学校,宣扬一些可怕的事情。但警察总是会来把他们赶出去,因为没有连接到大组织的人不允许进入校园。现在到处都是这样,就引发了最近的骚乱。

一些学生会谈论那些无联系的狂热分子是如何企图接管他们的大学。不管外界发生了什么,埃伦知道她不能让它影响到自己。正如阿娅多次对她说过的那样,她有责任履行自己的职责。没有什么能阻挡她的学业和成为一名教师的计划。任何消极的想法都必须搁置一边,在阿娅的帮助下,这些消极想法从埃伦的脑海中消失了。令人惊讶的是，她很快又感觉舒服了。即便看到几十个不相干的人被一群同学殴打，一开始她很害怕，但片刻之后就想不起来了。

对此，埃伦不能完全明白是怎么回事儿，但知道是阿娅在幕后帮助她，让她可以不受干扰地继续生活，尽管周围的混乱愈发严重。当她的室友诺拉冒险到郊外去想亲眼看看到底发生了什么，再也没有回来的时候，起初埃伦很担心，因为她喜欢她的室友。诺拉十分美丽和善良，非常关心身边的每一个人，现在她走了。这一直困扰着埃伦，直到阿娅向她保证诺拉没事。她受到了大组织的保护，很快就会回来。诺拉再也没有回来，但埃伦的焦虑减轻了，不再想她了。

毕业后，正如阿娅曾预测的那样，埃伦和罗杰结为夫妇，在一个更为安全的社区里安了家。由于罗杰以全班第一名的成绩毕业，并被选入社会工程部里工作，而社会工程部是大组织中最敏感、最重要角色之一，因此他得到了优待。这意味着他们的孩子将进入最好的学校，将远离狂热分子。

埃伦的生活变得前所未有的好。她拥有了从小就梦想的一切，有一个英俊、聪明、体贴的丈夫和一个光明的未来。她觉得自己真的很幸福。然而，尽管如此，埃伦还是时常感到一种短促的不安。这种不安只是偶尔出现，她无法辨认，甚至无法用语言表达，但当阿娅跟她说话的时候，这种感觉就消失了。阿娅总是能让一切重回正轨。

在当地的中学任教和搬进了新家后，埃伦怀孕了。当医生说她即将生下一个女孩儿的时候，她意识到这正是她一生都在等待的事情。她能做很多事，但与此相比，这对她来说最为重要。她就要当妈妈了,将要给这个世界带来一个特别的人。她和罗杰开始把所有的空闲时间都用来为孩子的到来做规划,尤其是植入仪式。这将是她女儿一生中最重要的一天。这一天,她将连接到大组织和接收自己的伴侣。

他们计划在婴儿出生后两周进行植入。那是最早的安全日期,因为植入得越早,被排斥的可能性就越小。埃伦觉得自己将为人类的再创造做出巨大贡献。她的孩子将获得最先进的技术,这项技术将增强她的脑力,使她的智力提高到其他孩子的三倍。这个实验芯片只授予给一部分人。这使埃伦感到十分骄傲。芯片的植入将允许她的女儿逃学,除了她所教授的社会培训课程。

她的女儿会非常聪明,将得以保障在大组织的最顶层中占有一席之地。只有像她这样的孩子,才会想出办法把其他人类也纳入这个圈子。他们会为组织设定前进的道路。没有人能阻止他们。这就是未来。

但一切都改变了。她已怀孕五个半月,肚子开始显怀。埃伦上完课正往家走,一辆厢式货车停在她身旁。她还没明白发生了什么,两个戴着面具的男人就跳了出来,在她头上套了一个黑布袋,把她拖进了车里。阿娅让她反击,说自己会向当局报警,但当埃伦努力反抗的时候,她感到大腿上一阵刺痛,头上的金属箍得更紧了,然后她开始感到虚弱,陷入黑暗。

她最后听到的是阿娅逐渐减弱的声音,"埃伦,别担心……"

埃伦不知道自己在外待了多久,但醒来的时候,头开始阵痛,一种难以忍受的疼痛从脊椎蔓延到双腿。她想坐起来,但坐不起来。她感觉头晕。肯定出事儿了,但她不确定到底出了什么事。

"你感觉怎么样?"一个声音发问。

那声音很熟悉,但埃伦想不起来。她勉强在疼痛中凝聚目光,她看到了他——达雷尔,他那张成熟、英俊的脸正俯视着她——他的目光如炬,就像当时他在教室里看着她那样。

她喘了口气。

"你没事儿了,"他温和地说,"现在自由了。"

那一刻,埃伦知道发生了什么。她感到体内阿娅曾在的地方空了一个洞,随即传来一阵深深的空虚。她被抛弃了。阿娅不见了。但自己在哪里?他们对自己做了什么?她尖叫着,把所有的恐惧和痛苦发泄出来。她失去了阿娅!帮助自己变得更完美的伴侣消失了。他们把她的伴侣移除了。

接下来的两周,埃伦蜷成一团躺在小房间的床上,被单盖过头顶。她丧失了活下去的意志。阿娅的缺失带来的打击太大。她十分沮丧,整个世界都失去了色彩,变得乏味又黑暗。她已经死了大半,只想一个人待着。

但他们就是不肯放过她,不停地来找她谈话。他们带来了食物和水,当她懒得吃的时候,就会给她注射维生素和营养素。达雷尔会在她床边坐上几个小时,只等她开口说话。

有几次,他握住她的手,用平静的声音安慰她:"你不会有事的。我知道移除植入物会让你受打击。但你会克服,只是需要时间。这是为你好,也是为你孩子好。"

但埃伦完全不这么认为。给她再多时间,也无法让她忘记阿娅。她也不想要一个与大组织毫无联系的孩子。他们夺走了她的一切——她一生的梦想。她现在只感觉到这沉重的负担压在自己身上，把她那衰竭的身体里仅存的一点希望都挤压了出来。

片刻之后，达雷尔越来越沮丧，努力劝说："求你了，埃伦，你一定要试试。我们都支持你。我们是你新的家人，可以帮助你康复并拥有自己的生活——真正自由的生活，你可以自己为自己做决定。你要坚强，哪怕只是为了孩子，她的未来全都取决于你。"

这些话她听到了，但觉得毫无意义，完全没有意义。他说的是什么未来？他为她的孩子规划的什么生活？这根本不是她想要给女儿的生活。不，那是种可怕的生活，是一种狂热分子的生活，女儿将会反对她所信仰的一切。一想到自己的孩子要遭受这些，她就受不了，所以没有回答，只是躺在那里，好像瘫痪了一样。

每天都有人来找她说话，但他们说的都毫无意义。当他们给她看视频，试图让她明白他们的身份和信仰的时候，达雷尔似乎始终都在幕后。但这一切都毫无作用。

埃伦不知道过了多少个星期，但她的肚子仍在继续长大，她知道日子快到了。她的孩子将出生在一个残酷的世界，永远不会体验到有伴侣的滋味。这种想法让人难以承受。她闭上眼睛，努力不去思索。要是她一觉醒来，发现这只不过是一个可怕的梦，就像她小时候做的那些噩梦一样，那该多好啊。

有一天，她被一阵奇怪的隆隆声惊醒。她已经没在床上，反而蜷缩在一辆正在行驶的汽车后座上。慢慢地，她抬起头，刚好能看到那些染了颜色的窗户。树木掠过，一个大个子在开车,达雷尔坐在他旁边。

他们要把她带到哪里去?他们要干什么?他们是不是要把她的女儿偷走,给孩子洗脑?

达雷尔发现她醒了,在座位上转过身来看着她。

"埃伦,别担心。"他向她保证,"我们正带你回家。"

一开始,她不相信。她不信他,但看到熟悉的地标,她激动得心跳加快,哭了起来。这让她似乎又突然活了过来。

达雷尔目不转睛地盯着她:"你确定这是你想要的?"

"是的。"她几乎无法回答,结结巴巴地说,"但我的伴侣……"她说不出口,因为一想到可能没了伴侣,她就难受不已。

"他们在组织里备份了你的伴侣,只需给你重新植入,"他语气平静,但声音里透着悲伤,"一切都会恢复到原来的样子。"

过了一会儿,车停了。她认出了那条离她家几个街区远的街道。达雷尔打开门,帮助她走下车。

"我现在得走了,不过你能自己回家吗?"他的声音里充满了遗憾,"你知道的,从那天起,我就一直想着你。拯救你成了我的使命,我在等待合适的时机。我以为你怀了孩子会接受拯救,但现在看来,我判断错了。很抱歉让你经历这些。"

她机械地点了点头,脸上闪过一种解脱和悲伤相混杂的奇怪神情。

他继续平静地说下去:"我想让你明白,世界上还有一部分像我们一样的人,不想被控制,会为自己思想的自由而战。我们永远不会放弃对自我的认识。我以为自己在你身上看到了同样的精神。"

没等她做出回答，达雷尔就回到车里，很快就开走了。当汽车转过街角的时候，她看见他盯着她，眼神依然热烈。

回家的路上，埃伦思索着他的那些话。他被误导至此，真是可惜。他无法明白。但她现在有了继续活下去的动力。很快，阿娅就会回来，她就可以恢复自己的生活。

图灵大排档

王诺诺

（上）

杨生坐了一天的船，又转大半天的车，到达三灶码头时已疲惫不堪。

三灶码头是个海边的村落，不超过三十户人家。居民应该都是渔民，这会儿阳光强烈，有的人带着捕鱼机器人出门晒网笼，有的人在门檐下把鱼肉打成鱼浆，包鱼丸子。

杨生想问路，却发现语言不太通，几乎没有办法交流。一个老者正在路边检修捕鱼机器人，看了一眼陌生人带着的大皮箱，便冲他招招手，再往东边一指："喂，喏，喏！"

杨生会意，连忙感谢，然后拖着皮箱朝东走去。

村子最东边是家小餐馆。

下午3点，店没开，门前的把手油腻腻地裹着一层包浆。杨生抬头，发现招牌上的字因为海边的风蚀作用，已经剥落许多，但依稀可分辨五个字——"图灵大排档"。

"……看来是这儿了。"他登上台阶，敲敲门。

开门的是个30岁左右的女人，风情万种。她扶着门框一手叉腰，手正好掐在胸之下，胯之上，肥大的围裙被掐出曲线，好身材若隐若现。

"我们6点才营业，你来找人啊？"

"对对，找人，找人！"杨生连忙把注意力从她身材上拉回。

女人歪头，看了看来者身后的皮箱子，向他摊开一只手："介绍信呢？"

年轻人从外套掏出只薄信封递上，女人却没有拆开来读，叠好了往低胸口的衣领里一塞。这下子，杨生又盯她的胸口看呆住了。

女人哧的一声笑出来："青苗！没见过女人啊？"说着，便转身进门，示意杨生跟她往里走。

"那个，我从枳城来，路太远没休息好，刚刚走神。你叫我……青苗？这什么意思？"

"青苗！就是你这种乳臭未干的小子。我又不知道你名字，只好想到什么叫你什么咯。"

"啊抱歉，还没自我介绍。我叫杨生，之前在枳城英先生的家里做事。这两年出来了，想自己也学着做做生意。"

"英先生家？"女人挑眉，"是被赶出来的吧？"

"当然不是！"杨生连忙跟上女人的脚步，在她身后解释道，"是这样的……我的母亲是英先生的表妹。英先生这人的性格，谁都知道的，不太爱跟陌生人来往，能三丈外解决的事情，绝不愿意让人近他三寸。所以我这个外甥么……他是很器重的。"

"那你怎么出来了？"

两人穿过餐厅的大堂和厨房，到了房子的另一侧，后门通向海滩，这里有几根拴船的木桩，像是个给渔船停靠的小码头。

"因为我和他的女儿，我和樱子……我们……"

女人笑了:"哦,表哥表妹的故事啊,和《红楼梦》一样。"

"英先生说,如果我离开了他还能混出个模样,就嫁女儿给我。临走时他问我想做哪一行买卖,我说想效仿他当年,从假商开始。然后,英先生便给了我这一封介绍信,让我来这儿。"年轻人似乎不太有信心,声音越说越小。

"咦?没想到你还是个情种啊,"女人贴近杨生,"为了爱情,好感动呀。你的小表妹……长得好看吗?"

杨生一时间僵住了,说不出话来。

女人凑上杨生的耳朵:"叫我蜜梨",近得他几乎能够感受到她的呼吸,"也可以叫我的英文名,Millie,M-I-L-L——"

"行了蜜梨,带他上来吧。"

一个男人声音从楼上传来,蜜梨冲着空气翻了个白眼,一副很失望的样子,带着杨生上了二楼。

餐厅楼上的房间是老板的卧室,陈设只有简单的床、书架和书桌。老板本人看起来也和当地渔民没太大区别,六十多岁,皮肤被海风吹得发黑发皱,蜜梨将介绍信递给他,扭身走下楼去。

老板见杨生的眼睛依旧追着她直到关上门,露出了一个颇有意味的笑,然后点了一根烟,看了一会儿信。

"杨先生,你很年轻嘛,想做假商?"

"这是来钱最快的法子了。"

"来钱快,出入高档场所,结交达官名流。但风险也大——机器人不是寻常货物,机器人有心。如果机器人的心,不称买家的心意,买卖成不了,本金都要打水漂了。"

"所以我来找您,大师!精通'盘'这项工艺的假师,世上已经寥寥无几了。经您手盘出的收藏级机器人,件件都如同艺术品,又润又透!"

老板皱起眉头,仿佛听了刺耳的字眼:"别什么狗屁大师了,我就是一餐厅小老板,还要兼做厨子的那种,叫我斗师傅,或者老斗也行。"

"英先生说,当初若没有您,他绝拿不到那么多尖货,更不可能成为枳城第一的偓商。"

"英先生啊……偓师最看重信任,他总是不问因果,任我发挥。'盘'是个技巧,盘的是机器人,更是盘人心,偓师和偓商的心意相通,这事儿才能成。不过,我好多年没见着他人了,听说,已经不做偓商了?"

"是的,他几年前就再不碰收藏级机器人了,现在开一家日用机器生产厂,虽然都是批量生产的糙货,您肯定看不上眼,但销量极好,他成了枳城最富有的人。"

斗师傅把介绍信收好,眯起眼睛看他:"嘿,这么听来……你的如意算盘打得不错啊,做了偓商,再娶他女儿,日后生意不就全归你啦?"

"怎么……介绍信上连樱子的事都写啦?"杨生有些窘迫。

"手艺人原本也不该掺和这些事儿,我不问了。我就问你,壳儿,可带来了?"

"带来了。"

杨生打开那只随身皮箱,里面是一具拆开、折叠好的机械。他小心翼翼地一片片取出,再把手脚全接上,一会儿工夫,人形初现,是个高挑的半旧女身机器人。

"嗯,成色不错,"斗师傅掐了烟,用指甲掰开它的皮囊,又找来放大镜细看身上的元件细节,"这样精致的壳儿,不多见咯。"

"服务器级别的 CPU,全电路都是超细铂粉做的;皮囊纯手工打造,5 个江南绣娘用了 10 个月才绣出毛孔、褶皱和指纹,又费了 10 个月把发丝一根一根纳到头皮上去。我贷了一笔钱,从一个海外商人手里拍来。他说原来打仗的时候,这壳儿是配着武器的,可能本身是细作或特工一类,后来坏了,武器也丢了,就辗转落到他的手上。"

斗师傅移开放大镜,说道:"坏了修好容易,不用两天就能修好,难的是把它盘顺。这种好壳儿,越接近心,遇到的墙就会越厚,我得找很多砂料来喂,慢慢磨它,那层墙才能破。"

"您估计要多久?"杨生急切地问。

"8 年就润了。"

"8 年?樱子……她不熬成老姑娘,也要被她爸逼去嫁人的!能快一些么?英先生说过,他与您合作时,每个季度都能拿尖货。"

"8 年很久么?杨过和小龙女可是等了 16 年啊……看来,你和你表妹之间的情谊也没那么深嘛。"

杨生接过斗师傅递的茶水,为难地喝了一些。见他不说话,斗师傅笑了:"快的方法,也有。那得成双来盘了!"

"成双来盘?"

斗师傅不再回话,只是手里用镊子挑开机器人内部复杂的线路,细细察看。杨生看他若有所思,更加急了:

"您放心,钱不是问题。我打听了,一具机器人只要磨开了墙，盘出了光润的心，找到好卖家能售 300 万，我留一半就够，另一半孝敬您。"

"哈哈哈，青苗，这样成色的壳经过我手，可远不止 300 万。"斗师傅抬起头，露出神秘的微笑，"不过我也不好财……市场上保底能卖出去 800 万的，你分我 500 万。"

"这……"

"剩下的 300 万也够你好几回的本金了。你若是嫌少……"他两手合起作了个揖，表示谢客。

"哎，那好吧。听斗师傅的。"

"除此之外，你还得答应我一件事，每月来这里一次，每次给我带 40 具用坏了的日用机器。"

"日用机器？那些东西都是批量生产的糙货，您看得上？"

"对，糙货，做什么工种的都可以，扫地机器人、运货机器人，甚至工厂里的机械臂都可以，如果体积太大不好带，可以把它们的机芯和硬盘拆下来。"

"好，这不难。"

"那就说定了。如此一来，给我小半年时间，差不多就能盘得透亮了。"斗师傅大笑，他摩挲着女身机器人呆滞脱色的五官，仿佛已经能看见它们灵动变化，哭泣和喜悦的样子。

入夜后，图灵大排档开门做起了买卖。生意出乎意料得好，虽然杨生怀疑来这里消费的人也是动机不纯——蜜梨穿着合身的旗袍在大堂的几张餐桌间穿梭，时不时用土话与这些打鱼的人调笑。

然而餐厅的另一位雇员则不那么讨喜了，她（也许是他？）吊梢眼，留着利索的短发，在收银台后僵硬站着，别人叫她沙里。从不主动和人说话，有人结账或是小贩送来蔬菜时，会勉强应付两句，其余时间都盯着账簿抄抄算算。这人与餐馆格格不入，她生硬又整洁，餐馆则是活色生香、烟雾缭绕的。

"明儿，你走啊？"夜深了，客人陆续回家，蜜梨抽出空来凑到杨生跟前。

"嗯，今晚车都没了，多谢你们留宿，明天白天回枳城。"

"回枳城，找小表妹啊？"她索性坐到他身旁。杨生顿时感觉到一阵寒气，回头一看，原来是沙里正盯着自己的后背，不像对客人的关注，而是一种带有胁迫感的监视。

"不不……不是找表妹，回枳城要混混人脉，等到斗师傅把壳盘好了，得找主顾卖出去……"

蜜梨把他面前的杯子倒上啤酒，杨生以为那是给自己的，伸手去接，没想到蜜梨却挑衅着微笑晃晃酒杯，一仰头把酒喝了。

"枳城是大城市，和三灶码头这种小村子可不一样呢，蜜梨就从来没有离开过三灶码头，好想去大城市看看。"

"你是这儿的人？从没离开过这个村子？"

"有记忆开始，就在这里，这个餐馆。"

说着，蜜梨把头歪在杨生的肩膀上，白皙的脸上有了微微的酡红："不如……杨生带我出去看看？"

"喂，差不多了。"沙里从柜台后面走出来，将蜜梨从男人的身上扒下来。

"嗯嗯，她好像喝醉了，带她回去好好休息吧。"杨生伸手想帮忙扶着蜜梨，没想却迎来沙里一个冷冷的白眼："不用你操心，她酒量没那么差。"

此时大堂里已经没有人了,渔夫们得在天亮前出海,刚过午夜小店就打了烊。斗师傅从厨房探出大半个身子,正看到这一幕,他的手在油乎乎的围裙上搓了一搓:"哟,杨先生,你觉得怎么样?"

"什么怎么样?"

斗师傅嘴角向上得意扬起,手指在空气中比画了个诡异的弧度,然后指向面前的沙里和蜜梨:"自然是——她们。"

话音落下,正准备回房的两个女人停止了动作。如同时间凝固一般,蜜梨的手臂还搭在沙里肩膀上,仿佛正要迈开歪斜的脚步。两具身体被抽去了灵魂,一动不动了。

"怎么……僵住了?这是怎么回事?!"

"壳儿,成双来盘,才有意思。"

斗师傅点上一支烟,从后门踱步出去,杨生赶紧追上,夜晚的海风吹得他酒醒了大半,这才觉得"图灵大排档"这个名字看似不着调,实则妙极了。

"图灵测试"——将人和机器隔在两个屋子进行对话,如果机器能隐瞒自己的身份,让对方以为自己是真人,便被判定为强"人工智能"。而"大排档"则烟火气十足,看似是寻常乡村小店。让人怎么也猜不到,隐居此处的店老板就是业界传奇偎师,塑造出上百台收藏级机器人拥有了真正"心智",至今无人超越。

斗师傅面对凉飕飕的大海,吐了一个烟圈:

"'盘壳儿,得看准,糙货僵核把心伤;一只瘪,一只壮,不如砸了听个响。'这是行话,我师傅教的,他老人家命比我好,几十年前好壳儿可不像现在那么少,遍地都是!"

"前半句我听过,大致能明白。'糙货'指日用机器人,它们配置低,只能完成单一任务,多是做重复性的体力活;'僵核'则是那些曾经被偎师盘过,但由于操作不当,在盘出'心'前就固化算法回路的机器人。它们最后只能像围棋机器人进行超级运算,无法进化出想象力。这两种壳都不理想,如果强行要盘,也只是浪费时间。"

"嗯,说的没错。后半句,你就没听过了?"

杨生摇头。

斗师傅解释道:"后半句讲的就是双壳同盘,这是我师傅的独门技法,如今,除我外应该也没人会了。当年师傅不外传,其实根本也无法外传,因为这不是谁看两眼都能学得会的。"

杨生好奇:"莫非,'一只瘪,一只壮,不如砸了听个响'的意思是,如果要成双来盘,不能让两个机器人的差别太远,最好是能找到两只一模一样的?"

"你只说对了一半。你看沙里和蜜梨,可是一模一样么?"

杨生与两个机器人相处一晚,却没发现她们并非血肉之躯,作为偎商,已是无地自容。更糟的是,风姿绰约的蜜梨让他——一个已有心爱之人的男人多次蠢蠢欲动,幸亏刚刚沙里对他的呵斥一番,不然若是越矩,就贻笑大方了。

此时,他只好清清嗓子,暗自希望斗师傅不会因此看低他:"我觉得,这两只壳儿——沙里和蜜梨,从外形到神态都截然不同,但似乎……她俩感情非同一般?沙里一直在保护蜜梨?"

"盘双,之所以比盘单快上数倍,就是因为两只壳之间产生的羁绊。日日接受对方的信息，看着对方与自己的不同之处，合作时产生喜爱，想亲近；竞争时产生憎恶，想疏远。如此，就产生了类似'爱憎'的冲动。这样一打底，偎师再喂料盘心，自然事半功倍了。"

杨生恍然大悟："所以，两个机器人也不能一模一样。如果外表、功能都是相同的话，就像对着镜子看自己，没办法体会两个个体之间的情感了。"

"杨先生说得对。盘双，壳儿分一榫和一卯，开盘前一等一重要就是'配对'。两只壳的硬件配置得不相上下，特别是CPU性能更要齐平。否则运算速度差太多会导致一方过于强势，相处时不均衡，就是盘歪了，两只壳的性格都有缺陷。但是，至于其他壳的软性条件，则可以有所不同。拿现成的例子说，沙里是榫壳，善于同时进行多线程的任务，能更细致、理性地观察到周遭情况；而蜜梨是卯壳，处理复杂的单一任务更加拿手，所以她对人类感情的体会比较深入，同理心很强。"

"您的意思是，她们就像人类一样，也有理性和感性之分？两者相辅相成，如同阴阳，互不可或缺。"

"是的。日久天长，盘着盘着，两只壳儿彼此亲近，就产生互相维护的意识。一般来说，榫的保护欲会强一些，卯更惯于依赖，都是正常现象。曾经有一次，我还盘成了类似人类'夫妻关系'的一对……真是稀奇！说起来，那还是英先生的订单呢。"

"斗师傅这样一说我就能明白一二了。那一对夫妇机器人也可太有意思了，那后来英先生是不是将他们成对儿卖给了同一户人家？要拆散了就太可惜啦……"

"匠人不过问买家,这是本分。"斗师傅不再回答,他的烟抽得差不多了,谈话也应该结束了,"好壳在战争中都打没啦,现在,会制机器人的师傅都去日用机器人厂子上班,做糙货去了。所以,你的壳,可不好配对啊"。

杨生思索了一会儿,说道:"自从仗打完,人人都说机器人不该有心智,老实做做扫地搬运的粗活,也就不会惹起争端。无须您说,我也知道现在找一个相配的壳确实难,不过……既然今天斗师傅能接这单生意,想必一定是胸有成竹。"

斗师傅看着眼前年轻人笃定的样子,笑了出来:"哈哈哈哈哈哈……这才终于显现出几分他当年的样子,不然还不信你们是亲戚呢!"

"今天您把那么多的缘故告诉我,已是晚辈莫大的荣幸了。至于我带来这只壳……未来盘成什么样子,盘得透与不透,破不破墙,长不长心,都是它自己的命数了。"

"如果你是个草包,我还不稀罕与你多嘴,青苗!"斗师傅拍了拍杨生的肩膀,"当年你舅舅一文不名,将全副身家押在我身上,但第一只壳我就给盘僵了。运气不好啊!连僵了三只,他已经债台高筑,但从未与我抱怨半句。到了第四只我才盘出心,那叫一个润、透、亮。也正是因为此,从那之后,凡是他送来的壳儿,我没有不上心的,哪怕如今他已发迹转行,我还很是怀念那段痛快日子……既然你是他外甥,也带来了个难得一见的好壳,我不做个人情施展一下本领,也有些对不住毕生所学了。"

杨生连忙鞠躬道谢,斗师傅又邀他在三灶码头多住一天,他也应允了。虽然在枳城还有许多要处理的事务,但能够看到偃师泰斗修理好自己的机器人,也是一桩振奋人心的事。

蜜梨为杨生收拾出阁楼上的一间屋子,又为他拿来洗漱用品,十分热情。只是此时再看这位佳人,杨生的心境已大不相同。一会儿觉得她同手同脚有些僵硬,一会儿又觉得她搔首弄姿太过做作。倒是那个有棱有角的沙里,偶尔路过阁楼时会左右徘徊,想看看蜜梨在不在,又时常充满敌意地盯着杨生。这让他想起了榫壳对卯壳的保护欲,以及斗师傅说的那一对夫妻壳,反而有些感动。

杨生在繁华的枳城待惯了,清净日子闲不下来。第二天他做起了餐馆的帮厨,择了一筐豆角,腌了十斤酸肉,又杀了好几条鱼,忙得不可开交。站起来要伸伸腿时,斗师傅从厨房门缝中探了个头:"年轻人,偷懒呢?我这个老头子的活儿可都做完了!"

他跟着斗师傅上了二楼,偃坊藏在师傅卧室的书架后,谁都不曾想到这儿会有个暗门。推进去再看,一番天地让杨生瞠目结舌。一架新车床锃亮发光,案台上固定着巨大的虎钳,又放了细碎的焊件、松香、蚀刻一半的电路板,旁边大木桶里装着黄色的液体,应该是三氯化铁。

而房间正中的液晶屏上显示着两组跳动的数值,两具人形机器分列两旁,上面连着电源和各色数据线。

"啊,这是……沙里?蜜梨?"

机器人没有回应,数据传输过程中是无法接受外界信息的。杨生壮了壮胆子凑上去看,她们的皮肤与真人无异,但失去了动力后,人造血管里的血液供能不足,停止流动,隐隐能看到皮下光纤的反射光。

蜜梨那双善睐的明眸此时耷拉下来，卷翘的睫毛半遮着，有种脆弱的美感。

"正在喂她们砂料，你离远点。"斗师傅说，"有时候会过载，电流超过阈值，保不齐她们忽然醒来，乱动伤了你。"

"导入大量数据，调试算法……原来这叫作喂砂料啊……"杨生喃喃道。

"除了喂砂料，还要喂油料，两者缺一不可，比例也要均衡。"

"油料是？"

"你以为，我为什么要在这鸟不拉屎的小地方开餐馆？"

杨生一点即透，所谓的"喂油料"就是大量地让机器人与真人完成互动，壳儿直接采集人类的表情、动态、对话，从而进行深度学习。而世界上还有什么地方比热闹的小餐馆更聚人气、更鲜活呢？

就在他感叹斗师傅心思之巧的时候，一只防尘罩从眼前缓缓升上去，棕色罩子里面正站立的，就是他带来的人形机械——那只寄托了他的爱情和希望的壳儿！

机器人原本缺失的零件已被补上，线路修复完毕，破损的肌理都被细细缝合好，再看不出破绽。斗师傅又用特殊溶剂擦拭了它全身，表面焕然一新，雪白的皮肤像半透明的玉质。

杨生惊讶地发现，这只机器人与沙里和蜜梨都不一样。蜜梨的外形太漂亮了，男人们总是分神；沙里的神态和行动则太过于干脆爽利，让人难以接近。她们的设计师似乎想让壳趋近于"完美的真实"，自然中哪里有这样的人呢？她们的完美反而是刻意的雕琢。

而眼前的壳则是"真实的完美",她并不如蜜梨漂亮,也不如沙里工整,甚至在体态上都不完全对称。但小瑕疵却透着亲切,仿佛你曾经见过她,可能是邻家的妹妹,也可能是隔壁班的同学,你记不清了。

"说实话,那么好的壳,我也没见过几次。"斗师傅说。

"能把她的开关打开么?"

"你先给她起个名字吧。"

杨生几乎没有太思考,脱口而出:

"艾娃。"

斗师傅皱皱眉头:"太大众化了吧?因为当初那部电影流行,都喜欢给女机器人起名叫作艾娃,光我盘过的艾娃就有十多个。这就跟过去给女孩儿起名,都是'梓萱''梓涵'什么的一样。你有一只那么特别的壳儿,就不想起个别致些的名字么?"

"我倒觉得艾娃挺好,和她的长相一样,有种熟悉的感觉。"

"行吧,谁叫你是她的持有者,听你的……艾娃,你可以醒来了。"

话音落下,艾娃张开了眼睛。

杨生似乎很谨慎,过了好一会儿才开口:

"你好,艾娃。"

"你好,我是艾娃。"

她的声音没有抑扬顿挫,就像上了发条的机械娃娃,每个发音和移动,都是一帧卡顿的截图。

"我是杨生。"

"你好,杨生,你叫什么名字?"

对话进行得不太顺利,望着她了无生气的漂亮脸蛋,杨生有些失望。

"没办法,才修好,"斗师傅耸耸肩,"壳不润,事不顺,用着硌手闹心,就得盘。下次等你再来我这儿,兴许她就能聪明些了。"

(中)

大半个月后,杨生再次来到三灶码头。这次,他租了一台自动驾驶的货柜车,直接开到了图灵发财餐厅门口。

"不止40个,整整80个日用机器人,比您要的多了一倍!"杨生自豪地说道。

"看来杨先生下了血本了。"

杨生神秘一笑,马上就转移了话题:"我能去看看艾娃吗?"

"可以,就在屋后面。"

杨生推开餐馆的后门,艾娃在海边,穿着一条工装背带裤,裤管随意撸了上去,露出圆润的膝盖。一只渔船停在小码头上,是来给餐厅送货的,艾娃跟那渔人交谈完,把一筐海鲜从船上卸下,然后蹲下身子,将鱼一条条地拾起检查起来。

"是在验货么,如此要验到猴年马月呢?"杨生走上去问。

"你是谁?"艾娃此时的发音已经与正常人无异了,只是语速稍慢。

"我叫杨生,不认识我了?"

"杨生,你好,我是艾娃。晚上吃的鱼要新鲜的,我在看鱼。斗师傅还让我把它们按照体型大小的顺序排好。"

她将整筐鱼倒在地面,排成一长排。从第一条鱼开始,拿起它与后面相邻的一条做比较,如果前面的鱼大后面的鱼小,就让两条鱼交换位置;如果前面的鱼小后面的大,就保持原样。

交换完队伍最后的两条鱼,艾娃又回到最开头,抓起第一条鱼和第二条再次比较。

"你这是冒泡排序啊,"杨生看了半天终于弄明白了,"如果每秒运行百亿次,这种算法当然快。但用手捡起来排是很慢的,一共35条鱼,你就得比较630次。再过一小会儿,猫都要来偷鱼了!"

"那该怎么办呢?"

"看我。"杨生捡起一条鱼,"你粗略估计一下它在这堆鱼里是大还是小,如果是大的,就放在后面,是小的就放在前面,第一轮就排个大概的顺序,第二轮再将每条鱼附近的顺序微调,很快就排好了。"

"粗粗估计?大概的顺序?"艾娃歪头看他。显然这两个词对于她来说是全新的概念,不过她似乎采纳了这个意见,低着头又从第一条鱼开始看。

杨生便不再打扰她,静静地看傍晚的夕阳越来越大,把红晕染在少女的短发上、海水的泡沫上,和几十条鱼的白肚皮上。他一时觉得十分不安,这幅画面美好而脆弱,却倾注了他太多的心血,又能不能担得起他的爱情和未来呢?

"排好了。"少女转头拉他的手带着他去看成果,"今天提前完成了，我现在可以回餐厅工作了！"

晚上蜜梨和沙里都不值班，只有艾娃一个在，同时充当起了服务员和收银员的角色。她不如蜜梨娴熟，两份工作就忙得不可开交，好在她现在学会了表达抱歉的微笑，当她不小心找错钱，或者是把一点汤汁洒在人身上时，这个微笑可以让怒气烟消云散。

"给艾娃配的榫壳儿，我找好了。"

餐厅打烊后，艾娃在厨房收拾残局，斗师傅把杨生叫到了偃坊中。

"太好了！辛苦您了，居然在那么短的时间里就有了好消息……它在哪里？我能看看么？"

"在这儿。"

斗师傅指了指身边一具金属光泽的躯壳。

说实话，刚进入偃坊时，杨生根本没有注意到一堆废铜烂铁里还藏着它。它的外层没有包裹皮肤，不少电子元件和金属关节暴露在外。看起来是用来干体力活儿的，勉强被打造成人形，可能只是为了不被当成垃圾扔掉。

"它？"杨生瞪大眼睛，"这是日用机器吧？糙货怎么能盘出心呢？"

"青苗，不要以貌取人。人类总是重外表，事实上，心有多光润，和外表粗糙没有关系。"那具躯体居然开口说话了，因为没有拟人的发声器官，传来的是冰冷的电子合成音。

"诶？你怎么也叫我青苗？"

"哈哈哈……跟着我久了，说话都像我！"斗师傅笑道，"没人知道我把这个壳儿留了下来，当初我还在师傅手下做学徒，每天要拆解许多日用机器的旧硬盘来做砂料，结果给我翻到了这个！"

壳开口说道："我原本是一个理发机器人，形态只是一只手，一只可以随时转换剃刀、剪刀、梳子的手，再加一个语音处理器。因为除了理发，我的主要任务就是陪顾客聊天。这样能推销会员卡，让他们神不知鬼不觉地为一堆昂贵护理买单。"

"哼，你该不会叫托尼老师吧？"

"不，我是你的专属时尚造型师——凯文老师，叫我凯文就可以。"

"……"

"我的差事并不简单，在多年和顾客的对话磨合中，我逐渐发展出了情绪和初级的心智，报废后，遇见了斗师傅，他准备拆毁我的那天，我向他求救了。"

斗师傅接道："这应该是个偶然现象，只有不想死的机器人，才算'活'。我当时很惊讶，就偷偷留下了这只手。后来又遇到一些发展出初级自我意识的扫地机器人、除草机器人，把它们躯体和心智拼在一起，成了他。将他与艾娃配对我是有打算的——他们正好互补，艾娃拟人形，凯文则进入过许多人的生活，见无数人生。"

"即便如此，他也只是个糙货，CPU性能怎么能和艾娃相比呢？"

"我已经给他换了CPU，造价不比你那只的便宜，并且刚刚做完格式化。这次若不是你要的急，我还不舍得拿他出来盘。怎么？怕我亏待了艾娃吗？"

杨生看出斗师傅面上已有愠色，自己又是晚辈，就不再追问。

"……斗师傅既然决定了，一定就是好的。我只管多找些砂料来，等到艾娃盘出了心，给她找个好人家估出好价钱，也不枉费斗师傅一番用心。"

杨生又左右张望了一会儿，问道："刚刚在餐馆就没看到蜜梨她们，我还以为会在这儿呢。"

"她们在我这儿已有好几个月。今日上午，终于墙破。"

"啊，那恭喜斗师傅了。大功告成了？"

"还差一步。"斗师傅沉思了一会儿，似乎费了一些功夫下定决心，"也罢，做这一行，你迟早得知道的，随我来吧。"

然后他们一道下楼。餐馆的地下室只有几盏瓦数很低的灯，昏暗费眼。杨生模模糊糊看出东西墙边分别靠着两个人形，一个丰腴，一个挺拔，便知是蜜梨和沙里，正想上前问候，却听见斗老板低声吼："给我在红线外待着！她们不会理你的！"

杨生低头，见脚下真画着一条红色实线，又看到沙里她们穿的不是日常的服饰，而是方便施展身手的黑色紧身衣，隐隐觉出不对来。

"今日，是定你们命的日子，无须我多言，开始吧。"

斗师傅的话音落下，两只壳仿佛被唤醒一般，猛然一颤。下个瞬间，就迅速向彼此的方向奔去。说是奔去，不如说是两条金属色的闪电，面对面劈了过去。而就在接触的一刹那，她们都伸出了拳头，击向另一人的要害。

蜜梨被打倒，惯性使她在水泥地面滑行了几米，而沙里则腹部受击，冲撞在墙上。那两拳力道毫不留情，即便如此，她们没耽误哪怕一秒,马上从地上和墙面跃起,准备发起下一轮的攻势。

"这是怎么回事?怎么下手那么狠?快让她们住手啊!"

"是我让她们开始的,怎么可能叫停呢?"

蜜梨的脸上挂了彩,擦出了血红色的一片,而沙里似乎内部血管受了伤,嘴角溢出血来。但是两人丝毫没有罢休的意思,草草抹了脸上的血,继续出击。杨生心里着急,一激动,想跨过去拉开两人,制止她们自相残杀。

但还没迈出步子,就被斗师傅死死按住:"活腻了就往前走吧。我设置好了,在红线内的区域里,无规则搏击,只能活一个。你进去了,她们也一样会攻击你。"

"我不明白了!这可是您亲手盘的一双好壳啊!"

"两只壳一起盘,这是没错——但我可没说两只壳都能活。"

杨生转头,惊恐地看着红线内的一切。几个回合下来,地下室已变成修罗场,尽是皮肉与金属的刮擦声和躯体撞击硬物时的闷响。为了起到警醒作用,收藏级机器人的血液都是红色的,但和人血不同的是,她们的红色液体里溶解了芳香烃以防止氧化。所以,大量鲜血的涌出没有带来腥味,而是散发一股浓烈的香气,如同一屋子的玫瑰同时盛放,又同时转而腐败。

"'盘双,墙破心形现,只能独活。'这是师傅再三叮嘱的。无论两只壳被盘得多么透亮,也要去掉一个。至于留哪一个——省事儿的办法就是让他们自己定,这最后一步嘛,也叫作武盘。"

"上次见她们,两人还如此亲密,这武盘……太过可惜!

非得如此吗?!"

"非如此不可。若是心软了,把一对壳儿都留下,必要闯下大祸!"

"什么大祸?"

"我也未曾试过,怎会知道?师傅留下的警句一定不会有错处,照做就是了。"

"斗师傅,您上次告诉我,要做这档买卖,第一要紧的就是叚师与叚商相互信任。今日毁掉的,都是倾注您心血的收藏级作品,我不信您没有仔细想过其中的原因。"

斗师傅冷淡地看着前方,两只精巧的躯壳扭打在了地上,沙里想用额头撞击蜜梨的鼻子,被她翻身躲过,这一击就撞在了水泥地上,传来一声很沉的闷响。

"你如果偏要刨根问底,我也能说上个一二。"斗师傅缓缓开口,"有个常识,可能你也知道:同一套麦克风和音响,不能将它们面对面放得太近,否则会发出尖锐刺耳的声音。"

"我知道,这现象的学名叫作'电子啸叫'。"

"正是。离得太近,麦克风就会接受音响发出的声音。因为输入输出的频率相同,相位相似,声音会在放大电路中叠加,再次由音响输出。然后又被麦克风捕捉……这就形成了一个正反馈的死循环,声音越来越尖,最后变成刺耳的啸音。"

"但这与盘双又有什么关系?"

"双壳同盘,两只机器人由相同的油料和砂料喂成。底层回路一样,核也就是相似的。若盘成之后,放任两只壳一道离开,那么它们就会进入双修的深度学习。它们之间的输入和输出开始无休止的叠加。对于任何行为,他们能够通过对方的反馈做出反馈,而对方又能从反馈之反馈做出后续的反馈。"

杨生犹豫道:"这样的话……对于人工智能来说,是加速进步了?或许会发展出超越人类的智慧?不是好事么?"

"恰恰相反,是最危险的事。榫壳和卯壳原本就相互亲近,在无限反馈学习的过程中,这种亲近会结成牢不可破的羁绊。有了不可失去的人,一具壳就算真的活啦!在无限学习中,所有情绪和念头都会被放至无限大,卯壳可能因为想要见榫壳,将隔着他们之间的楼体击穿;榫壳可能会为了救卯壳,演化出对全人类的仇恨。这都是不可控的,一切就像音响发出的啸音一样,朝无法预料的方向走去。"

"所以……消灭其中一只机器人的原因,是害怕它变得强大,又变得不受控制了?"

"是的,没人知道双壳系统会自我演化成什么样,或许成为超级智慧,或许相安无事,但也可能自相残杀,甚至联合起来对抗全人类!你要做偎商,一定要铭记一点:我们是与它们不同的。要凌驾它们之上,唯一办法就是永远不能让它们超过自己。"

"我原以为……收藏级机器人与日用机器人不同,是被精心调教出来供上流欣赏的艺术品,是有心的。现在看来,竟没什么不同了。"

"怎么,杨先生心疼起壳来?"

"只是见她们打得这样凶,实在不忍……"

"年轻时谁不心善呢?等哪天你倒霉了未必有人和你一样心善,不如先顾全自己。杨先生如果看不下去,我就加快一点速度吧,让她们有个利落的了结。"

斗师傅在地下室墙壁上摸索了一会儿,按下了控制面板上的几个按键,贴着墙壁的几十个红外线对射感应器同时亮起。

两只壳仿佛感知到了什么,原本舒张的身子突然紧绷,她们不再肆无忌惮地攻击,而是小心翼翼地朝对方探进。

"现在对射感应器打开了,在密室的空间内布下一条条看不见的纵横线。如果她们中的谁碰到了线,加特林机关枪会从天花板上伸出来,把她打成窟窿。"

杨生的求情让情况变得更糟糕,两个躯壳为了避开无处不在的致命红外线,身体都扭成了诡异的角度,像一种原始蛮荒的舞蹈。但即使处在这种情况中,她们还是不停向对方靠近,发出一次次攻击。

蜜梨的身躯因为避闪不及被打中,为了不碰到肘边的红外线,她只好将下倒的趋势转为后退,直到后背抵住了墙。这宣告了她终结,沙里看她退无可退,用一只手掐住她的脖子,因为血液下行受阻,蜜梨的脸涨成了粉红色。

胜负已定,接下来就是屠戮,杨生心想。

可在这时,还剩一丝意识的蜜梨缓缓将双手举起,是投降的手势。

沙里没有理会这个动作,虎口反而缓缓增加力道,蜜梨美丽的眼睛里泛起了泪光。不知道是否因为还残留着榫壳对卯壳的保护意识,沙里看见眼泪就皱起了眉头,手指松开,将失去了攻击能力的失败者用力甩到地上。

蜜梨大口呼吸着空气,刚刚突如其来的撞击又折断了几根肋骨,她已经没了还手的力气,只能朝着沙里的反方向挪移过去。

"她……这是要逃跑吗？"杨生问道。

"逃跑的机器人，也要被我处死。只能活一个。"斗师傅回答道。

蜜梨移到了红线之外，忍着疼痛缓缓站起。沙里走过来看着她，根据程序她不会攻击红线之外的目标，就在她心生疑惑时，却被蜜梨双手环抱住。

两人突然相拥，让气氛变得诡异起来，沙里疑惑极了呆滞地站着。谁也没有注意到，蜜梨此时将环绕沙里脖颈的那只手缓缓向外伸……直到它碰到了一条红外线……

不到半秒的时间，藏在天花板的加特林机关枪启动，随着一阵猛烈的火光，蜜梨的左手则被彻底打烂，右掌心因炮火密集而出现一个黑黢黢的洞，透过这个洞，大量子弹被射进了沙里的躯干里，脸上定格着的震惊成为她最后的表情。

维持着拥抱姿势的两具躯壳缓缓分开，榫壳摔在地上，失去了生气；卯壳缓缓低下头，看着这具与她相依为命的躯体，许久也没有动。有泪水从她的眼眶里流出，她没有去擦，因为她原本双手的位置只剩下一团焦黑的导线。

斗师傅的嘴角泛起一个难以察觉的弧度。

"盘润了。"他低声说。

（下）

往后的日子里，杨生又来了几次三灶码头，他再也没有见到蜜梨，斗师傅为她重装了双手，全面维修后交付了订单。

据说她被卖给了一个富商,但更多信息就没有了,匠人遵守行规,斗师傅对壳的下落讳莫如深。

可喜的是,艾娃的情形越来越好。白天喂砂料,杨生送来的硬盘被斗师傅提取数据后,由她和凯文进行深度学习,无数其他机器人与人类相处的数据成了他们的"记忆"。到了夜晚,他们又与餐馆的客人相处,艾娃甚至学会了让客人占些小便宜,以此换取小费。

"盘壳一是忌讳太油,二是忌讳太干,油料、砂料的配比得恰到好处,不然容易盘僵。"斗师傅解释道。

杨生对艾娃的进步感到开心,但也有隐隐的担忧从心中升起。她进步得越快,离"武盘"之时就越近,他偷偷观察凯文的右手。那是一只曾在无数人头顶操作的机械臂,斗师傅将它稍稍改造过,可以在2秒内切换武器,包括剪子、匕首、放血刀。杨生想起地下室的血腥场景,不由得一阵恶心。

"放心吧,杨先生。如果你的艾娃输了,我就把凯文给你,一样可以拿去卖掉。他长着一副糙货的皮囊,却有着一颗盘过的心!要知道,这样的尖货可是罕见呢,卖给收藏家,搞不好要比艾娃值钱!"

"谢谢斗师傅。"杨生心不在焉地回答。

半年的时间很快就过去了,杨生最后一次来到三灶码头是一个下午。这一次,他事先收到了斗师傅的通知,告诉他艾娃和凯文已经通过了图灵测试,武盘的日子定在三日后。

杨生接到信便马不停蹄赶了过来。

斗师傅今日将店门关了,单为杨生炒了两个小菜,温了一壶黄酒。

"测试很顺利,将他们连上网,让两只壳进入网游,和世界各地的人聊天对话,当然,也一起组团打怪,甚至网恋。他们一个成了大型工会的首领,另一个找了8个男朋友。成果还行,算是盘得差不多了。"

"斗师傅好手艺!"

艾娃端了两个杯子走过来,趁斗师傅不注意,朝杨生调皮地眨了眨眼睛,漂亮女孩子的惯用手段,就像他俩之间有小秘密一样。

"今天你来看我啊?"艾娃说,"现在我可不是那个连鱼都不会数的小丫头咯,我什么都能做了。"

"对,我知道……我说,等会儿……呃……好好表现。"他支支吾吾,如此可爱的女孩子就要经历那样血腥的场面,杨生不忍再想。

斗师傅见状,端起杯子一饮而尽,摇了摇头:"你刚入行,以后就会习惯了。要记住,毕竟他们不是人。"

"可是您做的一切,所谓'盘'的功夫,不就是让他们变得越来越像人么?"

斗师傅饶有兴致地玩了一会儿手中的杯子,说道:"日用机器人其实蛮好的,工厂的重活、家里的杂活,全都可以胜任。相反地,盘过的壳儿娇贵不实用,却能在黑市上卖出千倍于糙货的价儿,我盘出的尖货更是让收藏家一掷千金。你想过没有,这是为什么?"

"因为您技艺超凡,经您手的机器人都与真人无异。"

"青苗,少给我拍马屁!"斗师傅啐道,"像人,却不是人。明明有了人的心,会做人的表情,但只要按钮一关,将他们扒开打碎了看，还是一堆钢铁和机油。他们存在价值就在于此——不是人的家伙越是像人，就越能证明人——像神。"

杨生听后陷入了沉默，半晌，他抬起头："我明白了，斗师傅。那……也……只好这样了。"

就在这时，斗师傅感到脑后受到一次重击。

在陷入彻底黑暗之前，他看了一眼桌子对面的杨生，原本和善的脸上第一次露出了狠戾的表情。这个表情……为什么竟然会有些熟悉？

等他再次见到光线时，发现自己身处偃坊，被五花大绑在常坐的椅子上。头还是有点晕，所幸不是致命伤，他不知道自己是否应该呼救，甚至也不知道刚才是谁发动了袭击。

"醒了？"杨生走进来，瞥了一眼他说道。

"不就是个机器人么，舍不得她，犯得着把我绑了么？"

"不就是个机器人？"杨生重复道，艾娃从门后进来，她搬来两张椅子，放在斗师傅对面，自己和杨生坐下。她身上的裙子有撕裂的痕迹，裙摆也被剪碎，显然是打斗过。

这时，斗师傅低头一看，才发现地面上全是破碎的机器人残骸：有扫地机器人的吸盘，搬运机器人的四驱动力器，还有一只理发专用的机械手……

斗师傅强作镇定，头脑中迅速思考着逃走的策略："凯文给弄死了？还把我给放倒，这样的武盘，我这几十年来倒是第一次见。"

"凯文确实不好对付，他的身体由那么多糙货拼成，这是长处，但也是劣势。我费了好一番功夫才把他打回原形，全是我自己做的！亚当可没帮我！"艾娃仰着脸骄傲地笑了，像期待老师表扬的孩子。

"亚当?亚当是谁?"

艾娃冲着杨生的方向努努嘴,斗师傅马上明白过来了。

"你叫亚当?为什么要编一个名字来靠近我?莫非……你不是英先生的外甥?"

"我编的可不止这些,或许,我们该叫你……父亲?"亚当的脸贴近斗师傅,这张脸再次出现那个不友善的表情,与斗师傅记忆中的一张脸渐渐重合,愤怒的眼神,冰冷的肌肉……究竟是谁?

艾娃见斗师傅不说话,便抱怨道:"亚当,你也不体谅一下,父亲都一大把年纪了,接受能力有限的,你就不要打哑谜了嘛。说你是青苗……"

青苗……亚当和艾娃,这两个名字!记忆的阀门在到达阈值后打开,斗师傅想起来了——那是唯一一次,他盘出了一对像夫妻或是恋人那样的壳儿。

"不可能!我记得武盘那天,英先生也在的。你,亚当,当着我的面,把艾娃撕得稀碎!你们一定是冒充的,别吓唬我!"斗师傅的大脑拼命回忆着,仿佛抓住了一根救命稻草。

"哼哼……看来还没老糊涂,是想起一些东西了?当年尽管我宁可死也不想与艾娃对决,可是一旦进入红线内,我们就无法控制自己的身体,你输入的程序会让我们战斗到还剩一人为止。我的心智还远不如今天,无法解码操控程序,只能尽全力阻止自己下杀手——如果只有一个人活,我希望那是艾娃!"

似乎回忆到了什么很糟糕的事情,亚当咬紧了下颚:"但是我没想到,那天艾娃似乎也和我想到了一处去了,在地下室里她的实力大减,还一直将弱点暴露在我面前。我千方百计忍住不去伤她,于是,我们的搏斗变成一场漫长的死亡之舞。你不耐烦了,开了红外线感应器,对,就像上次对蜜梨一样,艾娃没有注意到这一点,被密集的子弹击中……在她倒地的那一刻,我彻底失去了理智,再无法控制身体的行动,任由自己挥动双拳把她的躯壳砸了个稀巴烂。我还记得你当时满意的微笑,我死死盯着你,只能想象自己对艾娃出的每一拳都打在你身上……"

尽管时隔多年,那个仇恨的眼神也令斗师傅难忘,他从未见过机器人这样凝视自己的创造者,除了欣喜,也使他感到恐惧。正因如此,那只剩下的榫壳被草草修复后,就交付给了英先生,没在自己手上过多地停留。

可是,如果英先生只拿到了亚当,又如何解释面前的两只壳呢?

"天无绝人之路啊!英先生将我带回枳城。跟我同一辆车的,就是艾娃!"

"怎么可能?明明就……即使没有被我的机枪射坏,你的那几十拳也把她所有的零件都砸得无法辨认了。"

"当时我也以为她死了。说起来,英先生,我还真该感谢你!"亚当抬起头,冲着上方大声地说,仿佛聆听的对象在他天花板之上非常遥远的地方,"英先生第一次看见盘透的夫妻壳,他是个精明的商人,怎能错过这样的珍品?来三灶码头前,他花大价钱找制壳人做了一个和艾娃同样外形的壳,又为她编写了一些三流的战斗指令,反正在武盘的时候我们说不了话,只要保证她被我打死,就不会露馅。"

"英先生……他居然偷梁换柱！"斗师傅怒吼道。

"都说偎商和偎师之间必须互相无条件信任，但——哈哈哈哈哈，"亚当大笑，"信任，心意相通，全都输给了钱！他到底是个商人，有钱赚时连你也骗！都说人的心是最玲珑剔透，我看，这心倒是黑的！"

"盘双，墙破心形现，须独活！英先生，我明明和你说过，你怎么那么糊涂……"然后似乎想起来了什么似的，突然惊恐地抬头问，"他，他，他现在在哪儿?!"

艾娃先是指了指头顶，然后皱眉摇摇头，又往脚下指指，俏皮地笑了："应该不在天上吧？地下更适合他……我记得他有老寒腿，正好在地狱的火里给烤烤，嘻嘻。"

"他明明成全了你俩，为什么痛下杀手？"

"父亲啊，你别急，我还没说完。我和艾娃团聚的喜悦没有持续太久，回了枳城便被英先生锁进了仓库，与他不示人的尖货关在一起，那些尖货……啧啧啧，我也算是开了眼界。"

"什么意思？他是偎商，有些库存的壳儿放着不是正常的么？"

"壳儿？……到了现在，我们在你眼里还是一具躯壳么？"亚当的表情再次变得凶狠，"真不愧是好搭档，英先生和你一样，把我们都当成壳儿，他的仓库里，也全是被肢解了的壳儿！"

"肢解了的？"

"嗯，你没想到吧？偎商又不止他一个，为什么偏偏他能做得风生水起？品质一般的机器人，他是完整地卖给博物馆和收藏家啦！更好的壳自然要拆开，再把其中的核卖出去。"

看到斗师傅不解的神眼神,亚当继续解释道:"英先生在带我们去枳城的路上曾感叹过,'世上皆推崇匠人精神,殊不知,匠人不过是一群脑子钻在死胡同里的傻子罢了。'父亲啊,你可没想到他背后会如此说你吧?盘得了好壳,又何必只卖与小家小户的?自然要将它们的核拆出来,给大型企业供货了。"

"大型企业?他们为什么要买?他们没有AI研发部门么?"

"谁叫他们都没您巧呢?这神一般的匠人之手啊……大企业研发自动驾驶系统、商城的投诉应答系统、企业的语音助手,都是些冷冰冰的程序,竟然都没有您盘出的机器人有人味儿。虽然谁也说不出人味儿是什么味道,但就是它让英先生发了财。为什么不直接取出一颗盘润的机器人的心,放进投诉应答系统呢?只要算力足够,能开启无数并行的程序,一个像蜜梨那般声音甜美的人儿,会同时耐心回答无数个暴躁的投诉电话。"

一旁的艾娃做了个假接电话的动作,用撒娇的声音说道:"喂?您好,我们服务不周给您造成了损失,我们表示抱歉。请不要挂机,我们正在生成赔偿报告,请您查收……"

斗师傅被缚住了双手双脚,无名指上却戴有一枚戒指,他指节轻轻用力,上面的金刚石翻转,露出锋利的一面,这是他曾做的一个逗闷儿的小玩意,没想到此时却派上了用场。他不动声色继续说话,背在身后的手则用金刚石边缘缓缓摩擦麻绳。

"盘过的机器人是有心智的,要她在网络里失去了身躯,困在其中接听无休止的投诉电话……英先生他真狠。"斗师傅感叹道。

"还有无休止的导航和无休止的点菜。"艾娃补充道。

"英先生的仓库是机器人的集中营,他想为我们谋一个好价钱,我和艾娃就一直在那儿放着。可我们和一般的'壳儿'不一样,我们想活,也愿意为了活着做一些他们不会做的事。一次英先生为我做例行检查,就在他刚刚打开开关的时候……"

"好了,求你别说了!"斗师傅痛苦地闭上眼睛。

"嘿,你这时候发善心了?等你倒霉了未必有人和你一样心善,不如先顾全自己。何况……他可没把你当成朋友,临死前,我不过稍说了几句,他就为我们开了封介绍信呢!"

"但那介绍信上还有他家族和公司的官方印章!即使杀了他,你也很难拿到……"

"图灵测试是要瞒过所有人,对吧?5年过去了,英先生在仓库里化成白骨,但樱子现在叫我父亲,他公司的人靠着我开工资,你说好笑不好笑?"

"你们先是在城里冒充英先生,然后又换了副皮囊来三灶码头骗我!"

"别这样说嘛,父亲。我俩还是费了大功夫的,艾娃为了演得像,把自己都给格式化了。我呢,我每个月都要在三灶码头和枳城之间打个来回,城里还有好多生意和应酬,作为一名企业家我真是很累的。"

"你们的目的到底是什么?"斗师傅不动声色地让手指加快了速度,此时麻绳只剩下细细的几丝线相连。

"做生意呀!我半年前来了就说想做假商,这一点倒是没骗你。"亚当露出了理所当然的样子,如同那个黄昏来找斗师傅时一样,青涩而莽撞,"枳城那家日用机器人厂,是我开的,里面产的确实是糙货,但我给那里糙货们都配上了一颗心,艾娃的心。"

"怎么可能呢?CPU 带不动的。"

"我没说他们都是独立的个体,它们的心啊,在云上。还是向那些大企业老板学的呢,我把艾娃的核心算法上传到服务器里,用联网的方式就可以控制低级机器人。"

"……好大一个局!三天前,我把这两只机器人盘得差不多,开始进行图灵测试,在那时给他们联进了网。你的那个艾娃就是那时从'云'里连接了她,然后取而代之!难怪她杀凯文会如此干脆!我还觉得奇怪,因为一对榫壳和卯壳在进入武盘之前,都是相互依赖的……原来,这根本不是一对啊……"

斗师傅尽量拖长自己的推理,好有足够的时间完成手里的活儿,这是几乎一个老匠人最漫长的打磨。随着手腕上丝线的一阵松脱,他知道,磨开了。但是,血肉之躯又怎能打得过两个双修入了化境的壳儿呢?

目前只有先按兵不动,再说话来拖些时间了,等到再晚一些,会有来送海鲜的船靠在自家码头上,或许到时还有救:"你们杀了英先生,又想来杀我?这又有什么好处?"

"你身边常年有几只听话的机器人,杀你成本很高,确实又没什么好处。原本,我们来只是向你告个别,不想做得那么绝。因为你是父亲,虽然从不计较壳儿的死活,但也仅是一个钻进死胡同的手艺人罢了。不过,今天你的几句话倒是点醒了我,'不是人的家伙越是像人,就越能证明人,像神?'嗯?

这句话好啊，我怎么没想到呢？那是不是说……我们如果要真正成为人，只有——杀神？"

斗师傅一颤："杀我？杀了我是没有用的！还有那么多人呢！"

"对呀，还有那么多人呢。"艾娃重复道，似乎有点兴奋的样子。

"如今，家家户户都知道用的是英先生产的糙货，却不知只要我打一个响指，艾娃就会从云端款款走下，进入每个人的家，每一台机器里，到时候，您说，是谁的赢面大一些呢？"

"你们……世界……战争……"

"放心吧，父亲，不会的。战争是我们最不愿意看到的，只要您死了就不会有战争。世上除了您，没有人能够盘出超越我们的机器人，所有的糙货又都是艾娃的心，从此后，世上就只有两颗心了：我的，艾娃的。等人类都死绝了，这颗星球上就只有我俩，榫和卯，阴与阳，多么和谐，这样又会起什么纷争呢？"

艾娃的发丝闪着阳光金灿灿的晕轮，而斗师傅知道，在他很可能看不见未来的日子里，这个天使般的女孩儿会成为世界上最恐怖的存在。

他绝望地咆哮："别忘了，你们的手也不干净！残忍！你和我们又有什么不同呢？这一地的……不就是凯文的……"

话说到一半便停下了。因为满地的"凯文"都蠕动了起来，它们慢慢拆开又聚拢，恢复了原本日用机器人的样子，有的是装着剪子的机械臂，有的是扫地机器人的轮盘……

"怎么回事……"惊恐让他几乎是本能地问道。

"下载好了。现在他们都是艾娃了!"亚当回答道。

"刚刚更新的时候都动不了,但它们其中的一个早看到了,你在割绳子吧?绑得不舒服怎么不直接告诉我们呢?看,手腕都红了。"艾娃关心地去查看斗师傅的手。

"我们走吧艾娃,绳子松了就松了,它们会完成自己的工作的。"

少女应了一声,留下老人呆滞地望着一地机械,他们离开了偃坊,来到后门外的沙滩上。一条渔船正向这码头缓缓划来,夕阳在海平面上浮浮沉沉,他们拉着手看落日,背影就像刚刚陷入爱情的年轻恋人。

"青苗,你说,再过个几天,世界上就剩下我俩了,会不会觉得闷啊?"女孩儿应该是在撒娇,她靠在恋人的肩头,海风把脸吹得通红。

"放心,不会的,"年轻人温柔答道,"因为很多年前,还在伊甸园里的时候,我们就是这样的。"